Verena Kast
Imagination als Raum der Freiheit

W

Verena Kast

Imagination als Raum der Freiheit

Dialog zwischen Ich und Unbewußtem

Walter-Verlag
Olten und Freiburg im Breisgau

Gesamtherstellung in den
grafischen Betrieben des Walter-Verlags
Printed in Switzerland

ISBN 3-530-42106-5

Meinem Großvater, der mich in die Welt der Phantasie einführte

Inhalt

Einleitende Bemerkungen 11

Imagination als Raum der Freiheit 13

Der Begriff der Imagination 14

Wahrnehmung und Vorstellung 17

Imagination als Therapie 24

Die Methode der Imagination 28

Konzentration auf Bilder 28
Entspannung 30
Vom Umgang mit Bildern 32
Indikation und Gegenindikation 34

Geführte Imagination 36

Beispiel: Motiv Haus 36
Beispiel: Motiv Baum 40
Technik 43

Der Fluß der inneren Bilder 46

Beispiel: Motiv Wasser 47
Bilder der Dichtung als Auslöser bewegter Bilder 50

Bilder der Entspannung 60

Beispiele aus der therapeutischen Praxis 61
Bilder der Entspannung als Sehnsuchtsbilder 64
Hemmungs- und Entwicklungsthemen 68
Der Realitätsbezug der Bilder 70

Das Selbstbild im Spiegel verschiedener Imaginationsmotive 74
Mögliche Imaginationsanweisungen 75
Beispiel aus der therapeutischen Praxis 77

Hinweise zur Deutung 87

Die Kontrollfähigkeit des Ich gegenüber den inneren Bildern 88
Das Stoppen negativer Vorstellungsbilder 88
Das Anschauen negativer Vorstellungsbilder 92

Strategien der Intervention 94
Das Ansehen des Ängstigenden 95
Das Finden des inneren Begleiters oder der inneren Begleiterin 95
Beziehungsmuster im Spiegel des imaginativen Prozesses 104
Das Erkennen des alten Weisen oder der alten Weisen 109
Vom Umgang mit Tieren in der Imagination 117
Das Abschließen einer Imagination 135
Vom Umgang mit Bedrohlichem 136
Vom Umgang mit Hinderndem 152

Imagination als Dialog mit dem Körper 172
Beispiel aus der therapeutischen Praxis 173
Imagination bei funktionellen Erkrankungen 177

Die Aktive Imagination 187
Passive und Aktive Imagination 190
Beispiel aus der therapeutischen Arbeit 195
Abschließende Bemerkungen 198

Anmerkungen 202

Literatur 210

Im Märchenland
blüht die Poesie
Ich suche sie
am Traumpfad
der mich führt

Rose Ausländer

Einleitende Bemerkungen

Die Literatur über die imaginativen Verfahren ist groß, wozu also noch ein Buch dazu schreiben?
Ein zentraler Einfluß auf die Anwendung der Imagination in der Therapie und im Individuationsprozeß geht von C.G. Jung aus, von seiner Technik der Aktiven Imagination. Gerade davon ist nun aber in den vielen Veröffentlichungen kaum mehr die Rede; die Aktive Imagination, eine der fundamentalsten Imaginationsmethoden, ist nur einigen Spezialisten bekannt und auch bei ihnen nicht immer geschätzt, da sie als schwierig gilt.
Mir scheint es wesentlich, im Rahmen von Therapien den Menschen den imaginativen Raum zu erschließen, und ich meine, daß die Aktive Imagination dazu hervorragend geeignet ist. Allerdings muß sie von vielen Menschen zunächst geübt werden, andere beherrschen sie ohne weitere Anweisung.
Das Buch wendet sich an die Menschen, die die Technik der Imagination erlernen und an die, die sich den Raum der Imagination immer mehr erschließen möchten, sowie an Therapeuten und Therapeutinnen, die mit der Imagination arbeiten. Imaginative Fähigkeiten sind natürliche Fähigkeiten des Menschen, die eingesetzt und geübt, dem Menschen einen neuen Lebensraum erschließen können.
Das vorliegende Buch ist erwachsen aus meiner praktischen Arbeit mit Menschen, bei der es mir darum gegangen ist, diese in das Imaginieren einzuführen und sie schrittweise an die Aktive Imagination heranzuführen. Aus diesem Grunde führe ich auch immer wieder mögliche Imaginationsanweisun-

gen an, die ich in meiner Arbeit anwende. Diese Imaginationsanweisungen sind als Vorschläge zu betrachten. Sie sollen auch dem Leser/der Leserin, der/die angeregt von diesem Buch die eigenen imaginativen Fähigkeiten üben will, Anleitung geben.

Verschiedene Möglichkeiten der Imagination, speziell dabei auftauchende Probleme, werden anhand von Fallbeispielen illustriert. Auch anhand dieser Beispiele ist es möglich, sich mit dem Raum der Imagination vertrauter zu machen.

Ich bedanke mich herzlich bei all jenen Menschen, die mir erlaubt haben, ihre Imaginationen oder Teile daraus in diesem Buch zu verwenden.

Für ihr Mitdenken bei der Endschrift des Manuskripts und ihre große Sorgfalt danke ich Frau dipl. soz.-päd. Christa Henzler besonders.

St. Gallen, im September 1987

Imagination als Raum der Freiheit

Der Raum der Imagination ist der Raum der Freiheit – ein Raum, in dem auf ganz natürliche Weise Grenzen überschritten, Raum und Zeit relativiert, Möglichkeiten, die wir nicht mehr oder noch nicht haben, erlebbar werden. Der Raum der Imagination ist der Raum der Erinnerung, er ist aber auch – und das in erster Linie – der Raum der aktuell in die Gegenwart hereingeholten Zukunft. In der Imagination wird vieles möglich, was wir nicht für möglich halten, was uns gar als phantastisch erscheint. In unseren Imaginationen bildet sich die Seele mit ihren Wünschen, ihren Ängsten, ihren Sehnsüchten und ihren schöpferischen Möglichkeiten ab; Situationen, die wir schon erlebt haben, können wir noch einmal nacherleben; dank unseren imaginativen Fähigkeiten können wir uns auch in andere Menschen hineinversetzen, nachfühlen, wie ihnen zumute sein mag. Mit ihr können wir uns veränderte Situationen vorstellen, können uns vorstellen, wie eine gewisse Situation verändert werden könnte.

In der Imagination wird aber auch erlebte Wirklichkeit zu einem Symbol, sie wird gleichsam zu einem Mittelbereich zwischen konkret erlebter Wirklichkeit und der Verbindung zu unserem psychischen Hintergrund. Imagination steht im Zusammenhang mit der äußeren, erfahrbaren konkreten Welt, bildet diese ab, verändert unser Erleben und verändert dadurch auch wiederum diese äußere erfahrbare Welt. Auch wenn Imagination viel mit unserer «Innenwelt» zu tun hat, verliert sie dort, wo sie fruchtbar bleibt, nie den Kontakt mit der äußeren Welt, bleibt aber auch nicht dieser äußeren Welt verhaftet, sondern transzendiert sie auch immer.

Der Begriff der Imagination

Wenn wir von Imagination sprechen, dann sprechen wir von der Tätigkeit unserer Vorstellungskraft, unserer Einbildungskraft, von Phantasie, von Tagträumen.
Auch wenn diese Phänomene untereinander verschieden sein können, betreffen sie alle den Bereich des Imaginativen, und ich spreche, solange keine besonderen Unterscheidungen sich aufdrängen, zunächst einfach einmal von Imagination[1]. Imaginative Fähigkeiten zu haben bedeutet, daß es dem Menschen gegeben ist, mehr oder weniger anschaulich, ein Bild zu haben von etwas, das nicht mehr oder noch nicht präsent ist, das vielleicht überhaupt nie präsent sein wird. Diese Vorstellungen können sehr bildhaft sein, mehr von Farben oder Formen bestimmt; sie können sich aber auch durch eine Geruchserinnerung oder eine Geruchsvorwegnahme, durch eine Berührungserinnerung oder Berührungsphantasie oder durch akustische Erinnerungen oder Erwartungen ausdrücken. Sie können auch mehr gedanklicher Art sein.
Am eindrücklichsten zeigt sich unsere Vorstellungskraft in den Gestaltungen der bildenden Kunst, der Malerei, der Literatur, der Musik, aber auch in der Bildung wissenschaftlicher Hypothesen; grundsätzlich auch in allen geistigen Höhenflügen, ungeachtet dessen, ob diese auch realisiert werden können und ob sie mehr Probleme lösen oder mehr Probleme schaffen.
Der Vorstellungskraft verdanken wir die schöpferischen Gestaltungen; diese Gestaltungen ihrerseits regen wiederum unsere Vorstellungskraft an, denken wir etwa an Literatur, die geradezu dazu geschaffen zu sein scheint, unsere Phantasie

anzuregen und uns imaginativ in die verschiedenen Charaktere einzufühlen.
Trotz dieser großen Bedeutung für die menschliche Kultur und das menschliche Leben ganz allgemein erfreut sich die Vorstellungskraft – die Imagination – nicht nur eines guten Rufes. Ohne Zweifel verdanken großartige Werke ihren Ursprung der Vorstellungskraft, aber die Vorstellungskraft ängstigt auch: So kennen wir etwa den Ausdruck, daß wir uns etwas «bloß vorgestellt» hätten, daß etwas nur in der Vorstellung existierte, daß man sich gar etwas bloß eingebildet habe, daß jemand die Realität nicht mehr wirklich sehe und an die Stelle der Realität die Phantasie stelle.
Unsere Vorstellungen können uns helfen, die Welt zu erfassen, zu erschließen, was in bestimmten Situationen geschehen wird, eine Situation durch die Einfühlung auch emotionell einigermaßen richtig zu erfassen, sie können uns aber auch den Blick verstellen für die Realität, gerade dann, wenn unsere Vorstellungen mehr von unseren Problemen bestimmt sind. So kann die sehr lebendige Vorstellung etwa, wie ein Mensch zu sein hätte, den Blick auf eine/n reale/n Beziehungspartner/in verstellen, seine/ihre Handlungen werden dann im Sinne unserer Vorstellungen gedeutet[2]. Auch im Wort «Einbildungskraft» schwingt die mögliche Bedeutung mit, daß etwas «nur» eingebildet sei, keiner Realität entspreche; die Angst wird spürbar, daß ein Mensch in den Raum des Imaginären auswandern könnte, aus der gemeinsamen Welt des für wirklich Gehaltenen in eine «unwirkliche Welt», damit aber der «realen Welt», der Welt, die wir Menschen miteinander teilen, verlorengehen könnte. Der Ausdruck «Einbildungskraft» zeigt uns, daß wir es mit einer Kraft zu tun haben, einer Dynamik, mit der wir zu rechnen haben, die verändern kann und die allenfalls unsere Angst vor ihr mitbegründet.
Auch das Wort «Phantasie» löst zweierlei Erwartungen aus: Wir wissen, daß keine kreativen Lösungen, seien sie auch noch so alltäglich, ohne Phantasie zustande kommen. Jeder

Mensch ist auf seine Phantasie im Bewältigen des Alltags angewiesen. Die Lösungen dürfen dann aber doch nicht allzu phantastisch sein – nicht allzu unrealistisch. Die Imagination, der Raum der Freiheit, Voraussetzung für schöpferische Wandlungen, für schöpferische Gestaltungen, ist auch ein Raum der Angst: Es besteht die Gefahr, daß dieser Raum uns der «Realität» entfremdet, uns wegzieht von einer Alltagswelt. Gerade das soll sie aber: Die Welt der Imagination ist eine Welt von anderen Möglichkeiten, die wir auch haben. In ihr drückt sich die menschliche Sehnsucht nach dem «Ganz Anderen» aus – letztlich nach dem Göttlichen, und auch unsere Möglichkeiten, das «Ganz Andere» zu erfahren und im Dialog damit stehend auch zu gestalten.
Die Sehnsucht nach dem «Ganz Anderen» kann so groß werden, daß der befruchtende Dialog zwischen Alltagswelt und der Welt der Imagination aus dem Gleichgewicht gerät.

Wahrnehmung und Vorstellung

Die Welt der Imagination fasziniert und ängstigt, sie kann dem Alltagsleben neue Dimensionen geben, man kann sich aber auch in die Welt der Imagination verlieren. In der Alltagssprache wird das oft mit dem Ausdruck «unrealistisch geworden sein» bezeichnet, «die Verbindung mit der Realität verloren haben». Das sagt man auch etwa von Menschen, die schöpferische Ideen entwickeln, solange man diese Entwicklungen nicht versteht.

In dieser Argumentation wird deutlich, daß wir die Tendenz haben, die äußere konkret wahrnehmbare Wirklichkeit – von der wir annehmen, daß sie alle Menschen etwa ähnlich wahrnehmen, was in dieser Ausschließlichkeit nicht stimmt – als real zu bewerten, die innere Welt aber als nicht wirklich, nicht real. Und so werden wir dann immer einmal aufgefordert, eine Realitätsüberprüfung zu vollziehen, uns die Frage zu stellen, ob das, was wir uns so vorstellen, auch wirklich mit der Realität, mit dem, was konkret ist, übereinstimmt. Es ist gewiß immer einmal sinnvoll, die eigene Wahrnehmung einer Situation, in die viele persönliche Vorstellungen miteinfließen, mit der Wahrnehmung eines anderen Menschen zu vergleichen, aber es sind niemals die Wahrnehmungen eines Menschen ganz «real», die des anderen ganz «irreal» – es werden zwei Realitäten nebeneinandergestellt, und diese können einander beeinflussen.

Es ist problematisch, die Realität, die im wesentlichen auf der Wahrnehmung der äußeren konkreten Welt beruht, als *die* Realität zu betrachten und die Realität, die überwiegend auf Vorstellungen beruht, als Nicht-Realität zu bezeichnen.

Für ein Kind, das Angst vor Hunden hat, ist bei einer Begegnung mit einem Hund das Phantasiebild seines Hundes: «ein großer Hund, der auf es zustürzt, es umwirft, ihm die Tatze auf den Brustkorb setzt, das Maul mit den vielen großen, schrecklichen Zähnen geöffnet, die Zunge heraushängend», viel realer und wirksamer als etwa der Hinweis, daß es sich in diesem Fall um einen lieben, alten, etwas lahmen, zahnlosen Hund handle, der nicht zu fürchten sei, auch wenn dieser Hinweis im speziellen Fall der Wirklichkeit sehr viel näher kommt als das Phantasiebild des Kindes. Dennoch kann der Hinweis darauf, daß dieser Hund nicht dem inneren Angstbild des Kindes entspricht, in ihm die Idee wecken, daß es möglicherweise verschiedene Hunde geben könnte, daß es hinsehen und die Gefahr abschätzen sollte.
Gerade das Umgehen und das Arbeiten mit Imaginationen legt nahe, daß wir nicht davon ausgehen können, daß ein Mensch die volle Realität seiner Situation erkennt, der andere hingegen nicht, sondern daß es sehr sinnvoll ist, uns jeweils mitzuteilen, wie wir eine bestimmte Situation sehen, und so miteinander in einen Dialog treten, der fruchtbar sein kann, statt darüber zu streiten, wer in dieser Situation recht hat – was die Probleme meistens nicht löst und zudem wenig anregend ist.
Das Mißtrauen den Imaginationen gegenüber, das sich recht deutlich in der Befürchtung artikuliert, daß der Mensch sich mit seinen imaginativen Fähigkeiten zu weit von der allen gemeinsam wahrnehmbaren Wirklichkeit entfernt, zeigt auch, daß der Dialog zwischen Wahrnehmung und Vorstellung erhalten bleiben muß.
Wahrnehmung und Vorstellung gehören auf eine bestimmte Weise zusammen: Äußere Reize nehmen wir wahr, schalten wir diese äußeren Reize ab, indem wir z. B. die Augen schließen, dann können wir das eben noch Wahrgenommene uns vorstellen. Wir wissen aber auch, daß wir in der Vorstellung das Wahrgenommene leicht verändern: So bekommt etwa

eine Gegend, durch die wir gewandert sind, in der Vorstellung ein leicht verändertes Gesicht; kommen wir wieder einmal in diese Gegend zurück, dann wundern wir uns etwa, daß sie so viel weiter ist als erinnerlich usw. Anhand der neuen Wahrnehmung kontrollieren wir dann unsere Vorstellung.
Wir ergänzen aber auch Wahrnehmungen mit Vorstellungen. Können wir in unserer Wahrnehmung etwas nicht erkennen, weil es zu undeutlich ist oder weil nur eine rudimentäre Vorlage vorhanden ist, dann ergänzen wir mit unserer Vorstellungskraft, bis wir den Eindruck haben, etwas Eindeutiges zu erkennen. Viele Forschungen der Gestaltpsychologie[3] beziehen sich auf diesen Sachverhalt. Wir kennen auch die Spiele, bei denen ein Mensch zu zeichnen beginnt und wir raten sollen, was gezeichnet wird. Oft erraten wir schon nach wenigen Strichen, welcher Gegenstand abgebildet sein wird – manchmal allerdings irren wir uns auch im Sinne unserer inneren Erwartung.
Je weniger Information wir haben, um ein Wahrnehmungsbild zu kreieren, um so mehr nehmen wir unsere Vorstellung, unsere Phantasie zu Hilfe, um uns doch ein «eindeutiges Bild» einer Situation machen zu können. Dieses Bedürfnis haben wir, um mit unserer Angst umgehen zu können, um innerlich zur Ruhe zu kommen, weil wir dann wiederum orientiert sind, den Überblick wieder haben. Sind wir in einem psychischen Zustand, in dem wir wenig Informationen aufnehmen können, z. B. ganz und gar bestimmt von Wut, dann tritt unsere Phantasie über eine Situation an die Stelle der Wahrnehmung.
Es ist anzunehmen, daß Wahrnehmung und Imagination gemeinsame Wege im Gehirn benutzen. Es sind verschiedene Forschungen zu dieser Fragestellung gemacht worden[4]. Besonders bekannt, einfach und überzeugend sind die Untersuchungen von Segal[5]: Segal hat 1971 das sog. Perky-Phänomen nachgeprüft. Perky hatte 1910 entdeckt, daß Menschen, die sich auf einer leeren Leinwand einen besonderen Gegen-

stand vorstellen, einen nachträglich schwach auf diese Leinwand projizierten Gegenstand nicht mehr wahrnehmen. Versuchspersonen, die sich nicht zuerst einen Gegenstand auf der Leinwand vorgestellt haben, sind durchaus in der Lage, diesen projizierten Gegenstand zu erkennen. Segal hat dieses Phänomen nachuntersucht und festgestellt, daß es sich um eine allgemeinmenschliche Erfahrung handelt; das heißt aber, daß durch Imagination die Wahrnehmung äußerer Reize abgeblockt werden kann. Das gilt allerdings nur dann, wenn das äußere Signal derselben Modalität angehört wie die Imagination: Visuelle Reize werden dann nicht wahrgenommen, wenn die Imagination auch eine visuelle ist. Auditive Reize hingegen werden wahrgenommen, wenn die Imagination sich visuell abspielt.

Diese Erkenntnis weist darauf hin, daß es sich bei der Vorstellungskraft um eine Form der alltäglichen Informationsverarbeitung handelt. Zudem regen diese Forschungen dazu an, äußere Reize abzublocken, indem wir etwa die Augen schließen oder auf einen festen Punkt starren, wenn wir uns dem Fluß der inneren Bilder überlassen möchten.

Es ist sogar anzunehmen, daß erst die Vorstellungskraft aus wahrgenommenen Einzelinformationen, die das Gehirn aufnimmt, ein sinnvolles Ganzes schafft. Darauf wies bereits Kant hin, der die Einbildungskraft als «ein notwendiges Ingredienz der Wahrnehmung selbst» betrachtete « ...die Einbildungskraft soll nämlich das Mannigfaltige der Anschauung in *ein* Bild bringen...»[6]

Eccles, ein bekannter Gehirn- und Neurophysiologe, weist darüber hinaus auf die wohlbekannte Tatsache hin, daß «...die bewußte Wahrnehmung, die sich von irgendeinem allgemeinen sensorischen Input ableitet, weitgehend durch Emotionen, Gefühle und Verlangen modifiziert wird»[7]. Das heißt, daß wir auch dann, wenn wir auf der Ebene der Empfindung noch etwa die gleichen Bilder haben, diese Bilder sofort mit zusätzlichen verwandten Informationen aus der Lebensgeschichte verknüpft und mit den zugehörigen Emotionen versehen werden. So entsteht eine jeweils sehr individuelle «Sicht» der Dinge.

Tiefenpsychologisch ausgedrückt heißt das, daß unsere Komplexe sowohl das Erfassen der Information als auch das Bewerten der Information steuern[8]. Dieses Phänomen ist uns, wie Eccles betont, in der Tat wohlbekannt: Es fällt uns auf, daß der sich ängstigende Mensch überall Ängstigendes sieht oder den ängstigenden Aspekt einer Situation ganz besonders erlebt, so z. B., wenn etwa ein Kind auf einer hohen Schaukel vor Angst-Lust kreischt, nur den Aspekt sieht, daß das Kind herunterfallen könnte und deshalb Angst hat, nicht aber den Aspekt, daß das Kind sich auch über seinen Mut freut. Unsere Vorstellungen sagen deshalb auch immer etwas aus über unsere aktuelle emotionale Gestimmtheit, sie geben aber auch, vergleicht man sie über längere Zeit, über unsere größten emotionellen Probleme und Möglichkeiten Auskunft.

Wenn es uns gelingt, unsere Vorstellungen zu verändern, können wir auch die damit verbundenen Emotionen beeinflussen, können unsere Stimmungen verändern.

Zusammenfassend ist zu sagen, daß die Imagination ein grundlegendes Prinzip der menschlichen Verarbeitung von Informationen und Emotionen ist. Die Vorstellungstätigkeit begleitet immer unser mehr oder weniger bewußtes Wahrnehmen als nie abbrechender Phantasiestrom, den wir kaum wahrnehmen, oder in der entgegengesetzten Extremform als bewußt gestaltete Phantasie: Sie ist Voraussetzung für kreatives Arbeiten ganz allgemein, aber auch Voraussetzung für mystisches Erleben. So ist denn auch die Imaginationsfähigkeit in jedem Menschen vorhanden, sie wird, mehr oder weniger bewußt, eingesetzt zum Lösen alltäglicher Probleme oder zum Entwerfen einer Welt, die uns im Moment befriedigender zu sein scheint als die, in der wir leben.

Eccles stellt die Fähigkeit zur Imagination an die Seite der Intelligenz, als eine ganz wesentliche Fähigkeit, zu der uns unser Gehirn befähigt. Er ist der Ansicht, daß wir Imagination nicht lernen können, weil sie grundsätzlich vorhanden ist, daß wir sie aber auch nicht verlieren können, auch nicht im hohen Alter[9].

Auch wenn wir unsere Fähigkeit zur Imagination nicht lernen müssen, so meine ich, kann man diese Fähigkeit üben, sie sehr viel bewußter einsetzen, als wir es üblicherweise tun.

Vorstellungen, das Verändern von Vorstellungen ist außerordentlich wichtig für das Bewältigen unserer Alltagsprobleme, denken wir nur etwa daran, wie sehr wir in unserer Phantasie wesentliche Situationen durchspielen, unser Verhalten und das Verhalten anderer beteiligter Personen in unserer Vorstellung vorwegnehmend.

Der Bereich der Vorstellung, der Imagination, geht aber viel weiter. So macht sich etwa Bachelard[10] über die Psychologen lustig, die die Imagination «nur» zum Probehandeln gebrauchen oder mißbrauchen, für ihn bilden die Imaginationen eine Welt für sich, eine Welt der Poesie. Er ist der Ansicht, daß der Mensch unter anderem auch eine Imaginationsperson ist, daß wir durch die Imagination nicht unbedingt effizienter im alltäglichen Handeln, sondern poetischer werden. Diese Sichtweise scheint mir eine sehr wesentliche zu sein, weist sie doch darauf hin, daß wir in der Imagination einer so ganz «anderen Seite» in uns begegnen, die trotzdem so alltäglich erfahrbar ist – und letztlich auch so alltäglich ist.

Corbin sagt von der schöpferischen Imagination, sie vermittle zwischen dem Sichtbaren und dem Unsichtbaren, zwischen der physischen und der geistigen Welt, deshalb sei es durch das Medium der Imagination möglich, in einem Menschen auch das göttliche Wesen, das sich in ihm ausdrückt, zu lieben[11].

Von der Aktiven Imagination, der Imaginationsmethode, die C.G. Jung für die Psychotherapie vorgeschlagen hat und bei der es darum geht, daß ein Mensch innere Bilder lebendig werden läßt, innere Figuren zum Sprechen bringt, also eine

Tiefenschicht seiner Psyche aktiviert und dennoch mit einem sehr wachen Ich sich mit diesen Bildern, diesen Stimmen auseinandersetzt, sagt Jung, es sei eine Methode, bei der der/die Imaginierende nicht nur das Unbewußte analysiere, sondern auch dem Unbewußten Gelegenheit gebe, den Ich-Komplex zu analysieren[12]. Dieser Dialog zwischen dem Ich und dem Unbewußten ist die Voraussetzung für den Individuationsprozeß, den psychischen Prozeß, im Verlaufe dessen ein Mensch zu dem wird, was er letztlich ist.

Imagination ist etwas ganz Menschliches und wurde auch schon immer angewendet und beschrieben: So sprach Sokrates mit seinem Daimonion, und von den Mystikern sind uns Texte überliefert, die wir heute als Imaginationen bezeichnen würden, Texte, in denen sie beschreiben, wie sie Gott schauen oder wie sie die eigene Seele schauen und sich mit ihr auseinandersetzen.

Imagination als Therapie

Imaginationen kommen in allen Therapierichtungen vor: Sie werden mehr oder weniger bewußt eingesetzt. Jede Therapieform, die sich mit Erinnerung und Erwartung, mit Befürchtungen und Hoffnungen beschäftigt, arbeitet notwendigerweise mit den imaginativen Fähigkeiten des Menschen. Therapien, die das Erleben und Verstehen von Träumen als wichtig erachten, ebensosehr wie Verhaltenstherapien, die an die verändernden Möglichkeiten glauben, die in der Vorstellungskraft liegen, arbeiten mit Imagination. Umfassender Überblick über die verschiedenen imaginativen Methoden findet sich bei Singer: Phantasie und Tagtraum. Imaginative Methoden in der Psychotherapie[13].

Grundsätzlich kann man unterscheiden zwischen Therapieformen, die fast ausschließlich mit Imaginationen arbeiten, z.B. Desoille, Leuner[14], und Therapieformen, die imaginative Verfahren unter anderen auch einsetzen. Ich werde mich mit den Möglichkeiten der imaginativen Verfahren innerhalb der Therapie auseinandersetzen. Grundsätzlich möchte ich einen Weg aufzeigen, wie Imaginationen in der Therapie eingesetzt werden und wie diese imaginativen Fähigkeiten entwickelt werden können; letztlich möchte ich einen Weg von der Imagination zur Aktiven Imagination aufzeigen.

Wenn wir mit imaginativen Fähigkeiten innerhalb der Therapie arbeiten, bringen wir dadurch zum Ausdruck, daß wir über Bilder am Bild von uns selbst und von der Welt arbeiten können, daß uns bewußt wird, daß die Bilder von uns und die Bilder von der Welt, die wir uns machen, uns fördern oder hemmen in unserer Lebensbewältigung.

Außerdem zeigen wir damit, daß uns der Umgang mit Emotionen, die sich unter anderem ja auch abbilden, wesentlich ist, d.h., daß es uns wesentlich ist, daß Emotionen wirklich erlebt werden, weil dadurch einerseits Energien zum Handeln frei werden, andererseits die Beziehung zu sich selbst erlebbar wird. Das Arbeiten mit Bildern und anhand von Bildern in der Psychotherapie geht auf das Arbeiten mit den Traumbildern zurück, also auf Freud, auf Jung und andere. In den Traumbildern erleben wir, wie in allen anderen Bildern auch, daß sie einerseits eine Aussage über uns selbst machen, andererseits auch Veränderungen im Selbst- und im Welterleben bewirken können. In diesen Traumbildern können diagnostische und therapeutische Aspekte erkannt werden. Diese diagnostischen und therapeutischen Aspekte sind allen Bildern eigen.

Alle unsere Bilder, die wir beschreiben, malen und darstellen können, sagen etwas aus über uns selbst, sagen etwas aus über unsere jeweilige Befindlichkeit – denn in jeder Situation haben wir immer nur bestimmte Bilder zur Verfügung, seien dies nun Erinnerungsbilder oder Wunschbilder. Sie sagen etwas aus über unsere *aktuelle* Befindlichkeit. Insofern ist jede Diagnostik, die sich auf Bilder gründet, eine Prozeßdiagnostik; sie weist uns darauf hin, wo ein Mensch im Prozeß seiner Entwicklung im Moment steht, mit welchen Problemen er zu kämpfen hat, welche Lebensmöglichkeiten in ihnen abgebildet sind, welche Sehnsüchte eine Entwicklungslinie anzeigen. Begleitet man Menschen über längere Zeit, so wird deutlich, daß einige Bilder doch nicht nur so situationsbezogen sind, wie sie uns zunächst erscheinen, sondern daß gewisse Typen von Bildern immer wieder auftauchen. Diese Feststellung kann man am leichtesten bei sich selbst machen: in der Fülle von den uns möglichen Bildern aus Träumen, Phantasien usw. sind einige Grundbilder – in vielfältigen Spielformen – zu entdecken.

In unseren Bildern ist immer auch unser momentanes Verständnis von uns selbst und der Welt, das Verständnis unserer gegenwärtigen Beziehungsmöglichkeiten abgebildet. Sich selbst zu verstehen hat aber immer schon einen therapeutischen Aspekt.

Therapeutische Wirkungen durch das Anwenden von Imaginationen im engeren Sinn zeigen sich darin, daß dem Analysanden/der Analysandin durch das Arbeiten an den Bildern mehr Perspektiven des Erlebens und Handelns zugänglich werden; anstelle von «fixierten Vorstellungen» treten verschiedene Möglichkeiten des Erlebens und damit auch des Handelns, dadurch hervorgerufen, daß durch die Konzentration auf einzelne Bilder diese Bilder sich entweder spontan verändern oder durch Eingreifen eines Therapeuten/einer Therapeutin in den imaginativen Prozeß sich verändern können. In diesem Prozeß der Imagination wird eine Nähe zu den Emotionen gewonnen; wenn wir eine Emotion richtig spüren, entstehen dadurch Energien zum Handeln. Außerdem kann Abstand genommen werden von sehr negativen Vorstellungen von sich selbst, allenfalls können Sehnsuchtsbilder wesentliche Aspekte der Persönlichkeit freilegen, die bisher zu wenig ins alltägliche Leben integriert wurden.

Das Selbstgefühl verändert sich; es kann erlebt werden, daß Leben schöpferisch gestaltet werden kann, schöpferisch im Sinne der Persönlichkeitsveränderung.

Selbstverständlich kann sich aus der Beschäftigung mit den imaginativen Fähigkeiten auch ganz allgemein eine Lebenshaltung ergeben, die in sich schöpferisch ist, vielleicht auch poetisch. Ganz allgemein ist den Imaginationen die Emotion der Hoffnung eigen, da sie sehr oft auf die Zukunft und auf das Überschreiten der Grenzen von Zeit und Raum ausgerichtet sind. Das Gefühl, daß sich Situationen verändern können, daß die Zukunft immer auch offen ist, wird durch das Medium der Imagination auch dort, wo sie weitgehend unsere Wünsche abbildet, an uns herangetragen.

Hoffen ist ja nicht einfach ein Bauen von Luftschlössern,

sondern letztlich auch Vertrauen darauf, daß Leben uns trägt, daß das Ganze des Lebens und die eigene Intention in einen Zusammenhang gebracht werden können – auch in der Zukunft. In der Emotion der Hoffnung erleben wir eine grundsätzliche Geborgenheit[15]. Gerade diese Erfahrung der Hoffnung, die therapeutisch sehr wirksam ist, kann dann nicht erlebt werden, wenn die Bilder fern von den Emotionen, damit auch ich-fern gehalten sind, also wohl am ehesten dem sich nähern, was wir Luftschlösser nennen.

Es ist Sache des therapeutischen Umgangs mit der imaginativen Fähigkeit, diese Bilder ich-näher werden zu lassen. Je intensiver wir uns auf unsere Bilder einlassen, um so bedeutsamer werden sie für uns, um so eher werden wir Erfahrungen machen können, die vielleicht denen der Mystiker vergleichbar sind.

Da Imaginationen in sich die Tendenz haben, grenzüberschreitend zu sein, da sie Grenzen hinausschieben und dabei neue Grenzen setzen, besteht wohl auch die Tendenz, ihre Wirksamkeit und ihren Einsatzbereich als «grenzenlos» zu betrachten. Es müssen Einschränkungen gemacht werden: Es gibt Menschen, die mit ihren imaginativen Fähigkeiten in Form von Bildern mit sich und mit ihrem Unbewußten sehr gut in Kontakt kommen können, für andere ist die Methode des Malens oder des Psychodramas angemessener. Diese Methoden entfalten dann ihre größte Wirksamkeit, wenn es uns gelingt, uns intensiv auf diese inneren Bilder zu konzentrieren, d.h. auch, wenn es uns gelingt, sie sehr genau anzusehen, ganz bei ihnen zu sein.

Aber auch die Umkehrung gilt: Gelingt es uns, diese inneren Bilder genau zu sehen, uns ganz in sie zu vertiefen, so gelingt es uns auch, uns nach und nach im Alltag besser zu konzentrieren.

Die Methode der Imagination

Konzentration auf Bilder

«... man konzentriert die Aufmerksamkeit auf ein eindrucksvolles, aber unverständliches Traumbild oder auf einen spontanen visuellen Eindruck und beobachtet, welche Veränderungen am Bilde stattfinden. Dabei muß natürlich alle Kritik ausgeschaltet und mit absoluter Objektivität das Vorkommende beobachtet und aufgezeichnet werden... Unter diesen Bedingungen kommen lange und oft sehr dramatische Phantasieserien zustande. Der Vorteil dieser Methode ist, daß sie reichlich Inhalte des Unbewußten zutage fördert. Man kann sich zu gleichem Zwecke auch des Zeichnens, Malens und Modellierens bedienen. Visuelle Serien greifen, wenn sie dramatisch werden, leicht auf das auditiv-sprachliche Gebiet über, woraus dann Dialoge und ähnliches entstehen.» [16]

Was Jung hier im wesentlichen beschreibt als eine besondere von ihm «angegebene Methode der Introspektion», ist noch nicht eigentlich die von ihm dargestellte Methode der Aktiven Imagination, sondern die Imagination, die zu einer Aktiven Imagination werden kann, wenn der Dialog des Bewußtseins mit dem Unbewußten zustande kommt.

Diese methodische Anweisung zur Imagination ist indessen grundlegend für alle Arten der Imagination: Die Imagination beginnt mit einem Bild, das uns beschäftigt.

Durch Konzentration auf dieses Bild – und das damit verbundene Ausschalten der Wahrnehmung der Außenwelt – wird es möglich, die Veränderungen an diesen inneren Bil-

dern, den Fluß der inneren Bilder wahrzunehmen. Diese innere Aufmerksamkeit erreichen wir dann am ehesten, wenn wir unsere Kritik ausschalten können oder wenn wir sie als etwas, das auch zu uns gehört, so mitnehmen, daß sie uns nicht im Betrachten dieses inneren Bilderflusses stört. Eine neugierige Haltung, die einfach einmal aufnimmt und annimmt, stört unsere Bilderfolge am wenigsten. Die Kritik kann auf später verschoben werden.
Dieser innere Fluß der Bilder muß nicht nur wahrgenommen, sondern auch in irgendeiner Form festgehalten werden. Innere Bilder sind sehr flüchtig und entziehen sich leicht unserem Bewußtsein. Sie bekommen u.a. dadurch eine Gestalt, daß wir versuchen, das Gesehene in Worte zu fassen oder zu zeichnen.
Noch einmal weist Jung darauf hin, daß diese Bilder mit «absoluter Objektivität» beobachtet werden müssen. Es ist nicht anzunehmen, daß Jung, der so viel von den Einflüssen des Unbewußten weiß, die uns gerade daran hindern, «objektiv» zu sein, an «absolute Objektivität» glaubt. Mir scheint, daß er damit noch einmal zum Ausdruck bringen will, daß diese inneren Phantasiereihen, daß der Fluß der Bilder als solcher wahrgenommen werden will – möglichst ohne die kritisierenden Verzerrungen durch unser Bewußtsein –, aber auch daß wir diese Phantasien als «das andere» in uns auch wirklich zunächst einmal sehen und akzeptieren sollen.
Das Festhalten der Bilder bewirkt auch, daß wir uns mit ihnen auseinandersetzen können, daß wir allenfalls auch dann, wenn uns gewisse Bilder immer wieder bedrängen, uns von ihnen abgrenzen, ohne sie zu verdrängen.
Soweit die methodischen Anweisungen, wie sie Jung gibt. Jung spricht in diesem Zusammenhang nicht von Entspannung, einer Methode, die heute bei den meisten imaginativen Verfahren angewandt wird.

Entspannung

Die Entspannung fördert im allgemeinen die Intensität der affektiven Reaktionen, die Imaginationen werden in einem entspannten Zustand lebendiger, emotionaler, betreffen den/die Imaginierende mehr, d.h., sie werden ich-syntoner, ichnäher erlebt und daher verpflichtender, sie verändern Stimmungen mehr[17]. Durch das Erleben der inneren Bilder vertieft sich indessen wiederum die Entspannung, dadurch werden die Bilder noch lebendiger, ein Kreisprozeß ergibt sich[18].
Werden Imaginationen im Rahmen von therapeutischen Situationen gemacht, dann besteht eine gewisse Entspannung schon darin, daß der/die Imaginierende sich in der vertrauten analytischen Situation mit ihrem festen Rahmen befindet. Dennoch meine ich, daß auch hier weitere Entspannungsmethoden hilfreich sein können.
Imaginationen können in sitzender oder liegender Haltung gemacht werden. Die sitzende Haltung scheint mir günstig zu sein, weil darin immer noch eine Haltung zum Ausdruck kommt; ein Gehaltensein, das dann besonders für die Aktive Imagination wiederum von Wichtigkeit ist.
Bei den imaginativen Techniken ist zweierlei nötig: das psychische Geschehen-Lassen, das Fließen-Lassen der Bilder; andererseits müssen diese Bilder wahrgenommen, entweder direkt formuliert oder hinterher erzählt und in irgendeiner Form fixiert werden. Es geht also keineswegs nur darum, daß wir uns passiv unserer Bilderwelt überlassen und uns von ihr wegtragen lassen, sondern es geht auch darum, daß wir unsere Bilderwelt fassen, ihr Struktur geben. Gerade diese doppelte Haltung den Bildern gegenüber scheint mir in der sitzenden Position besonders gut erreichbar zu sein.
Die Augen werden geschlossen, oder der Blick wird auf einen Punkt gerichtet, damit wir uns wirklich auf unsere inneren Vorstellungen konzentrieren können. Ich beginne die Entspannungsübungen meistens damit, daß ich die Imaginieren-

den bitte, ihre Füße auf den Boden zu stellen und dort auch den Boden und die Füße zu spüren. Das ergibt ein zusätzliches Gehaltensein, Gegründetsein im Körper. Ich weise dann weiter an, die Schultern fallen zu lassen und mit tiefer Seufzer-Atmung auszuatmen. Die Seufzer-Atmung bewirkt, daß Menschen ihre Mitte spüren können, ohne daß man sie darauf hinweisen muß; gleichzeitig setzt eine erste Entspannung ein.

Ich mache dann weiter darauf aufmerksam, daß im Ausatmen immer auch Spannung losgelassen werden kann; allenfalls rufe ich Körperteil um Körperteil in Erinnerung, der vorgestellt werden soll und aus dem die Spannung im Ausatmen losgelassen, durch Beine und Füße in den Boden geleitet werden soll. Ist so der ganze Körper wahrgenommen und so weit als möglich entspannt, bitte ich, den Körper als ganzen wahrzunehmen, Spannungen, die noch spürbar sind, zu lösen oder sie zu akzeptieren als etwas, das in der Situation zu einem gehört. Dann bitte ich, sich darauf einzustellen, den inneren Fluß von Bildern zu sehen.

Es gibt viele Arten der möglichen Entspannung[19]: Eine einfache Form der Entspannung besteht darin, daß man den/die Imaginierende bittet, Körperteil um Körperteil anzuspannen, so intensiv wie möglich, und dann loszulassen. Wer autogenes Training beherrscht, wird sich leicht dadurch entspannen, daß man darauf hinweist, daß die einzelnen Körperteile «warm und schwer» werden.

Die Methode der Entspannung muß dem Therapeuten/der Therapeutin angenehm sein – und auf den/die Imaginierende abgestimmt. Wesentlicher als die Frage nach der Form der Entspannung scheint mir die Frage nach der Dauer der Entspannung zu sein.

Cautela und McCullough[20], beide Verhaltenstherapeuten, sprechen davon, daß sie ungefähr 15 Minuten darauf verwenden, Hauptmuskelgruppen anzuspannen und zu entspannen, bevor die Konzentration auf ein inneres Bild erfolgt. Die Entspannung soll auch von den Klienten zu Hause geübt werden. Leuner[21] schreibt, der Therapeut gebe dem Patienten «eine kurze Aufforderung zur Entspannung».

Die Vorstellungen darüber, wie weitgehend Menschen entspannt werden sollen, um zu ihren Imaginationen zu kommen, gehen weit auseinander, hängen auch vom einzelnen Imaginierenden ab. Der Sinn der Entspannung ist es, eine Überwachheit abzubauen, so daß eine rechtshemisphärische Wahrnehmung eher möglich und das ganzheitliche Bilddenken angesprochen wird. Es ist auch denkbar, daß die Entspannung dem Menschen das Gefühl gibt, in seinem Körper geborgen zu sein, daß er also erste Bilder der Geborgenheit überhaupt erlebt – und sich von daher leichter auf die inneren Bilder einlassen kann.

Wenn ich mit einzelnen Menschen imaginiere, dann versuche ich die Dauer der Entspannung aus meinem Gefühl für die Situation heraus zu bestimmen. Diese Dauer kann dann auch in der Folge modifiziert werden, wenn es sich herausstellt, daß möglicherweise eine kürzere oder längere Zeit der Entspannung angenehmer sein könnte.

In einer Gruppe entspanne ich so lange, bis ich eine deutliche Entspannung zu beobachten meine. Zudem ist hier die Frage nach der Tiefe der Entspannung gekoppelt mit der Frage nach der zur Verfügung stehenden Zeit: Imaginative Prozesse werden lebendiger, farbiger, länger, emotioneller bei einer guten Entspannung.

Vom Umgang mit Bildern

Es gibt Menschen, die während des Imaginierens sprechen. Diese Methode ist besonders dann günstig, wenn der Therapeut/die Therapeutin mit in die Imagination eintritt und allenfalls auch Hilfestellung geben möchte.

Bei Imaginationen außerhalb des Rahmens der Therapie

kann in diesem Falle ein Tonband aufgestellt werden, sofern dies nicht als störend erlebt wird.
Andere Menschen erzählen nach Abschluß ihrer Imaginationen, was sie gesehen und erlebt haben; wenn vom Therapeuten/von der Therapeutin hätte interveniert werden müssen, sind sie meistens an einer Stelle «steckengeblieben». Nach einer kurzen Entspannung und einer Diskussion, wie in dieser Situation vorgegangen werden könnte, kann dieses Bild wieder vorgestellt werden – und sich verändern. Da dieser innere Bilderfluß bildhaft erlebt wird, fällt es vielen Menschen schwer, diese Bilder in Sprache zu fassen; die Sprache entspricht ja dem linkshemisphärischen Denken[22]; sie ziehen es deshalb vor, diese Bilder zu malen.
Es ist außerordentlich wichtig, daß diese Bilder in irgendeiner Form festgehalten werden; es ist aber auch schwierig, sie adäquat festzuhalten. Mir scheint besonders wichtig zu sein, daß wir nicht zu rasch den bildnerischen Eindruck in die Sprache umsetzen; andererseits ist es im Sinne eines ganzheitlichen Erfassens dieser Bilderwelt notwendig, daß wir sowohl die Bilder sehen als sie auch beschreiben können, sie also rechts- und linkshemisphärisch wahrnehmen. Wenn wir zu rasch das Bild verlassen, besteht die Gefahr, daß die Emotion, die damit verbunden ist, vernachlässigt wird, damit aber ein Selbsterleben und eine mögliche Verhaltensänderung nicht eintritt.
Mir scheint es weiterhin besonders wichtig, gerade auch im Hinblick auf die Aktive Imagination, bei der der Dialog eine Rolle spielt, daß das Bildhafte dabei nicht verlorengeht, sondern in der vollen Breite erhalten bleibt.
In einer Gruppe gehe ich so vor, daß wir einander die Imaginationen erzählen, sie dann malen, aufschreiben oder in der Art des psychodramatischen Spiels inszenieren. Imaginationsgruppen sollten eher klein sein (sechs bis acht Personen)[23].

Indikation und Gegenindikation

Da die Imagination eine grundlegende menschliche Fähigkeit der Verarbeitung von Informationen und damit auch eine Orientierungsmöglichkeit ist, zudem auch eine Möglichkeit, Emotionen zu spüren und auch mit ihnen umzugehen, scheint es mir eine Technik zu sein, die auf jeden Fall in Betracht gezogen werden sollte bei jeder therapeutischen Bemühung, bei der es darum geht, die Menschen echter, autonomer werden zu lassen, sie mehr in Beziehung zu ihrem Unbewußten und zu den Mitmenschen zu bringen und sie letztlich kreativer und empathischer mit sich und der Welt umgehen zu lehren.

Ganz besonders indiziert scheint mir die Technik dann zu sein, wenn Menschen näher an ihre Emotionen herangeführt werden sollten, wenn das Bedürfnis besteht, aktuelle Lebensprobleme auch mehr von der symbolischen Ebene her anzusehen, außerdem dann, wenn Gefühle von Leere und negative Gefühle vorherrschen, die ihrerseits negative Gedanken bewirken, die dann wiederum die Gefühle noch mehr negativ werden lassen.

Auch zur Bearbeitung von Träumen und aktuell emotionell belastenden Situationen bietet sich die Imagination an sowie zur Integration von abgespaltenen Komplexen.

Kontraindiziert scheint mir diese Technik bei Menschen zu sein, die trotz längeren Übens keine Bilder zu sehen vermögen oder diese immer als diffus erleben, die sich also auch nicht belebt fühlen durch die Imagination. Ebenso kontraindiziert scheint sie mir zu sein bei Menschen, die zwar blumige Phantasiereihen mit einer gewissen Leichtigkeit hervorbringen können, von diesen aber emotionell nicht betroffen sind. Natürlich ist es eine Möglichkeit, mit therapeutischen Interventionen mehr emotionelle Nähe zu den Imaginationen herzustellen; ist das aber nicht möglich, dann ist durch diese Technik wenig Veränderung zu erwarten.

Kontraindiziert ist das Verfahren bei akuten und chronischen Psychosen sowie bei ausgeprägter Zwangssymptomatik. Leuner[24] hält das Verfahren auch bei ausgeprägten depressiven Verstimmungen nicht für geeignet. Dagegen sprechen Forschungsergebnisse der Therapie an depressiven Patienten, die psychiatrisch hospitalisiert waren, wie sie Schultz beschreibt[25].

Die Gefahren bei der Imagination sind wohl über längere Zeit eher überschätzt worden[26]. Gefürchtet werden reaktiv-psychotische Episoden, die allerdings selten eintreten. Das Überschwemmtwerden mit Bildern kann meistens mit Veränderung der Körperhaltung, Stimulierung der Wahrnehmung der Außenwelt, genauem Beschreiben und Aufschreiben der Bilder gestoppt werden.

Die Imagination ist eine natürliche Technik, die wir Menschen zur Verfügung haben, zusätzlich zu der Intelligenz eine hervorragende geistige Möglichkeit des Menschen, wie Eccles[27] immer wieder betont. Wir nützen diese Fähigkeit, entwickeln sie. Wenn sie uns gefährlich zu werden droht, reagieren wir mit Abwehrmechanismen; vor allem wenden wir unsere Aufmerksamkeit anderen Bereichen des Lebens zu. Das Arbeiten mit der Imagination ist keinesfalls nur innerhalb von Therapien möglich; phantasievolle Menschen haben sie schon immer eingesetzt. In der Therapie wird indessen sehr gezielt mit den imaginativen Fähigkeiten gearbeitet.

Selbstverständlich kann eine Flucht in die Phantasie stattfinden, wie wir ja auch in die Intelligenz, in die Rationalität usw. fliehen können. Die immer wieder geäußerte Befürchtung, daß Menschen durch das Imaginieren Phantasie und Realität immer weniger unterscheiden könnten, hat sich nicht bewahrheitet; eher scheint das Gegenteil davon zu beobachten zu sein: Durch die Konzentration auf die imaginativen Aspekte wird den Menschen bewußter, wann sie ihre Wahrnehmung von der Welt mit Vorstellungen ergänzen.

Geführte Imagination

Um die imaginativen Fähigkeiten eines Menschen zu üben, und um zu vermitteln, daß es diese inneren Bilder wirklich gibt, daß es auch nicht allzu schwer ist, sie wahrzunehmen, bieten sich am Anfang geführte Imaginationen an, d.h. Imaginationen, in denen der Therapeut/die Therapeutin Anregungen gibt. Bei den geführten Imaginationen müssen sich die Imaginierenden nicht auf die spontanen Veränderungen, die sich von selbst in den Bildern einstellen können, konzentrieren, die Veränderungen werden ihnen von außen vorgeschlagen. Die Imaginierenden werden darauf hingewiesen, daß sie nicht den Anweisungen folgen müssen, wenn sich ihre Bilder spontan verändern.
Ausgangspunkt für solche Imaginationen können Traummotive sein, übt man diese Art der Imagination in einer Gruppe, oder sind gerade keine geeigneten Bilder aus Träumen vorhanden, können Symbole, die zugleich anschaulich sind und einen vielschichtigen Bedeutungsgehalt haben, als Ausgangspunkt von Imaginationen dienen.

Beispiel: Motiv Haus

Nach einer leichten Entspannung wird folgende Imaginationsanweisung gegeben:
Stellen Sie sich das Haus (ein Haus) Ihrer Kindheit vor. Gehen Sie um das Haus herum, schauen Sie es gut an. Gehen Sie in ein Zimmer hinein. Wie sieht es aus? Können Sie einen bestimmten Geruch wahrnehmen? Treffen Sie da jemanden oder sehen Sie

einen Gegenstand, der Sie besonders anspricht? Verlassen Sie dieses Zimmer wieder. Schauen Sie sich noch einmal das Haus an und überlegen Sie sich, wo Sie umbauen wollen. Bauen Sie um. Lösen Sie sich nun von den Bildern dieses Hauses und stellen Sie sich ein Haus vor, in dem Sie gerne wohnen möchten. Und nun stellen Sie sich ein ganz phantastisches Haus vor, eines, das es noch gar nicht gibt, ein utopisches Haus – man muß nicht unbedingt drin wohnen können... Jetzt lösen Sie sich von Ihren Bildern, öffnen die Augen, strecken sich, gähnen... Dann lassen Sie noch einmal die inneren Bilder an Ihrem Auge vorbeiziehen.

Es empfiehlt sich, die Imaginierenden sehr bewußt sich von ihren Bildern lösen zu lassen, besonders aber irgendwelche Bewegungen des Körpers anzuregen, weil dadurch diese inneren Bilder, auch wenn sie einmal sehr bedrängend sein sollten, aufhören, das Bewußtsein zu bestimmen[28].
Diese geführte Imagination mit dem Motiv Haus gibt dem/der Imaginierenden die Überzeugung, daß wirklich jeder Mensch fähig ist, sich ein Bild von etwas zu machen, auch wenn kein äußerer Reiz vorhanden ist. Dabei werden nun diese verschiedenen Bilder eine verschiedene Lebendigkeit haben. Das Beispiel, das ich gewählt habe, zeigt die verschiedenen Möglichkeiten der Imagination auf: Imagination kann im Beispiel der Imagination eines Hauses der Kindheit Erinnerung sein, der Hinweis, das Haus gut anzusehen, verweist darauf, daß diese inneren Bilder angesehen werden müssen, diese Anweisung wird nochmals wiederholt bei der Aufforderung, in ein bestimmtes Zimmer hineinzugehen. Die Wahl des Zimmers dürfte eine bestimmte Bedeutung haben für den/die Imaginierende/n. Der Hinweis auf den Geruch bezieht sich darauf, daß wir oft, weil wir immer von Bildern sprechen, ganz vergessen, daß wir uns auch Gerüche vorstellen können, den Geschmack einer Speise, das Gefühl einer Berührung. Auch Töne können gehört werden. Die Bilder

werden um so lebendiger, je mehr Modalitäten der Vorstellung vereint sind. Solche Hinweise in einer geführten Imagination regen an, nicht nur die visuelle Vorstellung ernst zu nehmen, sondern auch die sogenannten «urbanen» Vorstellungen.
Diese Frage nach der Begegnung mit einer Person regt an, Begegnung überhaupt, allenfalls auch Konfrontation in der Imagination zuzulassen oder auch etwa einen Gegenstand, an den man vielleicht lang nicht mehr gedacht hat, der mit Erinnerungen verbunden ist, wieder einmal ins Bewußtsein kommen zu lassen, samt den damit verbundenen Assoziationsketten, den damit verbundenen Geschichten und Gefühlen.
Die Regieanweisung, das Haus umzubauen, weist auf eine der Imagination eigene Möglichkeit hin: Auch etwas, was scheinbar für immer gegeben ist, kann «umgebaut» werden; man könnte nachher auch diesen Umbau ansehen, schauen, ob das Haus nun wirklich unseren Anforderungen besser entspricht. Mit dieser Aufforderung wird die Funktion des Öffnens, die der Imagination eignet, angesprochen.
Das Haus, in dem man gerne wohnen möchte, spricht die Wunschebene an, die uns immer wieder in der Imagination begegnet. Ich halte diese Ebene des Wunsches und des Wünschens für sehr wichtig, denn sehr oft wissen wir gerade nicht, was wir uns eigentlich wünschen, wir sind nur unzufrieden, oder wir haben überhaupt keinen Wunsch mehr ans Leben; das bedeutet aber, daß wir in Resignation verfallen sind. Um Leben aktiv gestalten zu können, brauchen wir unsere Wünsche, die sich in Imaginationen abbilden; ob sie dann auch realisiert werden können oder in welcher Art, ist wiederum eine andere Frage.
Das phantastische Haus, das utopische Haus eröffnet die Dimension des Surrealen in der Imagination, zeigt auf, daß die Imagination sich weit von der Realität entfernen kann, zeigt aber auch, wie weit von der Realität ein Imaginierender/eine Imaginierende sich zu entfernen traut.

Die Bildvorgabe «Haus», dieser an sich konkrete Stimulus mit einer ungeheuren Dichte, eignet sich m.E. besonders gut, um die verschiedenen Möglichkeiten, die in der Imagination enthalten sind, sichtbar zu machen. Das Haus der Kindheit verbindet uns zwanglos mit unserer Kindheitsgeschichte; dann ist in der Imaginationsanweisung der Weg vom Haus der Kindheit zu einem eigenen gewünschten Haus angeregt, regt also an, über die Entwicklung zur eigenen Autonomie, anhand des Raumes, in dem unser Ich sein Leben lebt, nachzudenken.

Häuser sind Räume, die uns Geborgenheit geben, in denen wir unsere Beziehung zu unserer Innenwelt und zu Beziehungspersonen pflegen. Diese Imagination regt an, nachzusehen, wie sich diese Räume in unseren inneren Bildern abbilden, wie sie gestaltet und gewandelt werden können.

Letztlich gilt das Haus auch immer als ein Symbol für unsere Persönlichkeit in einem sehr umfassenden Sinn[29].

Geben wir ein Motiv zur Imagination, so benennen wir bildhaft einen Bereich, zu dem wir die Bilder des imaginierenden Menschen herauslocken; in der Imagination zeigt dann ein Mensch, mit welchen Bildern er oder sie auf diese Bilder reagiert. Es ist niemals so, daß ein vorgeschlagenes Motiv nur einen speziellen Bereich anspricht, meistens sind diese Motive symbolisch sehr dicht.

Es gibt imaginative Verfahren, in denen diese fortlaufenden Therapien mit Imaginationen gemacht werden, in denen diese Motive – auch in ihrem Bedeutungsgehalt – recht eindeutig beschrieben sind[30]. Demgegenüber steht die Ansicht, Imaginationen sollten nur zu Motiven, die aus dem eigenen Unbewußten des/der Imaginierenden stammen, gemacht werden; der Autonomie des Unbewußten sollte kein Abbruch getan werden, die jeweils im Unbewußten belebten Inhalte sollten ungehindert von vorgegebenen Motiven die Imagination bestimmen. Wer innerhalb von Therapien mit Imaginationen arbeitet, also nicht eine Imaginationstherapie im engeren Sin-

ne macht, wird natürlich Traumbilder oder Bilder, die sich dem Therapeuten/der Therapeutin in der Gegenübertragung aufdrängen, benützen. Gerade für den Beginn des Arbeitens mit Imaginationen kann es aber sinnvoll sein, auch einmal ein Symbol, das eine kollektive Bedeutung hat, also jeden Menschen anspricht, imaginieren zu lassen.
Arbeitet man mit Imaginationen in einer Gruppe, ist es notwendig, von solchen Motiven auszugehen.
Beim Imaginieren mit einem vorgegebenen Motiv ist übrigens die Nähe zu einigen projektiven Tests ersichtlich. Bei einigen Erzähltests, wie etwa dem TAT und dem ORT[31], werden dem Probanden Bildvorlagen gezeigt, auf denen zum Teil recht undeutlich Situationen abgebildet sind; wir sind also genötigt, unsere Wahrnehmung mit Vorstellungen zu ergänzen. Der Proband/die Probandin soll sich vorstellen, was auf der jeweiligen Tafel zu sehen ist, und zu diesem Bild eine möglichst dramatische Geschichte erzählen. Auch diese Bilder haben jeweils einen Aufforderungscharakter zu einer bestimmten Thematik, die von den Autoren recht bestimmt beschrieben wird. Wer den Test aber nicht selbst erfunden hat, sieht in diesen Tafeln bereits wieder die eigenen Bilder auch mit. Statt eines Bildes, das vorgelegt wird, sprechen wir bei den ‹Imaginationen mit Motiven› von einem Bild, das vom Imaginierenden mit Leichtigkeit in ein inneres Bild umgesetzt werden kann.

Beispiel: Motiv Baum

Für eine geführte Imagination eignet sich auch das Motiv Baum. Nach einer kurzen Entspannungsphase kann folgende Imaginationsanweisung gegeben werden:
Stellen Sie sich einen oder mehrere Bäume vor…
In welcher Umgebung steht der Baum?
Wie ist das Wetter?

Sehen Sie sich den Baum genau an.
Wie sieht er aus?
Können Sie ihn berühren, wie fühlt er sich an?
Können Sie ihn riechen?
Kommen andere Menschen zu dem Baum?

Der Baum ist zunächst einmal ein Gegenstand in der Natur, aber er ist auch mehr: Er ist ein Symbol, er kann für Aspekte unseres Menschseins stehen und diese ausdrücken. Schon die Art des Baumes, den wir sehen, den wir in gewissem Sinne auch wählen unter allen möglichen Bäumen, die wir kennen, sagt viel aus über uns selbst. Es ist ein Unterschied, ob wir den Eindruck haben, daß eine Lärche zu uns paßt oder eine Eiche, daß eine Lärche oder eine Eiche «unser Baum» ist, also einen Teil unseres Wesens ausdrückt. Das Werden eines Menschen wird oft mit dem Wachsen eines Baumes verglichen. Wir stehen dann in der Welt in unserem Gewachsensein wie ein Baum: mehr oder weniger gut verwurzelt, stämmig und daher vielleicht auch unbeugsam, oder flexibel und daher vielleicht zu leicht zu biegen, umzubiegen im Sturm. Wir können uns entfalten, wie der Baum seine Krone entfaltet, fruchtbar werden und uns dann zurückziehen und uns regenerieren; auch stehen wir im Wandel der Jahreszeiten wie ein Baum, im zyklischen Wandel des Lebens. Unser Gewachsensein in unserer speziellen Eigenart, unser Stehen in der Welt, kann im Symbol eines Baumes ausgedrückt sein[31a].
Die Landschaft, in der unser imaginärer Baum steht, sagt uns, wo wir im Moment gerade angesiedelt sind in der Welt, frei stehend auf einem Hügel etwa, für jeden gut sichtbar, als Treffpunkt geeignet – oder etwa versteckt, hinter einem Haus, vielleicht mit Früchten, die eigentlich gar niemand sehen sollte.
Das Wetter ist Ausdruck für die gegenwärtige emotionelle Gestimmtheit.
Fällt uns eine Jahreszeit am Baum auf, die nicht mit der gera-

de herrschenden Jahreszeit korrespondiert, weist uns diese darauf hin, in welcher Phase des Lebens wir uns befinden. Dabei halten sich Bäume in der Imagination nicht unbedingt an konkrete Gegebenheiten, so kann etwa ein Eichbaum durchaus Äpfel tragen, oder ein Apfelbaum blüht auf der einen Seite, auf der anderen Seite ist er kahl.
Solche Bilder können wir meistens ohne Schwierigkeiten auf unser aktuelles Leben übertragen, wir wissen meistens intuitiv, mit welchen Ereignissen im Leben ein solches Bild zusammenhängen könnte. Ein solches Bild kann auch neue Hoffnung auslösen: so der erwähnte Apfelbaum: das Bild einer Frau, die vor etwas über einem Jahr ihren Mann durch Tod verloren hat und die eigentlich denkt, daß alles leer und öde ist in ihrer Seele; im Bild wird ihr nahegelegt, daß Frühlingsgefühle auch wieder vorhanden sind.
Gerade an diesem Beispiel wird deutlich, was sich in der Arbeit mit Bildern immer zeigt: Unsere Bilder sagen immer etwas aus über uns, sie sind auch immer Hinweis auf uns selbst, sie können aber auch diesem Bild noch nicht Gewußtes beifügen und dadurch unsere Stimmungen und damit aber auch unsere Energielage verändern.
Die Fragen nach dem taktilen Wahrnehmen und nach dem Geruch sollen wiederum andere Modalitäten in der Vorstellung als die visuellen stimulieren, die Frage nach den anderen Menschen regt das Thema der Begegnung an.
Gerade beim Symbol des Baumes kann man sehr gut sein Umfeld mitnehmen – kein Baum steht im luftleeren Raum, und auch kein Mensch steht im luftleeren Raum. Dabei erlaubt gerade das Symbol des Baumes Imaginationen aus sehr tiefen Schichten, wenn diese angesprochen sind. Der Baum ist von alters her auch ein Symbol für das Gewachsensein der Menschheit als ganzer, der Weltenbaum, die Weltenesche Yggdrasil bildet die Menschheit als ganze ab. So erlaubt gerade dieses Motiv auch Imaginationen, die weit über das persönliche Selbstbild hinausgehen.

Es ist überhaupt daran zu denken, dass die meisten Motive, besonders dann, wenn es Motive von einer gewissen symbolischen Dichte sind, immer auch einen archetypischen Aspekt haben, ein Menschheitsthema in unserer Seele also berühren.

Technik

Geführte Imaginationen bewähren sich beim Erlernen der imaginativen Technik bei Menschen, die nicht spontan imaginieren. Meine Hinweise zur Schulung der imaginativen Fähigkeiten betrifft natürlich die Menschen, die nicht spontan imaginieren, bei denen aber doch der Wunsch besteht, mehr mit diesen inneren Bildern und den mit ihnen verbundenen Wandlungsprozessen in Kontakt zu kommen.
Geführte Imaginationen setzen die Angstschwelle des/der Imaginierenden herab, er/sie kann dadurch besser mit den Bildern in Kontakt kommen.
Durch verschiedene Fragestellungen in der geführten Imagination lernen Imaginierende, welche Fragen sie selbst etwa an ihre Bilder stellen könnten. Braucht der Imaginierende die Hilfestellung nicht mehr, kann sie zurücktreten; der Therapeut/die Therapeutin bleibt aber Begleiter/in, der/die dann interveniert, wenn es notwendig erscheint.
Angestrebtes Ziel ist es, daß die Imaginierenden selbständig mit ihren Imaginationen umgehen können, diese auch außerhalb der therapeutischen Situation anwenden, wie das ja die meisten Menschen tun, wenn sie sich innerlich Situationen vorstellen, auf die sie sich freuen oder in denen sie sich bewähren müssen, etwa eine unliebsame Auseinandersetzung.
Geführte Imaginationen, bei denen zusätzlich auch Motive im Zusammenhang mit der Dynamik der Erkrankung vorgeschlagen werden, können sehr hilfreich sein zum Beispiel bei der Therapie von Menschen, die an einer Depression erkrankt sind[32], sowie auch bei Menschen mit funktionellen Er-

krankungen, also körperlichen Erkrankungen, für die keine organische Ursache gefunden werden kann.
Auch bei Menschen, die eher diesen inneren Bildern hilflos ausgeliefert sind, von ihnen bestimmt werden – die einen wenig kohärenten Ich-Komplex haben, daher schlecht zwischen innen und außen, zwischen dem, was wirklich zu ihnen gehört und was nicht zu ihnen gehört, unterscheiden können, daher auch rasch den Kontakt zu sich verlieren, verwirrt werden, ihren Orientierungssinn für sich selbst und andere verlieren – kann gerade durch eine sorgfältig geführte Imagination der Umgang mit diesen sie überschwemmenden Inhalten ihres Unbewußten geübt werden, Grenzen können gesetzt werden; im besten Fall nehmen sie das therapeutische Vorgehen als Modell, wie sie selbst mit sich umgehen können, im schlechteren Fall werden sie die Technik der Imagination nicht anwenden oder nur in Begleitung eines Therapeuten oder einer Therapeutin.
Es ist nach meiner Erfahrung nicht so, daß der spontanen Imagination auf jeden Fall der Vorzug zu geben wäre vor der geführten Imagination; die geführte Imagination kann die Imaginierenden in emotionell näheren Kontakt zu den Bildern bringen. Allerdings wird durch die geführte Imagination auch die Imagination komplizierter, weil der Therapeut/die Therapeutin mit ihren Interventionen, die unter Umständen auch nicht im Dienste der fließenden Bilder stehen, den Prozeß auch einmal hemmen, oder weil sie mit ihren eigenen Bildern zu sehr den Prozeß des anderen Menschen beeinflussen. Solche Möglichkeiten müssen zwischen dem/der Imaginierenden und dem Therapeuten/der Therapeutin diskutiert werden.
Es ist grundsätzlich so, daß wir, wenn wir in einer nahen therapeutischen Beziehung stehen, uns auch unbewußt beeinflussen, so etwas wie ein gemeinsames Unbewußtes haben[33], so daß anzunehmen ist, daß wir uns immer mit unseren Bildern auch gegenseitig beeinflussen. Das kann belebend oder

aber auch störend sein. Auch wenn dieses Thema bei der therapeutischen Arbeit mit Imaginationen nicht zur Sprache kommt, ist diese Beeinflussung vorhanden, ob nun mehr oder weniger mit Interventionen gearbeitet wird. Je mehr wir aber mit Interventionen arbeiten, mit Motiven auch, von denen wir annehmen, daß sie im aktuellen Prozeß eine wesentliche Veränderung bringen könnten, um so bewußter müssen wir unser Vorgehen, um so kritischer müssen wir unsere Interventionen hinterfragen.

Der Fluß der inneren Bilder

«Man konzentriert die Aufmerksamkeit auf ein eindrucksvolles aber unverständliches Traumbild oder auf einen spontanen visuellen Eindruck und beobachtet, welche Veränderungen am Bilde stattfinden: eine von mir angegebene Methode der Introspektion, nämlich der Beobachtung des *Flusses innerer Bilder.*»[34]

Jung geht davon aus, daß die inneren Bilder im Fluß sind, im Fluß erlebt werden können. Diese Beobachtung wird von vielen Therapeuten/Therapeutinnen gemacht.

Dennoch wird auch immer wieder beobachtet, daß fixierte Bilder vorkommen, die mit einem emotionalen Zustand des Fixiertseins auf ein Problem, auf eine Situation korrespondieren und gerade die Möglichkeit der Öffnung, die sich uns in der Imagination bietet, nicht aufnehmen können. In selteneren Fällen können diese fixierten Bilder darauf hinweisen, daß sie – gerade so wie sie sind – in ihrer Unwandelbarkeit angesehen, auf ihre Bedeutung hin befragt werden müssen. Öfter aber stehen diese fest-stehenden Bilder mit irgendwelchen Ängsten in Zusammenhang.

Es gilt als gesichert, daß möglichst lebendige Vorstellungen therapeutisch am besten wirksam sind[35], verbunden mit einer guten Kontrollfähigkeit des Ich. Zur Lebendigkeit gehören aber fließende Bilder, samt der damit verbundenen Vorstellungen in verschiedenen Sinnesmodalitäten, d.h., daß man zusätzlich zur visuellen Vorstellung auch hört, riecht, Herzklopfen spürt etc. Deshalb ist es ein Anliegen aller, die Imaginationen im therapeutischen Prozeß einsetzen, diese Bilder «in Bewegung» zu bringen, diese erlebbar zu machen. Bei Menschen, bei denen die inneren Bilder nicht fließen, oder die eher in Sorge sind, daß sie nicht fließen könnten, kann man Vertrauen in den inneren Fluß der Bilder bewirken, indem man ein Motiv zur Imagination anbietet, das in sich das Fließen in einem hohen Maße beinhaltet, z. B. das Wasser.

Beispiel: Motiv Wasser

Mögliche Imaginationsanweisung (nach einer leichten Entspannung):
Stellen Sie sich Wasser vor.
Wenn Ihr Wasser bewegt ist, folgen Sie dem Laufe des Wassers, nehmen Sie das Wasser wahr, die Umgebung, durch die es fließt oder in der es liegt.
Nehmen Sie auch das Wetter wahr.
Welches Gefühl löst dieses Wasser in Ihnen aus?
Wo befinden Sie sich im Bild?
Wo fließt das Wasser hin?
Wenn das Wasser, das Sie sehen, ein ruhendes Wasser ist,
bleiben Sie ganz ruhig bei diesem Wasser,
nehmen Sie das Wasser, die Umgebung und sich selbst wahr.

Es können sehr verschiedene Formen von Wasser gesehen werden, ein Bach etwa, ein Fluß, ein Bächlein, Quellen, Brunnen, ein See, das Meer usw.
Selbstverständlich können auch diese verschiedenen Erscheinungsformen des Wassers an sich als Motiv genommen werden, um zu imaginieren, um den «psychischen Fluß» zu erleben. Ich ziehe es vor, allgemein von Wasser zu sprechen, um der Ausdrucksmöglichkeit der Seele soviel Autonomie als möglich zuzugestehen, aber auch, um einen diagnostischen Hinweis zu bekommen: Unsere Seele stellt sich anders dar, wenn sie sich etwa in Bildern einer sprudelnden Quelle abbil-

det oder wenn sie sich an einem großen Meer phantasiert. In beiden Fällen kann eine große innere Lebendigkeit ausgedrückt sein: einmal im Erlebnis des An-der-Quelle-Sitzens oder vielleicht sogar darin, selber eine Quelle der Lebendigkeit zu sein, eine Quelle, die überschaubar ist, mit der man bedingt umgehen kann; im Falle des Meeres als der Teilhabe an einem geheimnisvollen Urgrund des Lebens, des Seins, das uns weit übersteigt, das uns hineinzieht in die Unendlichkeit des Daseins, in die ganz großen Rhythmen, an denen wir doch auch Anteil haben[35a].

Das Motiv des Wassers ist natürlicherweise in eine Umgebung eingebettet. Die Beobachtung des Umfeldes läßt die Möglichkeit zu, mehr von der Erinnerung her zu imaginieren oder Umgebungen zu phantasieren; Naturerlebnisse werden dabei meistens erinnert, samt den damit verbundenen Gefühlen, Problemen, Freuden.

Die Frage danach, wo man sich im Bild selbst sieht, weist darauf hin, daß man verschieden imaginieren kann: Man kann Bilder sehen, und man bleibt der Mensch, der diese Bilder sieht, ohne sich dessen wirklich bewußt zu werden. Man kann Bilder sehen und sich selbst auch im Bild, oder man kann sich identifizieren mit einem Handlungsträger/einer Handlungsträgerin im Bild, man kann z. B. zum sprudelnden Wasser «werden», sich als sprudelndes Wasser empfinden.

Imaginationen mit Motiven des Wassers kommen auch bei den spontanen Imaginationen recht häufig vor. Das wundert uns dann nicht, wenn wir bedenken, wie viele Wassermetaphern, also Bilder des Wassers, wir benützen, um unsere seelische Befindlichkeit auszudrücken. So sagen wir etwa, wir «sitzen an den Quellen», «überquellen» vielleicht gar «vor lauter Ideen und Einfällen», unversehens aber können «unsere Quellen auch ausgetrocknet sein». «Bei einer Arbeit fließt es» oder aber «es fließt eben nicht», wir fühlen uns nicht «im Fluß»; über längere Zeit gesehen, scheint unser «Lebensfluß» plötzlich ins Stocken zu kommen, unsere «Lebendigkeit versiegt» – hinter dem «Versiegen» steckt auch ein Bild des Wassers –, oder unser Leben kommt aber auch «wieder in Fluß». Möglicherweise «zerrinnt uns aber auch alles unter den Händen».

Diese Bilder gebrauchen wir oft, ohne sie uns bildhaft vorzustellen; würden wir das tun, hätten wir einen näheren Bezug zu unserer gegenwärtigen seelischen Befindlichkeit, die sich in diesen Bildern ausdrückt.

Wasser kann auch gestaut werden – so sprechen wir denn auch von «gestautem Ärger»; Wasser reißt manchmal auch Dinge mit, die nicht eigentlich ins Wasser gehören, die stören und die sich etwa an einer Wegbiegung ebenfalls anstauen können. Da hat sich dann vieles «angestaut», was wiederum abgebaut werden muß, pflegen wir in solchen Situationen zu sagen.

Wasser kann aber auch überschwemmen, überfluten, kann Dämme zum Einstürzen bringen, Land überfluten, das wir nicht überflutet haben möchten – ein Bild dafür, daß wir von Emotionen, die sonst durchaus belebend sein können, überflutet werden.

Wir sprechen aber auch von der Tiefe der Seele; auch da scheint ein Bild des Wassers dahinterzustehen: die Tiefe der Seele und die Tiefe des Wassers.

So ist in den Wasserbildern immer die aktuelle emotional-körperlich-seelische Bewegtheit und Lebendigkeit unseres Wesens ausgedrückt, aber auch, wie wir mit unserer seelischen Lebendigkeit im Fluß des Lebens stehen, in der ständigen, sichtbar gewordenen Wandlung, wie sie uns im Wasser besonders entgegentritt.

Deshalb scheint mir das Motiv des Wassers wie kaum ein anderes Motiv geeignet zu sein, den Fluß der Bilder in uns zu stimulieren. Außerdem ist das Motiv des Wassers auch geeignet, Imaginationen, in denen Klangbilder vorkommen, Geräusche überhaupt, Gerüche, Körpererlebnisse hervorzurufen.

Natürlich stimulieren auch Motive wie Wind, Sturm, Feuer den Fluß der Bilder. Das Motiv Wind scheint aber ein mehr abstraktes Motiv zu sein, weil wir den Wind immer erst durch Vermittlung – etwa von bewegtem Wasser, bewegten Bäumen usw. – wahrnehmen; das Motiv Feuer ist, gerade weil es auch einen zerstörenden Aspekt hat, leicht mit Angst verbunden[36]. Bewegte Bilder entstehen auch, wenn wir etwa Imaginationen mit Tieren machen, die sich bewegen können, oder wenn wir das Motiv der Reise wählen.

Bilder der Dichtung als Auslöser bewegter Bilder

Bilder, die durch die Dichtung vermittelt werden, wecken wiederum Bilder in der Seele des Lesers/der Leserin; bewirken sie gerade das nicht, dann haben wir das Gefühl, nicht wirklich angesprochen zu sein durch einen Text, wir sind dann nicht eigentlich von ihm berührt. Er mag durchaus zum Nachdenken anregen, aber wir werden durch ihn nicht emotionell lebendig. Es gibt Texte, die den Fluß der Phantasie des Dichters abbilden, welche wiederum den Fluß der Phantasie eines Menschen stimuliert, besonders dadurch daß dieser Text anregt, die beschriebenen Bilder auch wirklich mit allen Sinnen auszukosten[37].
Unsere inneren Bilder werden auch durch Märchen angeregt, die in einer knappen, prägnanten Bildersprache gehalten sind. Wenn die Menschen ihre imaginativen Fähigkeiten zu schulen beginnen, kann ein Märchen oder ein Märchenabschnitt vorgelesen werden mit der Anweisung, sich die Bilder so lebendig wie möglich vorzustellen. Selbstverständlich kann auch ein ganzes Märchen gelesen werden. Das hat den Vorteil, daß der/die Imaginierende weiß, daß die Geschichte gut ausgehen wird, sich deshalb auch eher unangenehmen Bildern aussetzen kann, weil es ja nur vorübergehend ist[38].

Führen wir Imaginierende anhand von Märchenbildern in bewegte Bilder ein, erreichen wir zudem, daß die Menschen zu phantastischen Bildern ermutigt werden, zu Symbolbildungen, die nicht mehr nur in der Nähe des konkreten Lebens anzusiedeln sind. Auch werden phantastische Wendungen zumindest einmal erlebt, denn phantastische Wendungen im Märchen entsprechen schöpferischen Lösungen im Leben. Die Struktur des Märchens – Darlegung des Problems, Verwicklungen, Lösung – bewirkt, daß der/die Imaginierende sich nicht ängstigt. Man kann die Probleme zulassen, weil wir wissen, daß es für sie eine Lösung gibt.
In einer mehr fortgeschrittenen Phase ist es dann möglich, ausgehend von Märchenbildern, die den/die Imaginierende/n besonders betreffen, spontane oder geführte Imaginationen zu machen. Wenn das Thema eines Märchens uns betrifft, ist dieses Thema auch ein Thema unseres Lebens. Anhand der Bilder des Märchens können wir an Anteile unserer Seele herankommen, die Schwierigkeiten verursachen – und Entwicklungsmöglichkeiten bergen.

Beispiel: «Die purpurrote Blume»

Ein besonders anregendes Beispiel – es gibt in der Märchenwelt viele sehr farbige Märchen, die bestens geeignet sind, unsere Phantasien in Bewegung zu bringen – ist das russische Märchen «Die purpurrote Blume»[39].
Wenn ich einen Absatz aus dem Märchen vorlese, erzähle ich zunächst den Beginn des Märchens, nachdem ich die Imaginierenden entspannt habe, dann lese ich den ausgewählten Absatz langsam vor, erzähle kurz das Ende, bitte die Imaginierenden, sich noch einmal die Bilder in Erinnerung zu rufen, die sie am meisten gefreut, geärgert, erstaunt haben, und dann gebe ich den Hinweis, sich von den Bildern zu lösen, Augen zu öffnen usw.

Die purpurrote Blume

Das Märchen beginnt damit, daß ein Kaufmann, der drei Töchter hat, immer einmal wieder verreist. Von seinen Reisen bringt er den Töchtern etwas mit, das sie sich gewünscht haben. Die beiden ältesten wünschen sich bei jeder Reise des Vaters etwas Handfestes: Seide, Batist usw. Die Jüngste aber wünscht sich eine purpurrote Blume. Und gerade diese Blume kann der Kaufmann nicht finden, er kommt ohne sie heim, und sein Töchterchen ist darüber tieftraurig. Zweimal kehrt er ohne die Blume nach Hause, im dritten Jahr nun aber läßt er die Stadt[40] *«hinter sich und ging in den Wald. Er ging und ging, doch der Waldweg zog sich immer weiter.*

Wie er so dahingeht, sieht er auf einmal einen Garten vor sich. ‹Halt, ich geh' in den Garten und schau' nach, ob es hier nichts gibt.› Er ging in den Garten, da sah er eine unübersehbare Menge Blumen. Die Luft war wunderbar, von Blumenduft geschwängert. Und auf einmal sah er da die purpurrote Blume stehen. Er ging zu der Blume, riß sie ab; doch kaum hatte er sie berührt, ertönte plötzlich solch ein Lärm, daß er erschrak – und ein solch schreckliches Ungeheuer kam angeflogen, daß er nicht wußte, was er tun sollte. Und dieses Ungeheuer sprach ihn an:

‹Also, mein lieber Kaufmann, wenn du die Blume nehmen möchtest, will ich sie dir geben, doch du gibst mir dafür deine Tochter. Und als Draufgabe erhältst du sogar diesen Ring, um ihr eine Freude zu machen. Sie mag damit spielen. Da, nimm den Ring und gib ihn ihr. Sie soll ihn sich an den Finger stekken; und jetzt geh.›

Und so nahm denn der Kaufmann die Blume und den Ring und ging zu den Schiffen, die waren schon reisefertig. Sie segelten ab.

Als er heimkam, brachte er den Töchtern die neuen Sachen, die sie ihm aufgetragen hatten – ich erinnere mich nicht mehr, was ihre Wünsche gewesen waren, sie bestellten sich jedesmal etwas anderes. Er gab ihnen die Geschenke, die Jüngste aber fragte:

‹Nun, Väterchen, hast du mir vielleicht auch was mitgebracht?›
‹Ich hab's mitgebracht.›
Da freute sie sich gar sehr, sie begann mit der Blume zu spielen und wollte gar zu gerne wissen, wo sie wachse, und selbst dorthin gehen. Diese Blume verbreitete verschiedene Düfte. Und sie bestürmte den Vater mit Fragen:
‹Väterchen, wo liegt denn dieser Garten, wo du die purpurrote Blume gefunden hast?›
‹Oh, Töchterchen, das ist gar weit, hinter vielen Meeren.›
‹Ach, Väterchen, ich muß diesen Garten sehen.›
Er dachte sich aber: ‹Geb' ich ihr auch den Ring, so weiß sie sogleich, was das für ein Garten ist.›
Und er schweigt und gibt ihr den Ring noch nicht.
Dann denkt er sich aber: ‹Nun, sei's drum, ich muß die Tochter beruhigen, damit sie sich keine Gedanken macht.›
‹Also, Töchterchen, da hast du den Ring, damit du dich für dieses Jahr beruhigst. Später, wenn das Jahr um ist, nehm' ich dich mit zu Schiff und bringe dich in diesen Garten.›
Doch als sie den Ring angesteckt hatte, war sie in dem Augenblick auch schon in den Garten versetzt, was ihr gar wohl gefiel.
‹Doch wie bin ich in diesen Garten geraten?› dachte sie, ‹wie ist es hier so wunderschön!›
Ringsum Blumen und Wohlgerüche, ein Palast steht da, glänzt wie mit Gold übergossen, und ihr ist so fröhlich zumute, daß sie nicht weiß, wie sie sich lassen soll. Sie fühlt sich so wohl, daß sie gar nicht merkt, wie die Zeit vergeht. Hier also wächst die purpurrote Blume. Heiter verbringt sie den Tag, geht in den Palast, in ein Schlafgemach. Dort steht ein schön gedecktes Bett mit Federkissen, überall liegen Teppiche, hängen Spiegel – es ist eine wahre Pracht. Die Müdigkeit überwältigte sie, sie schlief ein. Als sie erwachte, ging sie zu Tisch. Was war da nicht alles aufgetragen! Musik spielte, jedes Vergnügen, dessen sie sich nur erinnern konnte, stand ihr zu Gebote.
Da sitzt sie nun, trinkt Tee und denkt sich: ‹Wer mag denn dieser Wohltäter sein, der so für mich sorgt? Ich habe hier alles,

was ich nur wünschen mag; so hab' ich selbst zu Hause nicht gelebt. Zeige dich, Hausherr, wer du auch bist!›
Und plötzlich ließ sich eine Stimme vernehmen: ‹Höre, schöne Alexandra, ich würde mich gern dir zeigen, doch du würdest vor mir erschrecken. Ich will dir alles gewähren, was immer du wünschest. Ich bin die purpurrote Blume, aber ich wag's nicht, mich dir zu zeigen, denn ich bin entsetzlich – du würdest vor mir erschrecken.›
Doch sie gab ihm zur Antwort: ‹So zeige dich denn, Herr, es ist mir alles eins, ich fürchte mich nicht vor dir.›
‹Nun gut, ich tu' dir den Gefallen, ich zeige mich, doch gib acht, daß du nicht erschrickst.›
Und plötzlich tauchte ein so furchtbares Ungeheuer auf, daß sie in Ohnmacht fiel. Endlich kam sie zu sich, und er fragte sie: ‹Nun, hast du mich jetzt gesehen?›
‹Das tut nichts, Herr, es ist gut, daß du dich gezeigt hast, jetzt werde ich mich nicht mehr vor dir fürchten.›»
Alexandra freut sich und vergnügt sich, irgendwann bekommt sie Heimweh. Mit Hilfe des Ringes kann sie jederzeit nach Hause kommen, sie soll aber nur eine Woche bleiben. Sie vergißt die Zeit zu Hause, endlich erinnert sie sich daran, daß sie versprochen hat, zu ihrer purpurroten Blume heimzukehren. Wiederum im Garten, sieht sie, wie ihr Herr die purpurrote Blume umfaßt, tot und starr daliegt. Da umarmt sie ihn und ruft unter Tränen: «Wer wird mich denn jetzt trösten, wie soll ich weiterleben?»
Da ertönt ein Krachen und Donnern, und vor ihr steht ein wunderschöner Prinz. Er bekennt, er sei ein verwunschener Zarensohn, und sie habe ihn dadurch, daß sie ihn liebkost habe, erlöst. Da feiern die beiden Hochzeit.

Dieses Märchen besteht aus einer Fülle von Bildern und bringt eine Fülle von Bildern in uns in Bewegung, wenn wir uns auf diese Bilder einlassen können und wollen.
Diese archetypischen Bilder, die Schwierigkeiten und ihre

möglichen Entwicklungen behandeln, wie sie im menschlichen Leben und im Unbewußten typisch sind, können mit persönlichem Material angereichert werden. Diese Menschheitsthemen bekommen dann eine persönliche Färbung.
Umgekehrt können gerade auch persönliche Bilder in den Zusammenhang mit diesen archetypischen Bildern gebracht und in den ihnen jeweils eigenen symbolischen Prozessen eingebunden werden; dadurch werden oft Lösungswege möglich, die sich in der Imagination des einzelnen Menschen noch nicht gezeigt haben. Symbolische Prozesse, wie sie sich in Mythen und Märchen ausdrücken, handeln einerseits von unserem aktuellen Dasein, verweisen gleichzeitig aber auf einen überindividuellen, kollektiven Hintergrund. Mythen, Märchen, Symbole sind in einem intermediären Raum angesiedelt, und das ist immer schon der Raum der Phantasie, des Schöpferischen ganz allgemein, der Kunst.
Wenn wir mit Märchen an unseren imaginativen Fähigkeiten arbeiten, dann bedeutet das, daß wir in einem Medium, das bereits Ausdruck dieses Raumes der Imagination ist, seine Möglichkeiten in einem großen Maße ausschöpfen und diesen Raum in uns stimulieren, damit aber neue Lösungsmöglichkeiten lernen.
Das Märchen stimuliert auch den Mut zu phantastischen Lösungen. Außerdem können wir – und tun wir es auch – am Märchenhelden oder der Märchenheldin lernen: lösen modellhaft gewisse Probleme, die im symbolischen Prozeß ausgedrückt sind – hier im Märchen die faszinierende Beziehung zum Mann und zur Sexualität. In der Identifikation mit der Märchenheldin wird hier der unerschrockene Umgang mit Ängstigendem gelernt: «Jetzt, wo ich dich einmal gesehen habe, werde ich dich nicht mehr fürchten.»
Im Märchen sind viele Strategien des Umgangs mit inneren Gestalten beschrieben, die wir für unsere spontanen Imaginationen anwenden können.

Beispiel aus der therapeutischen Arbeit

Eine etwa 35jährige Frau träumte:
Ich bin in einem schloßähnlichen Landhaus. Alles ist geheimnisvoll, sehr schön, aber auch unheimlich. Etwas ängstigend. Niemand scheint da zu sein, ich gehe von Zimmer zu Zimmer, alles ist gut eingerichtet, aber niemand ist da.
Ich gerate immer mehr in Angst... Ich erwache.

Die Analysandin spricht über die Angst, auch darüber, daß der Traum ihr so fremd ist, so unbekannt. Assoziationen kann sie wenige beibringen. Die eingerichteten, aber leeren Zimmer erinnern sie daran, daß sie selbst immer eingerichtete Zimmer hat für Gäste, die nie eintreffen. Ihre Einsamkeitsproblematik kommt zur Sprache, eine Problematik, die ihr wohlbekannt ist, die durch den Traum eine Dimension des Unheimlichen bekommt, die Ahnung, daß dahinter auch etwas Unheimliches, d.h. sie Ängstigendes, verborgen sein könnte.
Mir fiel zu diesem Traum spontan das Märchen vom Tierbräutigam, «Die purpurrote Blume», ein. Denn bei diesem Märchen geht die Heldin durch ein Schloß, das herrlich eingerichtet ist, aber unendlich leer, weil keine menschlichen Wesen vorhanden sind. Das Gespenstige wird in jenen Märchen besonders erfahrbar, in denen von unsichtbaren Händen etwa auch noch dampfendes Essen aufgetragen wird.
An diesem Beispiel wird deutlich, daß das Motiv für eine Imagination, hier eine ganze Folge von Motiven, aus einem Gegenübertragungsgefühl des Analytikers/der Analytikerin heraus stammen kann.

Exkurs: Gegenübertragung
Ich verstehe unter Gegenübertragung zunächst alle die Gefühle, die der Analytiker/die Analytikerin in der analytischen Situation in bezug auf den Analysanden/die Analysandin hat und die er/sie in irgendeiner Form festzuhalten versucht.

Diese Gefühle des Analytikers können den Gefühlen des Analysanden genau entsprechen und so einen direkten Zugang zu den Gefühlen des Analysanden, zu dessen empathischem Verstehen ermöglichen.
Oft erleben wir in uns aber die Abwehr der Gefühle, die in uns durch die Gefühle des Analysanden geweckt worden sind. Indem wir unsere Gefühle der Abwehr empathisch wahrnehmen, spüren wir, welche Bedrohung uns erfaßt; daraus können wir meistens darauf zurückschließen, unter welcher Bedrohung der Analysand/die Analysandin steht.
Aber nicht nur Emotionen werden in der Gegenübertragung erlebt: Oft bekommen wir den Eindruck, in ein bestimmtes Verhalten, in eine bestimmte Rolle gedrängt zu werden, gegen unseren Willen und gegen jede therapeutische Absicht. Es ist dies wohl, wie Sandler anführt[41], der Versuch, ein Beziehungsmuster, das einmal im Leben dieses Menschen bedeutsam war und Sicherheit vermittelte, wiederherzustellen.
Es gibt auch Gegenübertragungsgefühle, die sich in Form von Bildern ausdrücken, oft auch von archetypischen Bildern, d.h. von Symbolen, die für alle Menschen eine Bedeutung haben. In einer archetypischen Gegenübertragung fällt dem Analytiker/der Analytikerin symbolisches Material ein, das im Zusammenhang steht mit der Situation des Analysanden/der Analysandin und dieses in einen größeren Zusammenhang hineinstellt.
Um eine solche Art der Gegenübertragung handelt es sich hier, wenn ich der Analysandin aufgrund ihres Traumes einen Abschnitt aus einem Märchen erzähle.
Bei all diesen Gegenübertragungsaspekten ist wesentlich, sie als Ausdruck dafür zu begreifen, daß das Unbewußte des Analysanden und das Unbewußte des Analytikers miteinander kommunizieren[42], daß ein Mensch für den anderen manchmal auch ein Bild anregen kann, in dem seine Situation sehr präzis ausgedrückt wird und in sich die Möglichkeit der Weiterentwicklung birgt.

Ich habe der Analysandin die Eingangsphase des Märchens erzählt, dann einen Teil daraus vorgelesen, mit der Aufforderung, sich die Bilder so lebendig als möglich vorzustellen. Es gelingt ihr gut, sie kann den Duft im Garten riechen, aber auch den Duft des Ungeheuers. Das Schloß ist für sie übrigens identisch mit dem Schloß aus ihrem Traum.
Ich bitte die Analysandin dann, ein Bild, das ihr besonders deutlich gewesen ist, das Bild, das für sie die größe Intensität hat, sich noch einmal vorzustellen – und es sich auch verändern zu lassen.

Sie stellt sich das furchtbare Ungeheuer vor: Sie sieht einen Dinosaurier mit Krokodilskopf, Menschenaugen und Brille, mit feurigem Atem; Feuer kommt aus Nase und Mund heraus. Sie sieht, wie die Heldin des Märchens in Ohnmacht fällt, dann wieder zu sich kommt. Das Monstrum ist einfach da. Sie sagt dann in der Identifikation mit der Märchenheldin zu diesem Monstrum: «Jetzt weiß ich wenigstens, wie du aussiehst und daß du mich nicht auffrißt, jetzt erschrecke ich nicht mehr.»

Sie schaut das Monstrum an, schaut ihm in die Augen. «Immer, wenn ich ihm in die Augen schaue, wird es kleiner, das Monstrum, und speit weniger Feuer... Ich halte das aber nicht lange aus, und das Gespenst auch nicht, es geht weg. Ich bin übrigens wirklich in meinem Haus, das ich im Traum gesehen habe, und was mich so ängstigt, das ist dieses Monstrum. Ich kann jetzt ein wenig umgehen mit ihm.»

Diese Imagination fand in der 4. Analysestunde statt, die Analysandin ist mit der Technik der Imagination an sich nicht vertraut, beherrscht sie aber von sich aus.

Anhand der Augen und der Brille haben wir dann versucht, herauszufinden, wer hinter diesem Monstrum stecken könnte. So ein Ungeheuer repräsentiert selten einen Menschen allein, meistens sind in einem Ungeheuer verschiedene angstmachende Erfahrungen vereint, die man im Laufe des Lebens gemacht hat. So stammten bei dieser Analysandin Augen und Brille von zwei verschiedenen Personen, die sie als ausgesprochen furchteinflößende Autoritäten erlebt hatte.

Aus dem Märchen hat die Analysandin gelernt, daß man das, was ängstigt, ansehen muß, es aber auch ansehen kann, daß es dann nicht mehr so große Angst auslöst, daß man diesem Monstrum nicht einfach nur ausgesetzt ist.

Damit Bilder in Bewegung kommen, wir dem Flusse unserer inneren Bilder folgen können, müssen wir Strategien kennen, die uns helfen, in Situationen, die uns ängstigen und die uns dazu bringen, die Imagination abzubrechen oder die Bilder so zu kontrollieren, daß sie sich nicht mehr bewegen, so zu reagieren, daß Imaginationen lebendig bleiben. Strategien können wir erlernen, indem wir z. B. viele Märchen lesen und dadurch intuitiv wissen, welche Strategien in welchen Situationen etwa hilfreich sein können, oder indem wir durch einen Therapeuten/eine Therapeutin im imaginativen Prozeß erleben, wie er/sie interveniert, und wir diese Interventionstechniken dann auch verinnerlichen und dann selbst anwenden können.

Aus dem Märchen kann man nicht nur zweckmäßiges Verhalten im Umgang mit ängstigenden Gestalten lernen, man lernt auch, daß man richtig vorbereitet auf eine Reise – also auch übertragen auf eine innere Imaginationsreise – gehen muß. Richtig vorbereitet sein meint im Märchen, daß man zuerst gut ißt und trinkt, schläft, sich ausruht, bevor man den entscheidenden Schritt einer Reise tut.[43] Übertragen auf die Imagination heißt das, daß wir uns einige Entspannungsbilder suchen.

Bilder der Entspannung

Entspannungsbilder nenne ich Bilder, von denen wir wissen, daß es uns gut tut, sie uns vorzustellen, daß sie uns entspannen, daß sie uns ein gewisses Wohlbefinden zurückgeben können.
Es empfiehlt sich, für sich selbst oder für Imaginierende einige Entspannungsbilder zu suchen, diese auch immer einmal wieder zu üben bzw. üben zu lassen.
Es geht bei den Entspannungsbildern nicht unbedingt darum, daß ganze Prozesse imaginiert werden – selbstverständlich können dabei ganze Prozesse imaginiert werden –, öfter aber sind es einzelne Bilder, recht oft auch Erinnerungen an Situationen, in denen wir uns wohl fühlten oder ein gesteigertes Lebensgefühl erlebten.
In der Regel sind es also keine sehr bewegten Bilder, sondern gerade Bilder, die Ruhe vermitteln und auch Ruhe ausstrahlen; ich nenne sie deshalb auch Ruhebilder.
Gerade weil der Fluß innerer Bilder so wichtig ist in der Imagination, darf nicht vergessen werden, daß es auch den Gegenpol gibt: nicht die fixierten Bilder, die einer fixen Vorstellung entsprechen, sondern Bilder, die ein Gefühl der großen Ruhe ausstrahlen, weil sie sich nicht oder kaum verändern.
Wenn Imaginationen sehr konflikthaft sind, uns emotionell sehr mitnehmen, kann ein Ausruhen in einem Entspannungsbild die Situation mehr verändern als das Einsetzen der anderen Strategien des Umgangs mit Ängstigendem.

Mögliche Versuchsanweisung:
Stellen Sie sich eine Situation vor, in der Sie sich besonders

wohl fühlen, besonders wohl gefühlt haben oder sich besonders wohl fühlen könnten.
Lassen Sie diese Vorstellung ganz lebendig werden, malen Sie sich aus, wie die Situation sich verändern könnte, daß Sie sich noch wohler fühlen.
Genießen Sie die Situation.

Beispiele aus der therapeutischen Praxis

Ich führe hier zwei Entspannungsbilder von Analysanden an, um zu zeigen, wie verschieden diese aussehen können:
Das erste Entspannungsbild stammt von einem 44jährigen Mann, der an depressiven Verstimmungen leidet. Bei ihm steht das Problem, daß er nicht er selbst sein darf, im Vordergrund, aus einer tiefen Angst heraus, daß er dann «verlassen» werden könnte.
Lebensgeschichtlich gesehen wurde er zwar als Kind nie wirklich verlassen, aber er wurde selten wahrgenommen mit seinen Bedürfnissen und seinen Gefühlen, insofern war er auch oft verlassen. Dieses Gefühl war gekoppelt mit den Gefühlen, nicht sehr viel wert zu sein. Sein Entspannungsbild ist folgendes:

Ich tanze hingebungsvoll, höre die Musik. Es ist Rock. (Ich wähle zwischen Rock und Polka.) Ich wähle heute Rock-Musik. Ich tanze ganz allein in der Mitte eines Kreises, ich spüre die Bewegungen der anderen, sie feuern mich an – wir schwitzen, ich rieche den Schweiß, ich fühle mich ganz kraftvoll – und doch leicht. Dann nimmt mich die ganze Gruppe in die Arme, und eine Frau, an der mir viel liegt, schaut mich strahlend an und sagt: «Deine Bewegungen sind wunderbar.» Ich fühle mich richtig wohl. Dann gehe ich noch in ein Bassin zum Plantschen…, aber da wird die Phantasie weniger lebendig. Ich fühle mich gut, lebendig.

Diese Bilderfolge, die den Analysanden entspannen, stärken seinen Ich-Komplex und damit das Gefühl des Selbstseins; er kann sich in der Imagination auch sehr körperlich spüren, sich freuen an sich selbst – und sich auch akzeptieren samt dem Schweiß, den er sonst um jeden Preis vermeidet. In seiner Lebendigkeit ist er auch von einer größeren Gruppe akzeptiert und von einer Frau, an der ihm viel liegt, die ihn bewundert. Er fühlt sich körperlich lebendig und akzeptiert, und das entspannt ihn.
Er riskiert in seiner Bilderfolge, er selbst zu sein, sich auch in den Mittelpunkt zu stellen, und er wird nicht verlassen, im Gegenteil.
Die Entspannungsbilder, die wir wählen, haben oft mit einer Grundproblematik von uns zu tun, die wir in unseren Bildern zu heilen versuchen. Damit ist das Grundproblem nicht aus der Welt geschafft, aber andere, neue emotionelle Gefühle werden erlebbar.

Das zweite Entspannungsbild stammt von einem 48jährigen Mann. Auch er leidet unter depressiven Verstimmungen. Im Vordergrund stehen bei ihm aber eher Schuldgefühle, er hat den Eindruck, immer schuldig zu sein. Dieses Erleben von Schuldgefühlen bewirkt, daß auch er in seinem Selbstwert sehr unsicher ist, auf die geringsten Zweifel, die von außen an ihn herangetragen werden, mit dem Gefühl reagiert, ein Versager zu sein, keine Lebensberechtigung zu haben. Sein Bild:

Ich liege in einem runden Teich; ich kann mich gerade gut ausstrecken. Das Wasser ist angenehm warm, wie in der Badewanne. Ich spüre meine Haut angenehm wohlig. Ich rieche das Gras, es muß vor kurzem geschnitten worden sein. Ich fühle mich ganz leicht im Wasser, die Sonne scheint auf mich. Es ist wunderschön, niemand will etwas von mir, ich muß nichts, ich fühle mich einfach wohl.

Auch diese Bilderfolge stützt den Ich-Komplex des Analysanden, er fühlt sich so richtig wohl in seiner Haut – und er muß nicht Bedürfnisse von anderen Menschen erfüllen; er, der sonst die Welt als aus lauter Anforderungen bestehend erlebt, die er gar nicht erfüllen kann, auch wenn er alle Energie zusammennimmt.

Sein Entspannungsbild ist ein Bild des Aufgehobenseins, der Ruhe, des Auftankens; durch das Verweilen in diesem schönen, warmen Wasser, das auch etwas an das Fruchtwasser erinnert, erholt er sich. Es sind Bilder, wie sie zum geborgenheitsspendenden Aspekt des Mutter-Komplexes gehören, Bilder, die dem Menschen erlauben, einfach zu sein, Bilder, die manchmal auch gefürchtet werden, weil diese Bilder dazu verführen könnten, nur noch in ihnen zu schwelgen, sich verwöhnen zu lassen, wie ein Kind bei der Mutter, und sich den härteren Aspekten des Lebens zu entziehen.

Diese Gefahr besteht natürlich immer. Das ist aber kein Grund, diese Entspannungsbilder nicht bewußt wahrzunehmen, herauszufinden, welche Sehnsüchte sich in ihnen ausdrücken; denn wenn wir diese bewußt wahrnehmen, besteht auch die Möglichkeit, daß wir sie sehr gezielt einsetzen können, wenn wir sie brauchen.

Gerade aber im Umgehen mit einigen Grundthemen in unserem Leben, mit einigen Grundverletzungen und einigen Grundschwierigkeiten, scheint es mir außerordentlich wichtig zu sein, diese Bilder zu sammeln und sie so lebendig wie möglich werden zu lassen.

Lazarus[44] therapiert Menschen mit Imaginationen, indem er Bilder, von denen er denkt – und wohl auch weiß –, daß sie die Grundproblematik eines Menschen in positiver Weise beeinflussen können, vorstellen läßt. Er stellt damit einen direkten Zusammenhang zwischen Diagnostik und therapeutischen Imaginationen her, besonders auch bei den verschiedenen funktionellen Störungen.

Mir scheint, daß die Entspannungsbilder, die die Analysanden/Analysandinnen selbst beibringen, wesentlich präziser sind und präziser ausdrücken, welche Bilder und welches Verhalten in ihrem Fall ihre Grundproblemthemen, ihre grundlegenden Probleme verändern könnten.

Bilder der Entspannung als Sehnsuchtsbilder

Entspannungsbilder können dann speziell auch eine Sehnsucht ausdrücken, wenn jemand auf die Anweisung reagiert, sich eine Situation vorzustellen, in der er/sie sich besonders wohl fühlen könnte, und diese Situation so verändert, daß er/sie sich noch wohler fühlt.

Mit dieser Anweisung wird deutlich darauf hingewiesen, daß man sich Bilder schaffen kann, die nicht einem konkreten Erlebnis entsprechen, sondern die Wunschbilder sind, Bilder unserer Sehnsucht.

In diesem Zusammenhang stellt sich die Frage, ob denn alle diese inneren Bilder Wunsch-Bilder sind und ob man Menschen nicht noch unglücklicher macht, wenn man sie Bilder imaginieren läßt, die sie nachher im Alltag gar nicht realisieren können.

Ich ziehe es vor, statt von Wunsch-Bildern von Bildern der Sehnsucht zu sprechen, weil es mir ein Ausdruck zu sein scheint, der von weniger Vorurteilen beeinflußt ist.

Wünsche zu haben, gilt ja leicht als Zeichen der Unreife, der Unfähigkeit, das Gewünschte auch zu realisieren. Ausführungen von Freud haben durchaus Wirkungen gezeitigt. Er sagte dazu: «Die bekanntesten Produktionen der Phantasie sind die sogenannten ‹Tagträume›, ... vorgestellte Befriedigungen ehrgeiziger, großsüchtiger, erotischer Wünsche, die um so üppiger gedeihen, je mehr die Wirklichkeit zur Bescheidung oder zur Geduldung mahnt. Das Wesen des Phantasieglücks, die Wiederherstellung der Unabhängigkeit der Lustgewinnung von der Zustimmung der Realität, zeigt sich

in ihnen unverkennbar.»[45] Und: «Man darf sagen, der Glückliche phantasiert nie, nur der Unbefriedigte.»[46]
Wer stünde denn schon zu seinen Wünschen, wenn diese sein Leben entlarven als ein zur «Bescheidung gezwungenes Leben», wenn er sich dabei als unbefriedigt darstellt.
Bloch[47] hat sich indessen immer wieder dafür verwendet, daß der Bereich der Imagination das Reich des Wünschens und der Utopie ist. Auch war er immer der Ansicht, daß der Wunsch nicht einfach eine kompensatorische Funktion hat, sozusagen den Alltag also erträglich macht, sondern daß gerade in der Kunst, Wünsche zu haben, in der Fähigkeit zur Utopie, die spezielle Möglichkeit des Menschen liegt, in die Zukunft hinein «vorgreifen» zu können, damit aber auch unser gesamtes Dasein auf neue Ziele, neue Ideen hin zu beziehen.
Diese Sicht der Imagination ist heute weit verbreitet.[48] Und dennoch wird immer wieder die Frage danach gestellt, ob unsere Imaginationen immer nur unsere Wünsche abbildeten, oder ob sie sozusagen abgedeckt werden könnten dadurch, daß diese Bilder nach und nach im Alltag verwirklicht würden; ob sie also bloß als Luftschlösser zu betrachten seien oder aber wirklich innere Kräfte abbildeten, die aber noch nicht realisiert werden könnten.
Wie immer diese Sehnsuchtsbilder auch bewertet werden, wir haben unsere Wünsche, unsere Sehnsüchte, wir entwerfen Leben in unserer Vorstellungskraft, planen Zukunft, sei es, weil unser jetziges Leben immer noch nicht das ist, was wir uns vorstellen, daß es sein könnte, sei es, daß sich Leben, solange es lebendig ist, nie zufriedengibt, immer neu einer Sehnsucht folgt, immer neu auch Ideen gebiert, von denen man nicht so recht weiß, ob es Größenideen sind, Luftschlösser, Ideen, die weit über unsere realen Möglichkeiten hinausgehen, oder ob in dieser vermeintlichen Größenidee nicht ein geheimes Wissen um mehr Möglichkeiten im eigenen Leben enthalten sind, die realisiert werden könnten. Sind doch gera-

de oft in den sogenannten Größenideen jene dynamischen Kräfte am Werk, die uns aus einer nur verweilenden Beschaulichkeit herausholen.

Der Ausdruck «Größenidee», oft von außen angewendet – nicht von dem Menschen, der diese Idee hat –, geprägt von der Sorge, es könnte «ein Baum in den Himmel wachsen», nicht frei von Neid meistens, sagt wenig aus: Jede Idee, die sich hinterher als eine schöpferische herausgestellt hat, hat sich zunächst als Größenidee präsentiert – ob sie es ist, oder ob sie es nicht ist, das zeigt erst das Resultat.

Größenideen, Sehnsuchtsbilder verdanken ihre Existenz der Sehnsucht nach dem besseren Leben, sie sind getragen von Leitbildern des eigenen Lebens und das der Menschen überhaupt. Die Bilder der Sehnsucht, verbunden mit der Emotion der Sehnsucht, können durchaus einem Ich die Energie geben, diese Sehnsuchtsbilder wenigstens teilweise in die Realität umsetzen zu wollen.

Natürlich kennt jeder von uns Menschen, die sich mit großen Absichtserklärungen zu zukünftigen Taten durch die Tage und Wochen mogeln, ohne daß etwas geschieht. Ich zweifle aber gerade daran, daß diese Menschen wirklich von Bildern der Sehnsucht gepackt sind, emotional betroffen. Ich meine eher, daß sie sich gerade nicht packen lassen, weder von den Erfordernissen des Alltags noch von Bildern der Sehnsucht.

Daß die Möglichkeit einer Verfallsform existiert, ist dem Menschen gemäß, sie braucht aber nicht die Sehnsucht als Ganze in Verruf zu bringen mit der ihr eigenen vorgreifenden Vorstellungskraft: In der Vorstellungskraft ist immer uneingelöste Zukunft, ist Zukunft, die eingelöst werden kann.

Unsere Sehnsüchte ängstigen uns, weil wir befürchten, wir könnten uns durch sie in eine Wunschwelt verstricken, sie könnten uns dazu verführen, uns Lebensziele zu setzen, die wir gar nicht erreichen können. Es ist möglich, daß dies passiert, besonders dann, wenn wir der Ansicht sind, daß jede Sehnsucht, ohne Abstriche, auch immer in die Realität integriert werden müsse. Der Wert einer Utopie erweist sich nicht darin, daß diese Utopie ohne Abstriche im Alltag realisiert werden kann, sondern darin, wie viele Menschen diese Utopie in Bewegung gebracht hat, wieviel geistige Anregung von ihr für uns und andere ausgegangen ist. Die Welt der Phantasie, die Welt der Symbole, hat immer Dimensionen, die nicht einfach in den Alltag übertragen werden können, sie gehen über unsere Welt hinaus, ihre wesentliche Funktion liegt gerade auch in ihrer Wirkung, uns aus dem Alltag wegzuziehen.

Wenn wir uns keine Sehnsuchtsbilder gestatten, dann gestatten wir uns und gestehen wir uns keine Zukunft zu, vor allem aber gestehen wir uns die verändernwollende Kraft nicht mehr zu, die in diesen Sehnsuchtsbildern zum Ausdruck kommt.

Sehnsuchtsbilder, die wir imaginieren und denen wir uns wirklich hingeben können, haben eine große Wirkung auf unsere Stimmung: Sie lösen Hoffnung aus, Hoffnung auf Veränderung, Hoffnung auf etwas, das besser zu unserem Leben paßt, das unser Leben stimmiger macht.

Gerade aus diesem Grund können Bilder der Sehnsucht auch Bilder des Wohlbefindens sein, der Entspannung, der Stärkung: weil durch sie Hoffnung wieder möglich wird. Es geht aber darum, daß wir wirklich diese Sehnsuchtsbilder zulassen, uns emotionell ganz auf sie einlassen, uns betreffen lassen von ihnen, sie nicht einfach wie schöne Filme an unserem inneren Auge vorbeiziehen lassen, die uns weiter nichts angehen. Erst dann, wenn diese Bilder der Sehnsucht lebendig sind, werden sie unsere Stimmungen, unsere weiteren Phantasien, unsere Bilder verändern.

Es geht nicht darum, diese Bilder der Sehnsucht zu vermeiden, es geht darum, uns ganz in sie hineinzugeben.

So besehen, können Bilder der Sehnsucht, Entspannungsbilder, uns auch anzeigen, welche Bilder notwendig sind, um mit einer grundlegenden Schwierigkeit besser leben zu können.

Hemmungs- und Entwicklungsthemen

Daß in unseren inneren Bildern immer Hemmungs- und Entwicklungsthemen angeschnitten sind, wird dann deutlich, wenn wir theoretisch den Zusammenhang zwischen den Komplexen, wie sie C.G. Jung verstanden hat, und unseren Imaginationen schaffen. Jung sagt von den Komplexen, sie würden eine eigentümliche Phantasietätigkeit entwickeln; im Schlaf erscheine die Phantasie als Traum, aber auch im Wachen würden wir unter der Bewußtseinsschwelle weiterträumen, wegen der «verdrängten oder sonstwie unbewußten Komplexe»[49]. Schon 1916 hat Jung auf die gefühlsbetonten Inhalte hingewiesen, die Ausgangspunkt von Imaginationen (Phantasiebildungen, Bilderfolgen), Ausgangspunkt zur Symbolbildung sind. Komplexe sind Energiezentren, die um einen affektbetonten Bedeutungskern aufgebaut werden, hervorgerufen vermutlich durch einen schmerzhaften Zusammenstoß des Individuums mit einer Anforderung oder einem Ereignis in der Umwelt, denen es nicht gewachsen ist. Jedes Ereignis in ähnlicher Richtung wird dann im Sinne dieses Komplexes gedeutet und verstärkt den Komplex noch: der Gefühlston (die Emotion), der diesen Komplex ausmacht, bleibt erhalten und wird sogar noch verstärkt[50]. So bezeichnen die Komplexe die krisenanfälligen Stellen im Individuum. Als Energiezentren haben sie aber eine gewisse Aktivität – ausgedrückt in der Emotion –, die zu einem großen Teil das psychische Leben ausmacht.

Sicher liegt im Komplex vieles, was das Individuum in seiner persönlichen Weiterentwicklung hindert, in diesen Komplexen liegen aber auch die Keime neuer Lebensmöglichkeiten[51]. Diese schöpferischen Keime zeigen sich dann, wenn wir die Komplexe akzeptieren, wenn wir sie sich ausphantasieren lassen. Wir alle haben Komplexe, sie sind Ausdruck von Lebensthemen, die auch Lebensprobleme sind. Sie machen unsere psychische Disposition aus, aus der keiner herausspring-

gen kann. So sind die Symbole und symbolische Darstellungen sowohl Ausdruck der Komplexe als auch Verarbeitungsstätte der Komplexe.
Komplexe zeigen ein Hemmungsthema an, können sich aber auch in einem Entwicklungsthema – in einem Sehnsuchtsbild oder in kleineren Schritten in neuen Bildern – abbilden, die zuvor nicht möglich waren. In den inneren Bildern wird psychische Energie gewandelt, in neuen Abbildungen erfahrbar.
Hat allerdings ein Komplex eine große Intensität, dann wird sich das Hemmungsthema dramatisch und das Entwicklungsthema in einer Größenphantasie ausdrücken, die zunächst nichts mehr mit einer moderaten Entwicklung zu tun hat. Dies um so mehr, als durch Komplexe, die energetisch hochbesetzt sind, dem Ich-Komplex Energie abgezogen wird, das Ich daher in Bedrängnis gerät, diese Bedrängnis wird durch die Phantasie, bedeutsam zu sein oder Bedeutsames zu leisten, erträglicher oder sogar ausbalanciert.
Arbeiten wir mit diesen Bildern, dann ist es ein großer Unterschied, ob wir mit den Größenideen arbeiten oder mit Bildern von Komplexen, die die psychische Situation abbilden, in sich zwar auch in die Zukunft weisen, aber lange nicht so radikal, wie es ein solches Wunschbild tut, das allenfalls als Kompensation des konstellierten Komplexes aufzufassen wäre oder als Kompensation des durch den konstellierten Komplex zutiefst verunsicherten Ichs.
Es ist denn auch zu beobachten, daß Menschen, deren Ich unter großer Bedrängnis steht, denen es sehr schlecht geht, eher Größenphantasien imaginieren. Größenphantasien können also sowohl Ausdruck für eine ganz besondere Kreativität, eine ganz besondere Vision sein, sie können aber auch Anzeichen dafür sein, daß die Ich-Struktur eines Menschen brüchig ist, entweder grundsätzlich oder weil er unter einer gerade besonderen psychischen Streßsituation steht.
Diese Größenphantasien können aber gerade auch in diesen belastenden Situationen einen stabilisierenden Effekt auf

die imaginierenden Menschen ausüben: Die Möglichkeit, eine Größenidee zu haben, gibt ihnen das Gefühl, daß noch nicht alles im Leben verloren ist, sie gewinnen so die Energie zurück, die sie brauchen, um sich von ihrem Druck zu befreien.

Würde man diese Menschen einerseits auf die Größenidee hin verpflichten, würde man sie überfordern, etwa, wenn jemand in einer schwierigen Situation einen wunderschönen Elefanten imaginiert und er nun das Gefühl hat, er müsse sich so benehmen im Alltagsleben, wie es diesem wunderbaren Elefanten entspräche. Wenn dieser Mensch andererseits sich dann sagen kann, daß er, obwohl er sich schlecht fühlt, dieses Bild sehen und erleben kann, das Gefühle der Kraft, der Ruhe, der Entschlossenheit, der möglichen Wildheit weckt, dann kann er sich an diese Emotionen anschließen und verändert den Alltag angehen.

Das Problem scheint mir überhaupt dort zu liegen, wo wir uns mit diesen Größenideen identifizieren – und uns dadurch überfordern; d.h. aber sehr häufig auch, daß wir andere Bilder, die auch zu unserer Seelenlandschaft gehören, nicht mehr wahrnehmen, und uns auf ein oder zwei Bilder beschränken.

Der Realitätsbezug der Bilder

Mögliche Imaginationsanweisung:

Stellen Sie sich einen Baum vor.

Schauen Sie ihn gut an, auch die Umgebung.

Versuchen Sie, sich für einige Zeit zu fühlen, als wären Sie dieser Baum.

Nehmen Sie Ihre Gefühle wahr.

Jetzt sehen Sie den Baum wieder von außen an.

Dann lösen Sie sich von dem Bild und stellen sich einen Baum vor, den Sie bewundern, den Sie ganz besonders finden.

Die folgenden Imaginationen stammen von einer 54jährigen Frau, die unter diffusen funktionellen Bauchbeschwerden leidet. In der 6. Analysestunde mache ich mit ihr einen Versuch einer Imagination, von mir aus, weil ich zur Anamnese auch gerne weitere diagnostische Hinweise bekommen wollte. Ich bitte sie, sich einen Baum vorzustellen. Sie sieht eine Araukarie. Das ist ein australisch-südamerikanisches Nadelholzgewächs, ein Baum, der bis zu 70 Meter hoch wird, mit mehlhaltigem Samen, von dem man sich auch ernähren kann, dessen Holz für den Schiffsbau genutzt wird. Die Frau beschreibt: «Die Araukarie ist groß, mit weiten Ästen, nicht zu viele, also mit weitausholenden Ästen, durch die man hindurchsehen kann. Ich sehe einen sehr schlanken Stamm und die dunkelgrünen Nadeln; diese Nadeln sind immergrün, ganz dunkel, fast schwarz. Also diese Nadeln sind sehr wichtig.»

Ich bitte die Frau, sich in diesen Baum einzufühlen.

Sie erlebt: «Ich fühle mich schlank, in mir gestrafft, ich rage in den Himmel und fühle mich ganz weit. Ich habe auch ganz weit verzweigte große Wurzeln. Ich stehe allein...», und jetzt wird sie zur Beobachterin, indem sie sagt: «Diese Bäume stehen ja auch allein.» Damit teilt sie mir etwas Wesentliches von sich mit.

Ich bitte sie dann, einen bewunderten Baum zu imaginieren, und dann sagt sie:

«Ja, aber, das ist doch ein bewunderter Baum, die Araukarie.»

Auf die Aufforderung hin, einen Baum zu imaginieren, imaginiert sie also einen bewunderten Baum. So bitte ich sie, einen gewöhnlichen Baum zu imaginieren.

Sie sieht eine Blutbuche, schön, groß, sehr alt, sehr stämmig, dick-stämmig, fest-bergend.

Ich bitte sie, die beiden Gefühle zu unterscheiden. Wenn man sich zwei Bäume vorstellt, kann man sich überlegen, welches Gefühl der eine Baum, welches Gefühl der andere auslöst.

Ihre Antwort: «Die Blutbuche gibt das Gefühl: mehr nach

unten schauen, in mich hinein; bergen, einhüllen wollen. Ich möchte alles in meine Äste hineinversammeln, was ich liebhabe und was sich wohlfühlt bei mir. Als Blutbuche bin ich nicht so allein, das ist viel gemütlicher. Bei der Araukarie fühle ich mich mehr himmelwärts gezogen, durchsichtiger, durchlässiger, ich habe das Gefühl, alles mit mir hinaufnehmen zu müssen, hinaufnehmen zu wollen.»

Jetzt wird unversehens der Normalbaum zum bewunderten Baum. Wenn der Normalbaum zum bewunderten Baum wird, könnte das bedeuten, daß die Analysandin sich immer voraus sein muß, daß sie eigentlich gar nicht normal sein darf und immer schon bewundert sein muß, offenbar auch bewundert sein kann – sie stellt sich einen wunderbaren Baum vor. Es ist das Problem des Sich-voraus-sein-Könnens, es ist natürlich, anders ausgedrückt, auch das Problem einer Überforderung, eines ständigen etwas Gelten-Müssens. Funktionelle Bauchbeschwerden können mit psychischer Überforderung zusammenhängen. Diese Überforderung kann natürlich auch Anreiz sein, kann fordern. Die Frage ist: Hat diese Frau genug Kraft, oder hat sie nicht genug Kraft, um der Forderung zu begegnen. In einem solchen Fall ist es natürlich wichtig zu wissen, ob die Imaginierende merkt, daß sie den normalen Baum zu einem bewunderten Baum macht. Dieser Frau fällt es in dem Moment ein, als ich sie bitte, sich einen Baum vorzustellen, den sie bewundert. Die weitere Frage ist dann die, ob die Frau den Normalbaum entwertet; entwertet diese Frau das «Normale», hier die Blutbuche, die eigentlich sehr gemütlich und sehr harmonisch wirkt, entwertet sie sie, weil etwas anderes da sein muß? Etwas Spektakuläres?

Mit den Worten der Frau ist in der Araukarie das Gefühl ausgedrückt, himmelwärts wachsen zu können, das Gefühl, in die Transzendenz hineinragen zu können. Auch ist mit diesem Baum eine gewisse Leichtigkeit verbunden, dennoch ist er gut verwurzelt, aber er steht allein. Dieses «ich stehe allein» – in der Identifikation mit der Araukarie – hat Angst

ausgelöst; als Folge davon – und um sie zu bewältigen – ist sie zur Beobachterin geworden. Dieser Wechsel aus der Identifikation zum/zur Beobachter/in ist sehr wichtig. Wenn wir zuviel Angst in der Imagination bekommen, gehen wir sofort einen Schritt zurück: Wir werden zum Beobachter/zur Beobachterin. Das geschieht meistens unwillkürlich. Man kann sich aber auch als Strategie merken, daß wir sehr genau beobachten sollen, wenn Angst auftritt.
Diese Frau steht gar nicht so allein im Leben, das Alleinstehendsein kann es nicht sein, was damit ausgedrückt wird, es ist wohl eher der Anspruch, Leben allein bestehen zu wollen, vielleicht im Sinn einer tapferen Größenidee, die dann aber auch Bewunderung auslösen soll. Daneben hätten wir ein durchaus auch stattliches Gewachsensein in der Welt, das aber «normal» ist – eben nichts Besonderes. Und dennoch scheint mir gerade auch in dieser selb-ständigen Araukarie, die licht ist und sich der Transzendenz verbindet, sich eine neue Daseinsform anzukündigen für ihre späteren Jahre. Die symbiotischen Wünsche werden geopfert, der Wunsch, alles bei sich zu beherbergen.
Indem man durch die Imaginationsanweisung das Sehnsuchtsbild thematisiert, kann eine Auseinandersetzung zwischen Bildern, die mehr der Wunsch-Welt, und Bildern, die näher der konkret erlebten Wirklichkeit stehen, angeregt werden. Dabei werden Sehnsüchte in ihren möglichen Gefahren der Überforderung, aber auch in ihrem Leitthema, das gerade das gegenwärtige Lebensproblem zu überwinden hilft, sichtbar.
Wesentlich scheint mir zu sein, daß wir die Sehnsuchtsbilder nicht vorschnell als unrealistisch, als Größenideen, als Luftschlösser abqualifizieren, sondern daß wir die Imaginierenden dazu bringen, in lebendigen Kontakt zu diesen Bildern zu treten, so daß diese eine Wirkung entfalten können, daß zumindest das Hoffnungspotential in ihnen aufgenommen werden kann.

Das Selbstbild im Spiegel verschiedener Imaginationsmotive

Unsere Bilder betreffen immer die aktuelle Situation, Erinnerung und Sehnsucht. Das gilt ganz besonders von unseren Selbstbildern; Selbstbilder ohne den Aspekt der Sehnsucht wären unvollständig.

Nun sagen unsere Bilder immer etwas aus über uns selbst, darüber, wie wir uns selbst und wie wir auch die Welt sehen, die zu uns gehört, unsere Welt ist.

Es ist aber so, daß einige Motive besser Aspekte unseres Selbstbildes stimulieren als andere: verschiedene Motive, zu denen hintereinander Bilder zugelassen werden, können eine interessante Konfrontation mit sich selbst im Moment ergeben. Selbstbilder sind immer Momentaufnahmen, drücken aus, welche Bilder im Moment für uns und unser Leben wichtig sind.

An einem Beispiel möchte ich zeigen, wie verschiedene Motive verschiedene Aspekte des Selbstbildes abbilden, ohne daß ich damit eine vollständige Phänomenologie des Selbstbildes zu geben beabsichtige: Es mag zudem immer Menschen geben, die auf andere Motive besser ansprechen.

Zusätzlich möchte ich an diesem Beispiel zeigen, wie interveniert werden kann, so daß die Bilder im Fluß bleiben, und wie es möglich ist, zu einem inneren Dialog, zum Dialog verschiedener, sich allenfalls widersprechender Selbstbilder zu kommen.

Bei den Interventionen ist es wichtig zu wissen, daß wir als Therapeuten/innen die Bilder eines anderen Menschen begleiten, indem wir uns die beschriebenen Bilder so gut als möglich vorstellen. Aus der Vorstellung unserer Bilder heraus reagieren wir, intervenieren wir. Es ist auch denkbar, daß Bildmotive eines Menschen Bilder in uns beleben, die uns sehr betreffen und beschäftigen, dann wird es aber schwierig, noch empathisch auf die Bilder des Imaginierenden/der Imaginierenden einzugehen. In einem solchen Fall kann man das eigene Bild mitteilen; dies bewirkt, daß gemeinsames Erleben wieder möglich wird.

Mögliche Imaginationsanweisungen

Sie sehen sich in einer Landschaft stehen.
Wie sieht die Landschaft aus?
Wie sehen Sie aus?

Sie sehen sich an einem Wasser stehen.

Sie sehen sich als einen Baum, irgendwo stehen.
Was für ein Baum sind Sie?
Wo steht er?

Sie sehen sich als Tier.
Was für ein Tier sind Sie?

Wenn Sie eine Insel wären, was für eine wären Sie?

Wo liegt sie?
Wer ist darauf?
Wie steht es mit den Verbindungen zum Festland?

Stellen Sie sich eine Bühne vor.
Auf der Bühne stehen Sie, zweimal, verschieden angezogen, wenn Sie wollen, auch mit verschiedenen Kostümen.
Und jeder von ihnen sagt jetzt dem andern einen Satz.

Diese Anweisungen zielen darauf ab, den imaginierenden Menschen zunächst in der Position des Beobachters/der Beobachterin zu belassen. In dieser Imagination soll man sich selbst ansehen, sich ein Bild machen von sich selbst. Identifiziert sich dann jemand mit den Gestalten, die vorkommen, dann ist das über die Beobachtung hinaus eine Möglichkeit, sich den Bildern noch einmal zu öffnen, die Identität noch mehr zu fühlen. Die Anweisung läßt diese Möglichkeit offen.

Kurz angedeutet betreffen die Motive etwa folgende Aspekte des Menschseins:

Das Motiv der *Landschaft,* das sehr oft auch gekoppelt wird mit der Erfahrung des Wetters, zeigt, wo wir uns im Moment ansiedeln, auch welche Stimmung vorherrscht.

Das *Wasser* gibt uns einen Hinweis auf die im Moment aktuelle psychische Dynamik, unser seelisches Bewegtsein oder unsere seelische Konzentration, aber auch noch einmal unter Umständen die Auskunft, wie wir und wo wir im Flusse des Lebens stehen.

Der *Baum* zeigt die Darstellung unseres Gewachsenseins in der Welt. Im Baum ist sehr direkt ein Selbstbild abgebildet: Wie würden wir sein, wenn wir unsere Existenz durch das Motiv eines Baumes darstellen müßten?

Das *Tier* zeigt unsere vitale, instinktive Seite, die im Baum kaum angedeutet ist, auch die animalische Seite.

Bei der *Insel* ist das Auf-sich-selbst-gestellt-Sein angesprochen, und damit natürlich auch die Frage nach den sozialen Verbindungen, den Beziehungen.

Das Motiv der *Bühne* weckt Bilder von dem, was gerade jetzt gespielt werden soll. Durch die Anweisung, sich in zwei verschiedenen Gestalten auf der Bühne zu sehen, sind auch mögliche Gegensätzlichkeiten im Selbstbild, die zu Konflikten führen können, berührt. Es können natürlich auch zwei Gestalten auftreten, die sich ergänzen.

Diese Sammlung hat nicht primär die Absicht, die inneren Bilder in Bewegung zu bringen, sondern die Absicht, aus verschiedenen Perspektiven immer auch sich selbst zu reflektieren.

Beispiel aus der therapeutischen Praxis

Eine 44jährige Therapeutin, die die Imaginationstechnik lernt, empfindet sich als lustlos und bittet mich, ihr einfach ein paar Motive zu nennen.
Ich nenne ihr die Motive, die ich im Laufe der Jahre gesammelt habe, von denen ich meine, daß sie wesentliche Aspekte des Selbstbildes zeigen können[52]. So ergibt sich folgendes.

Landschaft: «Ich sehe mich in einer sehr grünen Landschaft, es könnte Irland sein. Ich stehe da in Gummistiefeln, breitbeinig. Hinter mir sind Hügel, grüne Hügel, die in Nebel gehüllt sind. Vor mir ist die Weite des Meeres. Ich fühle mich geborgen in dieser Landschaft.»

Wasser: «Ich bin an der Donau. Sie hat nicht viel Wasser, zieht aber doch ein wenig. Sie gibt das Gefühl von Ruhe, ruhigem Vorbeifließen. Ich spaziere gegen den Strom und spüre ein Ziehen.»

Baum: «Ich bin eine Lärche. Ich fühle mich beschwingt, irgendwie muß Wind dasein. Meine Äste streifen ganz leicht eine Blutbuche, die nah bei mir steht. Es stehen noch mehr Bäume da, auch kleine Buchen, kleine Lärchen, eine Rottanne auch. Ich fühle mich gut verwurzelt und sehr leicht. Ich bin gut ausgewachsen, ohne die anderen zu überragen, aber gut gewachsen mit kräftigen Ästen. Meine Nadeln sind grün, obwohl ich das Gefühl habe, daß es eigentlich Herbst ist. Es ist schönes, sonniges Wetter in einer kühlen Jahreszeit. Ich mag sehr gern eine Lärche sein, dieses Selbständigsein, diese Leichtigkeit und Festigkeit, aber auch diese Möglichkeit der Zärtlichkeit gefällt mir.»

Tier: «Ich schwanke: Ich möchte ein Puma sein, sehe mich auch katzenhaft, kräftig, schlank. Aber ich möchte auch ein

kleines Schweinchen sein, so etwa ein einwöchiges: warm, rosig, lebendig, von einer überkugelnden Lebensfreude. Ich sehe jetzt gerade eins vor mir, das sich so rollt...»
Und da mache ich eine Intervention: «Ein Schweinchen oder ein Kätzchen». Sie sagt:
«Schweinchen... am liebsten möchte ich aber ein Schweinskätzchen sein. Ich sehe halt einfach so ein Schweinchen, das herumrast, quietschvergnügt, und ich möchte es am liebsten auf den Arm nehmen. Ich sehe jetzt, wie es die Nase in alles steckt und furchtbar neugierig ist. Vom Kätzchen möchte ich das Verspielte haben, das Weiche, das zum Streicheln einlädt. Ich sehe jetzt ein Schweinskätzchen vor mir, es hat die Gestalt eines kleinen Schweinchens, Nase, Mundpartie vom Schwein, aber das Fell einer jungen Katze, Augen von der Katze und Pfötchen von der Katze. Das Schweinskätzchen kann sich wie ein Schweinchen und wie eine Katze bewegen.»

Insel: «Ich möchte eine Insel im Atlantik sein, mit schroffen Felsen. Innerhalb der Felsen ist eine grüne Wiese verborgen, verborgen gibt es auch einen zugänglichen Sandstrand, wo man sehr geschützt anlegen kann, wenn man weiß, wo. Ich möchte eine Insel sein, wo die Menschen hinkommen, wenn Sie sich besinnen wollen. Ich möchte, daß sie es können, einfach durch die Art, wie ich daliege, wie es bei mir aussieht. Man braucht, um zu mir zu kommen, ein Boot und guten Wellengang. Mit Helikopter kann man auch einfliegen, aber das ist mir sehr unsympathisch. Das ist ein Übergriff aus der Luft. Ich bin gern eine Insel, die da ist für Menschen, die Besinnung suchen.»

Bühne: «Ich habe ein wenig Mühe: Da ist ein kleines Mädchen, da ist eine Frau, eine mütterliche, da ist eine freche Göre, eine außerordentlich Elegante mit geschlitztem Abendkleid, eine mit dreckigen Jeans, eine, die bloß auf der Bühne

herumrast und meint, etwas zu finden, eine, die sich ganz einhüllt, eine, die sich im Bikini zeigen möchte.
Die im Abendkleid gefällt mir gut, sie soll auftreten. Sie hat ein schwarzes Abendkleid von 1920, großer Ausschnitt, freier Rücken, kleines schickes Hütchen, gute Beine: Sie gibt sich unzüchtig züchtig. Sie zu beschreiben macht mir großen Spaß. Sie macht eine elegantes Gesicht, ist aber ziemlich leer...»
Und ich interveniere und frage hier: «Wer sagt das?»
«Die mit den dreckigen Jeans sagt das. Ihr sieht man die Gartenarbeit an, den gesunden Salat, sie hat wohl auch alle Welträtsel gelöst, sie hält nichts auf Schein, sie will ihre Realität bewältigen, nichts vormachen, sie macht es sich schwer. Sie sagt zu der Abendkleidfrau: ‹Du vergeudest deine Zeit in der Welt des Scheins.›
Und die Abendkleidfrau: ‹Und du bleibst an der Erdkruste kleben.›
Die Jeansfrau ist sichtlich geknickt, überlegt für sich: Wenn ich mit der anfange zu argumentieren, bringt das gar nichts, die hat immer eine Antwort.
Ich frage sie dann: ‹Hast du denn keine Angst, daß du irgendwann erwachst und daß du das Gefühl hast, der Welt des Scheines verfallen zu sein?›
Die Abendkleidfrau sagt: ‹Nein, warum denn! Ich bin doch nicht der Welt des Scheins verfallen. Ich trage diese Kleider, wenn es mir paßt, und dann trage ich wieder andere.›
Die Jeansfrau sagt: ‹Aber die Leute, die reden doch bestimmt.›
Die Abendkleidfrau: ‹Leute reden immer, die reden auch über Jeans.›
Die Abendkleidfrau sitzt sicher auf einem Barhocker, die Jeansfrau rast auf der Bühne hin und her und ärgert sich, fragt: ‹Was wolltest du, als du sagtest, ich bleibe an der Erdkruste hängen?›
Und die Abendkleidfrau sagt: ‹Ich meine damit halt, daß du

weder in die Tiefe gehst noch große Pläne machst, sondern anständig versuchst, das Nächstliegende zu tun ohne Mut zu etwas Extravagantem. Ich kann schließlich jederzeit Jeans anziehen, aber kannst du ein Abendkleid anziehen?›
Die Jeansfrau fragt: ‹Muß ich das können?›»
Ich merke, daß sich die Imaginierende sehr quält, und ich sage, sie solle im Regieraum zwei Menschen suchen, die ihr vertraut sind, die sollten ihr helfen, und sie holt Vater und Mutter herein und sagt:
«Meine Mutter findet die Jeansfrau sehr gut, mein Vater auch – das sagt er wenigstens –, aber er schaut die Abendkleidfrau an.»
Sie nimmt dann auch ihren Partner in den Regieraum, einen Freund, und überlegt dabei jeweils, wer welche Frau lieber mag.
Ich sage ihr dann, sie solle doch noch jemanden Unbekannten auf die Bühne holen, entweder ein anderes Paar oder eine Frau, einen Mann.
Dann sagt sie: «Ja, ich komme jetzt auch noch sportlich lässig, die Erdkrusten-Jeansfrau zieht sich zurück und die Abendkleidfrau verabschiedet sich.»

Diese Bilder wecken spontan Emotionen und Überlegungen, sie können aber auch gedeutet werden, indem man zusätzlich Assoziationen zu den verschiedenen Bildern sammelt.
Die spontane Reaktion der Imaginierenden war: «Am besten gefällt mir das Schweinskätzchen, ich konnte so richtig in meiner Phantasie dieses Schweinskätzchen sein. Das Bild der Insel war auch sehr stark. Dann war wichtig für mich, daß ich im Bühnenbild einmal erlebt habe, warum ich eigentlich immer diesen Zwiespalt habe zwischen der verführerischen Frau, die lässig sein möchte, und der Frau, die so handfest ist. Daß das mit meinem Vaterproblem zusammenhängt, das wußte ich nicht, das leuchtet mir aber sehr ein. Auf die Lärche bin ich richtig ein wenig stolz, so gefalle ich mir sehr gut.

Vielleicht wäre ich auch bloß gern wie eine Lärche, so als Idealbild, ich kann nicht immer so leicht und vital sein, wie ich Lärchen erlebe.»

Zum Bild der Landschaft sagt diese Frau, daß sie sich in der grünen, etwas geheimnisvollen irischen Landschaft geborgen fühle. Sie selbst stellt zwischen sich in diesem Bild – sie in Gummistiefeln – und der Frau in Jeans eine Verbindung her: So ist sie. Irland ist ein Bild aus der Erinnerung: Sie hat vor kurzem einen Urlaub mit ihrer Familie in Irland verbracht.

Man könnte zu diesen Bildern natürlich viel mehr Assoziationen beibringen, die die Imaginierende auch mehr mit ihren Beziehungspersonen in Verbindung bringt, die anwesend sind in den Erinnerungen. Ich will mich hier aber auf den zentralen Aspekt dieser Imagination beschränken, das Selbstbild betreffend.

In den Bildern zum Motiv Landschaft zeigt sie sich als Frau, die einen Ort in der Welt gefunden hat, wo sie sich geborgen fühlt. Sie hat einen guten Stand, ist nicht so leicht aus dem Gleichgewicht zu bringen – und nasse Füße bekommt sie auch nicht so schnell.

Im Bild der Donau fällt auf, daß sie gegen den Strom geht; es zieht aber bloß ein wenig, es ist nicht allzu schwer, gegen den Strom zu gehen. Die Frau ist an der Donau aufgewachsen und wundert sich, daß ihre Donau in der Imagination so wenig Wasser hat. Die Donau ihrer Imagination erinnert sie an einen Nebenarm des Tibers, der führte so wenig Wasser, daß man ihn leicht durchwaten konnte.

Sie fühlt sich seelisch im Moment nicht so sehr «in Bewegung» – und läuft eh noch gegen den Strom, sagt das Bild, gegen die innere Dynamik. Dieses Bild korrespondiert am ehesten mit ihrer aktuellen Stimmung: Sie fühlt sich lustlos.

Der Baum betrifft einen mehr überdauernden Aspekt des Selbstbildes als das Wasser, das immer in Bewegung ist.

Die Frau sagt, daß sie sich immer als Lärche sieht, wenn sie aufgefordert wird, sich in Gestalt eines Baumes zu sehen, daß sie auch die Lärche sehr gern hat: Ein Nadelbaum, der doch an der zyklischen Veränderung teilhat. Sie betont, daß ihr auch von anderen Menschen dieser Baum zugedacht wird, für sie ist faszinierend: die Eleganz, die Leichtigkeit, die Luftigkeit – und die damit verbundene Festigkeit. Sie weiß selbst nicht, ob sie schon ein wenig so ist wie die Lärche – sie muß es ja sein, sonst würden andere Menschen sie nicht in dieser Gestalt sehen – oder ob sie es immer mehr wird. Für sie ist dieser Baum deutlich ein Sehnsuchtsbild, von dem sie nicht weiß, wie weit es realistisch, wie weit es überhaupt zu realisieren ist.

Die Blutbuche bringt sie mit ihrem Partner in Verbindung. Aus diesem Bild spricht Stolz auf sich selbst, auf die gewachsene Existenz, ein gutes Selbst-Gefühl. Zudem wird deutlich, daß sie in vielfältigen gewachsenen Beziehungen steht.

Zum Puma fällt der Frau ein, daß sie den Puma für eine besonders vitale, elegante Katze hält. Sie hat in der Realität noch nie einen Puma gesehen. Sie spricht dann davon, daß sie Katzen sehr gern mag, da sie elegant und zärtlich sind, aber auch sehr eigenständig tun, was ihnen paßt. Der Puma ist für sie eine besonders würdige Katze. Im Nachhinein denkt sie, daß der Puma so etwas wie eine Größenidee gewesen sein könnte, Schweinchen und Kätzchen wären ihr viel näher, würden mehr Seiten von ihr selbst abbilden.

Zu den Schweinchen fielen ihr Erlebnisse aus der Kriegszeit ein: Da war sie als kleines Mädchen mit der Großmutter auf dem Land bei einem Bauern, bei dem gerade Schweinchen auf die Welt gekommen waren. Er gab ihr ein Schweinchen auf den Arm, und sie streichelte es, wie wenn es ein Kätzchen wäre. Sie findet das Schweinchen ganz besonders niedlich.

Dann ist eine ihrer ersten Erinnerungen, daß Großmutter sie strahlend ansieht, ihr einen Kuß gibt und sagt: «Bist du aber ein Schweinchen.» Diese Szene ist ihr als Szene einer außergewöhnlichen Liebkosung in Erinnerung. Sie verbindet die-

sen Ausdruck mit den kleinen Schweinchen, die sie so niedlich fand, die sie am liebsten ins Bett genommen hätte.
«Kätzchen» ist ein Kosename, den ihr Partner ihr gegenüber oft braucht. Sie mag diesen Kosenamen, weiß aber, daß damit nur eine Seite ihres Wesens getroffen ist.
Das Selbstbild, das sich im Tier ausdrückt, ist davon geprägt, welche Seiten an ihr ihre Großmutter und ihr Mann herausgeliebt haben. Es stellt sich natürlich auch die Frage, ob ihr Mann genügend abdeckt, was die Großmutter in ihr belebt hat. Die Frau selbst sieht vor allem das erotisch-sexuell Verspielte an den beiden Tieren.
Schwein und Katze sind Tiere der Großen Göttin, die unter anderem auch Große Mutter ist – hier wäre die Querverbindung zur Großmutter. Das Schwein ist das Tier, das zur Mutter-Göttin Demeter gehört und ihre Fruchtbarkeit symbolisiert und daher auch ein Symbol für das Glück werden konnte.
Katzen gehören – je nachdem, ob sie zahm oder wild sind – zu den ägyptischen Göttinnen Bastet und Sachmet, Göttinnen, die selber als Katzen oder Löwinnen auftreten oder von ihnen gezogen werden. Mit der Wahl dieser Tiere zur Darstellung ihrer animalischen Seite wird sehr deutlich, daß die Imaginierende in einer Lebensphase ist, in der die Entwicklung des Weiblichen und die Identifikation auch mit dem Animalisch-Weiblichen in der ganzen erotisch-sexuellen Verspieltheit wichtig ist. Zudem wird die Sehnsucht nach der Beziehung, wie sie die Großmutter vermittelt hat, deutlich. Die Tiere sind in ihrer verspielten Jugendform gesehen, also noch haben wir es hier eher mit einem Anfangsstadium zu tun, in dem sich natürlich auch Sehnsucht nach jugendlicher Unbeschwertheit ausdrückt.
Zielbild wäre wohl der Puma, er entspricht aber nicht dem Erleben im jetzigen Moment.
Im Bild der Insel wird deutlich, daß die Imaginierende sich wohl auch recht schroff präsentieren kann; wenn man aller-

dings weiß, wie man auf dieser Insel landen muß, wie und wo, dann findet man einen sehr schönen Sandstrand. Hinter einer eher schroffen Art der Selbstdarstellung – die in einem gewissen Gegensatz steht zu der Idee von sich selbst als Lärche – ist viel Weichheit und Zärtlichkeit verborgen. Diese Schroffheit könnte damit zusammenhängen, daß die Frau gegen Übergriffe aus der Luft recht hilflos ist.

Sie weiß aber auch – oder wünscht es sich –, daß Menschen sich bei ihr, einfach durch die Art, wie sie ist, besinnen können, zu sich selbst kommen können, vielleicht gerade dadurch, daß sie sich schroff zeigt. Das heißt nämlich auch, daß sie gut abgegrenzt sein kann, im Verborgenen aber Sandstrand und grüne Wiese anzubieten hat. Nicht abgegrenzt ist sie hingegen gegen oben.

Zum Motiv Bühne bringt sie zunächst viele Bildeinfälle, einige neue Seiten werden sichtbar: Sie will sich zunächst nicht auf zwei Gestalten festlegen. Wenn wir bedenken, wie sie das Schweinchen und das Kätzchen zu einem Schweinskätzchen vereinigt hat, in einer allerdings sehr schöpferischen Neuformung, mit der sie sich auch noch identifizieren kann, dann ist anzunehmen, daß ihr konflikthafte Auseinandersetzungen im Moment eher weniger liegen, schon eher Integrationen.

Sie konzentriert sich dann doch auf die Frau im Abendkleid und die in den Jeans, die offenbar zwei wichtige Seiten in ihr verkörpern. Von der «Jeansfrau» sagt sie, sie sei ihr sehr vertraut, das sei ihre anpackende, zupackende Seite, die sich nichts vormachen lassen will, die so stolz ist, wenn sie ihren Garten schön bearbeitet und gesunden Salat für die Familie hat, die aber auch nicht mehr daran glaubt, daß es überhaupt gesunden Salat gibt. Sie macht sich auch das Leben schwer.

Die Frau im Abendkleid fasziniert sie im Moment mehr, «sie strahlt eine gewisse Verruchtheit aus, Erotik, Sexualität; sie fragt nicht nach morgen, nach den Folgen ihres Tuns, sie ist selbständig. Ich habe dieses Leben in meinen Zwanzigern to-

tal verpaßt, ich lebte nur in Jeans und hatte die Ideologie, daß auch eine Frau zupacken können müsse, daß diese ‹Verführerei› doch unehrlich sei.»
Die Sätze, die sich die beiden an den Kopf schleudern, seien für sie schon stimmig: Sie habe Angst, sich an die Welt des Scheins, die sie durchaus fasziniert, zu verlieren, sie habe aber auch Angst, an der Erdkruste kleben zu bleiben. Dabei erweist sich die Frau im Abendkleid als sehr souverän – sie macht deutlich, daß sie nicht mit diesem Kleid verwachsen ist, daß sie nicht mit der Persona der mondänen Frau identifiziert ist, daß sie aber diese Kleider tragen kann, wenn es ihr Spaß macht. Sie stellt sich dar als die, die mehr Lebensmöglichkeiten hat, auch den Mut zu etwas Extravagantem.
Die beiden Gestalten können sich zeigen, lehnen einander aber auch beharrlich ab.
Meine Intervention zielt darauf ab, durch neue Gestalten, die in die Gestaltung eingreifen können, eine Verschiebung der Kräfteverhältnisse zu bewirken. Grund meiner Intervention ist, daß ich spüre, daß die Auseinandersetzung zu quälend ist, daher auch nicht stehengelassen werden darf.
Die Imaginierende holt Gestalten herein, die diese beiden Seiten beurteilen sollen: Es geht ihr also um ein Entweder-Oder, auch darum, wie diese beiden Gestalten von außen gesehen und akzeptiert werden. Das bringt den interessanten Hinweis, daß der Vater verbal immer auf der Seite der Jeansfrau gestanden hat, emotionell aber wohl eher eine mondäne Frau bevorzugt hätte. Das kann mit ein Grund sein, wie die Frau selbst erwähnt, daß sie selbst nicht weiß, welcher Seite sie den Vorzug geben muß, überhaupt den Eindruck hat, daß sie die eine Seite wählen, die andere verwerfen muß.
Erst eine erneute Intervention bringt eine Lösung – vielleicht auch eine zu schnelle Lösung. Sie selbst kommt jetzt «sportlich lässig», hat wohl von beiden Frauen etwas integriert, deshalb können die beiden sich auch verabschieden.

Die Bilder zu diesen Motiven haben einmal diagnostisch wesentliche Aspekte des Selbstbildes gezeigt, sie haben diese Frau aber auch dazu gebracht, sich mit sich selbst in einer ganz neuen Art auseinanderzusetzen.
Zudem wird in dieser Bilderfolge deutlich, wie Erinnerung, aktuelle Erlebnisse und Sehnsuchtsbilder ineinander übergehen, wie Sehnsuchtsbilder auch als solche erlebt werden.

Hinweise zur Deutung

Imaginationen können wie Träume gedeutet werden. Aber wie Träume wirken sie auch ohne Deutung dadurch, daß sie möglichst lebendig erlebt und wahrgenommen werden.
Gerade bei Imaginationen zu Motiven besteht oft das Bedürfnis, diese Bilder, diese symbolbildenden Prozesse auch zu verstehen. Bei diesen Deutungsprozessen werden wie bei der Traumdeutung[53] die Einfälle des Imaginierenden zu den einzelnen Bildern gesammelt. Dadurch werden diese Bilder in den Lebenszusammenhang gestellt. Zudem können die Symbole auch in Verbindung gebracht werden mit ihrer kollektiven Bedeutung, mit der Bedeutung, die sie schon immer in der Menschheitsgeschichte gehabt haben und wie sie uns in Mythen, Märchen, Kunst, Religionsgeschichte usw. übermittelt sind. Dadurch werden diese Bilder der Imagination in größere menschliche Zusammenhänge gestellt. Eine Deutung ist dann besonders befriedigend, wenn sie Erleben in der analytischen Beziehung zum Thema hat, das aktuell erlebbar ist – und sich gleichzeitig auch im Symbol abbildet –, dieses aktuelle Erleben und das Bild eine lebensgeschichtliche Verknüpfung erkennen läßt und gleichzeitig auch der gesamtmenschliche Zusammenhang erkennbar wird. Gerade das Einbetten des Symbols in die großen Lebenszusammenhänge öffnet neue Perspektiven des Erlebens und des Verstehens.
Bei Imaginationen, die sich über längere Zeit hinziehen, wo sich also eine Geschichte ergibt, erscheint es mir sinnvoll, dann zu deuten, wenn die Geschichte in sich geschlossen ist. Allerdings sind Deutungen auch dann hilfreich, wenn die Imagination über längere Zeit stockt.

Die Kontrollfähigkeit des Ich gegenüber den inneren Bildern

Das Stoppen negativer Vorstellungsbilder

Wir machen recht oft negative Aussagen über uns selbst oder haben negative Vorstellungen von uns selbst. Häufig werden diese Aussagen nicht in die mitmenschliche Kommunikation hineingetragen, sondern wir benützen sie im Gespräch mit uns selbst. Es sind Aussagen im Sinne von: Ich bin nichts; ich werde nichts; am besten wäre, ich wäre nie geboren; wir können nichts bewirken, werden immer überfahren usw. Diese Wertungen kommen uns häufig gar nicht wirklich zum Bewußtsein, sie streifen unser Bewußtsein, verändern aber unsere Stimmung. Die veränderte, mutlose oder resignierte Stimmung wiederum bewirkt, daß wir die Welt noch düsterer sehen, unsere Möglichkeit, damit umzugehen, uns noch aussichtsloser erscheint, worauf die Welt einen noch bedrohlicheren Charakter annimmt.

Werden diese selbstentwertenden Aussagen auch bildhaft gesehen, dann werden sie ich-näher erlebt und können uns beim Imaginieren hindern. Statt daß wir neue Verhaltensweisen erproben oder uns selbst erleben in unserer Fähigkeit, in der Vorstellung dem Leben auch vorgreifen zu können, wird die Imagination zu einem Mittel, unseren Selbstwert erst recht zu untergraben. Das weist aber immer auch darauf hin, daß eine innere Gestalt, meist als Repräsentant/in eines Komplexes, sehr viel Macht über den Ich-Komplex erhält; der Dialog zwischen dem Ich und diesen inneren Bildern wird gestört.

Deshalb ist es sinnvoll zu lernen, mit uns negativ erscheinenden Bildern so umzugehen, daß wir sie stoppen können, daß wir vom Ich aus eine gewisse Kontrollfähigkeit über diese inneren Bilder behalten oder erarbeiten. Wenn wir diese inneren Bilder auch stoppen können, können wir mit unseren destruktiven Vorstellungen umgehen. Das Stoppen von Vorstellungsbildern, durch die das Ich konsequent gemindert, entwertet wird, ist eine Technik, die vor allem die Verhaltenstherapeuten ausgearbeitet haben. Die Verhaltenstherapeuten arbeiten so am Verhalten der Menschen, daß sie Menschen in der Imagination schrittweise an ein vom Patienten erwünschtes Verhalten heranführen. Dabei spielt die Entspannung eine sehr große Rolle, außerdem werden die einzelnen imaginativen Schritte durch eine subtile Analyse des Verhaltens geplant. Die Imaginationen werden auch zu Hause geübt. Bei dieser Art des Vorgehens ist es natürlich wichtig, daß das erwünschte Verhalten imaginiert wird und nicht plötzlich eine durch Angst hervorgerufene Vorstellung gerade das Unvermögen des Imaginierenden zum Ausdruck bringt.

Cautela hat eine «Triade der Selbstkontrolle» beschrieben[54]: Klienten konnten mit ihrer Hilfe negative Denkprozesse reduzieren und diese zum Teil durch positive ersetzen. Es handelt sich bei dieser Triade der Selbstkontrolle um Denkstopp, Entspannung und verdeckte Verstärkung in einer Kombination. Der Imaginierende soll, wenn er bemerkt, daß er negative Vorstellungsbilder imaginiert, «Stopp» rufen, allenfalls auch ein großes Stoppzeichen sich vorstellen, und durch tiefes Atmen sich wieder entspannen; darauf folgt die «verdeckte Verstärkung», d.h., eine angenehme Szene soll vorgestellt werden.

Die einzelnen Schritte werden geübt, und sie können – nach Cautela – «jederzeit und überall» angewendet werden, mit offenen oder geschlossenen Augen, wenn Angst oder negatives Denken auftreten, beim Autofahren, bei Diskussionen, bei der Versuchung, übermäßig zu essen usw.[55]

Diese Triade der Selbstkontrolle ist in der Tat hilfreich.

Wenn wir tiefenpsychologisch orientiert arbeiten, dann werden wir sie in etwas veränderter Form anwenden:
Der Hinweis zum «Stopp» erfolgt auf die gleiche Art, wie sie Cautela vorschlägt; ob man nun ein Verbotsschild oder ein rotes Licht sieht, oder wie immer man dieses «Stopp» in der Vorstellung noch ausbauen will, ist der Phantasie des einzelnen überlassen.
Dann wird die Frage gestellt: «Wer irritiert Sie so in dieser Situation, wer ist es, der/die so negativ über Sie spricht? Schauen Sie genau hin.»
Nachdem dieses Bild aufgenommen werden kann, erfolgt die körperliche Entspannung durch tiefes Atmen, ein Entspannungsbild kann zudem dem/der Imaginierenden zu neuem Gleichgewicht verhelfen.
Meistens wird dann – im nicht imaginativen Zustand – miteinander besprochen, wie mit dieser Gestalt umgegangen werden könnte, welche Strategien notwendig werden könnten, was diese negativen Vorstellungsbilder bedeuten.
Es gibt aber Vorstellungsbilder, die als negativ erlebt werden, die indessen nicht verändert, sondern angeschaut und akzeptiert werden sollen. Sie sollen dann gestoppt werden, wenn diese negativen Wertungen eskalieren und sie das Selbstbild betreffen.

Beispiel aus der therapeutischen Praxis: Ein gutbegabter Student leidet unter großer Prüfungsangst, er hat sich deshalb sehr gut auf die Prüfung vorbereitet, er kennt sich und sein Problem. Er hat von sich den Eindruck, daß aus ihm nie etwas werden kann.
Ich bitte ihn, sich die Prüfungssituation und dieses «aus mir wird nie etwas werden» vorzustellen.
«Ich sehe mich in der Prüfungssituation, ich schwitze, der Schweiß rinnt mir am ganzen Körper herunter, mein Bart wächst, ich bin schon blaß und werde dadurch, daß mein schwarzer Bart wächst, immer blasser, direkt wächsern. Ich

fange an zu schrumpfen. Die Kleider hängen an mir herunter, und der Schweiß tropft.»
Ich interveniere mit der Bemerkung: «Jetzt aber Stopp!»
Ich bitte ihn, mit Seufzeratmung zu atmen, dann frage ich: «Jetzt stellen Sie sich vor, wer es ist, der oder die Sie so sehr schrumpfen läßt.»
«Sonderbar», sagt er darauf, «es ist ein wunderschöner Pfau, der schlägt das Rad vor mir, der dreht sich vor mir, läßt sich von mir bewundern.»
Dieses Bild bringt den Studenten zum Lachen. Das Lachen wiederum bewirkt, daß er mit einem Schlag wieder in seiner Originalgröße dasteht und sich fragt, wie er überhaupt dazu komme zu denken, daß er diese Prüfung nicht bestehen könne. Gar so pfauenhaft müsse ja nun sein Anspruch auch wieder nicht sein.

Wenn wir negative Vorstellungsbilder stoppen – und wir sollten sie nur dann stoppen, wenn sie negativ eskalieren –, wenn keine Möglichkeit der Korrektur innerhalb der Imagination mehr möglich ist, dann bedeutet das noch nicht, daß an die Stelle der negativen Vorstellungsbilder einfach positive treten würden wie in diesem Beispiel.
Werden die negativen Vorstellungsbilder innerhalb einer Therapie gestoppt, ist es allerdings oft so, daß der/die Imaginierende zunächst ein angenehmes Bild sozusagen für den Therapeuten/die Therapeutin schafft. Indem er/sie aber überhaupt ein positives Vorstellungsbild sehen kann, verändert sich wiederum die Stimmung, wird vor allem der destruktive Zirkel unterbrochen.
Aber auch dann, wenn keine konstruktiven Bilder erlebbar werden, hilft es uns schon zu erfahren, daß diese negativen Bilder wirklich gestoppt werden können, daß wir ihnen nicht einfach ausgeliefert sind.
Wir stoppen allerdings unsere negativen Gedanken schon, wenn wir versuchen, sie in Bilder zu fassen; dann erschrecken

wir nämlich vor ihnen, spüren, wie destruktiv sie sind, und wir sind eher bereit, von ihnen abzulassen, als wenn wir in einer halb unbewußten selbstquälerischen Art, leicht genußvoll und doch auch sehr leidend, uns zu einem großartigen Opfer entwerten.
Diese negativen Vorstellungen können sich m. E. aber auch deshalb verändern, weil – jetzt in der therapeutischen Situation – ein anderer Mensch sagt, daß hier eine Zäsur zu machen ist, sich liebevoll darum kümmert, daß dieser Mensch mit seinen schlechten Vorstellungen sich entspannt, allenfalls sogar eine Imagination der Entspannung, die Wohlbefinden gibt, suggeriert. Das bedeutet, daß eine Atmosphäre der Akzeptanz, der Geborgenheit erlebbar wird; diese Erfahrung wirkt auch auf die Imaginationen zurück.

Das Anschauen negativer Vorstellungsbilder

Es ist auch möglich, daß die als negativ erlebten Imaginationen vom Imaginierenden gestoppt werden und er sie durch eine positive ersetzen will, ohne daß die Bedeutung der Bilder erkannt wird, aber auch ohne daß sein Selbstbild immer mehr entwertet wird. Es handelt sich darum, daß wir gewisse Aspekte von uns selbst nicht akzeptieren wollen, nicht «sehen» wollen. Das kann sich auch dadurch ausdrücken, daß innere Bilder unscharf werden, nicht mehr erkennbar sind, oder daß wir sie zwar wahrnehmen, aber keine Worte und auch sonst keine Gestaltungsmöglichkeit dafür finden, wenn uns sonst das Übersetzen der Bildersprache in die gesprochene/geschriebene Sprache nicht allzu schwer fällt.

Beispiel aus der therapeutischen Praxis: Ein 45jähriger Mann imaginiert einen Baum: «Es ist ein schöner Birnbaum, in der Nähe des Elternhauses. Er ist hoch, gut gewachsen, aber kahl. Kahl! Die anderen Bäume haben Blätter, meiner nicht.

Ich versuche, einen anderen Baum zu sehen: Ein Eichbaum, oben auf einem Hügel – etwas weiter vom Elternhaus entfernt. Nicht zu fassen: verdorrte Blätter. Es ist eindeutig Frühsommer.»
Er versucht, einen normalen Baum zu sehen: Es geht nicht. Dieses Baumbild kann nicht einfach ersetzt werden durch eines, das er als positiv bewertet. Er muß hinsehen: Das Bild will ihm etwas sagen. Er phantasiert, daß diese Bäume gestorben sein könnten. Dann hält er sie dafür doch für zu vital und kommt darauf, daß diese Bäume zur Unzeit «Regenerierungsphase» hätten. Das leuchtet ihm ein in Beziehung zu seinem Leben: Er hat über Jahre hinweg das Geschäft seines Vaters saniert, neue Konzepte gebracht. Er war sehr erfolgreich – jetzt aber – zur Unzeit, wie er meint – mag er einfach nicht mehr essen, er mag nicht mehr. Er muß Zeit haben zum Regenerieren.

Diese Bilder, die uns beunruhigen, müssen immer, werden sie nun gestoppt oder nicht, daraufhin angesehen werden, was sie uns mitteilen wollen.
Unter der Kontrollfähigkeit wird aber nicht nur das Stoppen von negativen Vorstellungsbildern verstanden, sondern ganz allgemein die Möglichkeit des Imaginierenden, sich mit den inneren Gestalten, den Ängsten, die sie auslösen, der Stimulierung oder der Überstimulierung, die sie mit sich bringen können, so auseinanderzusetzen, daß der imaginative Prozeß nicht zum Erliegen kommt. Daher ist es sinnvoll, sich gewisse Strategien im Umgang mit inneren Gestalten einzuprägen.

Strategien der Intervention

Imaginationen verändern uns dann am meisten, wenn die Bilder lebendig sind, wenn Vorstellungen in verschiedenen Sinnesmodalitäten vorkommen, wenn wir diese Bilder gefühlsmäßig wirklich erleben und wenn wir zugleich eine Kontrollfähigkeit über diese Bilder haben, mit dem Ich auch intervenierend in diese Prozesse eingreifen können, ohne zu stoppen. Wir können diese inneren Bilder um so eher fließen lassen, je besser wir wissen, wie wir mit schwierigen Situationen, die in diesen Imaginationen auftauchen, umgehen können, wenn sich unsere Angst also in Grenzen hält.

Es ist deshalb sinnvoll, einige Interventionsstrategien zu lernen. Im therapeutischen Prozeß kann das so geschehen, daß der Analytiker/die Analytikerin die Imagination des Analysanden/der Analysandin, die dann allerdings die Imagination fortlaufend in Worte fassen müssen, so begleitet, daß er/sie jederzeit auf der Ebene der Bilder einen Vorschlag machen kann, wie man sich in einer speziellen Situation der Imagination etwa helfen könnte. Diese Hinweise werden mit der Zeit vom Imaginierenden verinnerlicht, er kann sie dann selbst anwenden, braucht die Hilfe des Therapeuten/der Therapeutin nicht mehr. Indem man außerhalb der Therapie Beispiele von Imaginationen liest, kann man diese Imagination in der eigenen Vorstellung nachvollziehen und sich so ein Repertoire an Verhaltensmöglichkeiten in schwierigen Situationen aneignen. Vielleicht verhält man sich dann ganz anders als im «Modellfall» dargestellt, und das ist auch richtig so; entscheidend ist, daß wir uns ein Gefühl der Kompetenz im Umgang mit imaginativen Situationen erwerben.

Strategien der Interventionen gibt es unendlich viele, einige wesentliche sollen hier erwähnt werden, um eine gewisse Sicherheit im Umgang mit Imaginationen zu erreichen; damit gewinnen wir eine relative Freiheit von Angst, die es uns ermöglicht, in den Imaginationen unser schöpferisches Potential sich entfalten zu lassen.
Strategien der Intervention sind in den Märchen in großer Zahl vorhanden. Ich werde einige mir wesentlich erscheinende hier diskutieren[56].

Das Ansehen des Ängstigenden

Im Märchen «Die purpurrote Blume» wurde sehr deutlich, daß das Ungeheuer, das man einmal angesehen hat, sogar dann, wenn man dabei vorübergehend ohnmächtig geworden ist, in der Folge weniger Angst auslöst. Es ist für uns leichter, uns mit einer Situation auseinanderzusetzen, wenn wir sie wirklich ins Auge gefaßt haben, wenn wir hinsehen statt wegsehen. Dieser Grundüberlegung entspricht übrigens auch schon die Anweisung zur Imagination: «Stellen Sie sich... vor. Schauen Sie genau hin; wie sieht es aus...?»
Hinsehen, ansehen bedeutet immer auch, etwas oder jemanden zur Kenntnis nehmen, akzeptieren, also nicht zu übersehen, nicht zu verdrängen. Gerade wenn wir bei Imaginationen den Tieren ins Auge sehen, dann bedeutet das, daß wir nicht nur versuchen, mit unserem Blick dieses Tier zu bannen, sondern daß wir seine Existenz zur Kenntnis nehmen[56a].

Das Finden des inneren Begleiters oder der inneren Begleiterin

Beim Märchen vom Typus des dankbaren Toten, z.B. im norwegischen Märchen «Der Kamerad»[57] oder im Märchen aus

Kurdistan «Rothaarig – Grünäugig»[58], geht es darum, daß der Held in die Welt geht oder das Geschäft des Vaters weiterführt. Auf ihrem Weg in die Welt sehen sie, daß ein Leichnam ausgepeitscht wird. Auf ihre erstaunte Frage nach dem Grund dafür, hören sie, daß der Leichnam etwa seine Schuld nicht bezahlt hat oder, als er noch lebte, Wein mit Wasser vermischte oder ähnliches. Der Held hat ein gutes Herz und löst kurz entschlossen den Leichnam aus, der dann bestattet wird. Nach kurzer Zeit gesellt sich zum Helden ein geheimnisvoller Begleiter, der problematische Situationen voraussieht samt den Möglichkeiten, damit umzugehen. Der Held kann sich ganz auf diesen Begleiter verlassen. Nachdem der Held genug Erfahrung gesammelt hat, dabei auch seine Naivität im Umgang mit dem Bösen verloren hat, verschwindet der Begleiter und erklärt, er sei der Geist des ausgelösten Toten gewesen, deshalb konnte man sich wohl auf ihn in Fragen des Lebens, aber auch des Todes verlassen.
Dieser innere Begleiter oder die innere Begleiterin, die ich analog dazu nennen möchte, ergänzen den Helden/die Heldin, stehen aber auch in viel größeren Lebenszusammenhängen als diese, wissen mehr von den Geheimnissen des Lebens. Der innere Begleiter/die innere Begleiterin kann auch in den Imaginationen spontan auftreten. Auch da verkörpern sie oft eine Seite, die man zuvor erlöst hat, die man ausgelöst hat, indem man sie – trotz ihrer Schuldhaftigkeit – akzeptiert. Sie sind zunächst Gestalten, auch in unseren Nachtträumen, die von uns nicht geliebt werden, sie passen uns nicht, entsprechen nicht dem Ideal, das wir uns von uns gemacht haben, können also schlecht als Seiten von uns selbst akzeptiert werden. Oft werden in langen Imaginationssequenzen Annäherungen an diese Gestalten gemacht, viele Konflikte werden ausgetragen, bis diese Seiten akzeptiert werden. Gelingt es uns, diese «Schattenseiten» anzunehmen, haben wir eine Seite von uns selbst akzeptiert, das heißt aber auch «erlöst»; dann bekommt das Ich dadurch mehr Freiheitsgrade. Ist eine

innere Auseinandersetzung mit einer inneren Gestalt vorausgegangen, so wird sie fast immer zu einem zuverlässigen Begleiter/einer zuverlässigen Begleiterin für eine gewisse Zeit in der Imagination.

Der Begleiter/die Begleiterin kann aber auch ein bekannter oder unbekannter Mensch sein, der einem viel bedeutet und mit dem man immer einmal wieder Zwiesprache hält, eine innere Auseinandersetzung in einer sehr freundschaftlichen Art pflegt, die das Gefühl vermittelt, den Problemen des Lebens nicht allein ausgesetzt zu sein.

Andere Begleiter/innen bestätigen den/die Imaginierende/n, geben ihm/ihr Sicherheit, wieder andere werden als Begleiter/in idealisiert.

Diese Begleiter/innen können indessen auch erlebt werden als Gestalten, die man nicht mehr einfach als Persönlichkeitsanteile auffassen kann, sondern darüber hinaus als «Gast» in der eigenen Psyche, eine Gestalt, die eindeutig so etwas wie einen numinosen Charakter hat; ihr Auftreten und Dasein ist immer begleitet von einem Gefühl der leisen Fremdheit, und doch wirken sie auch sehr vertraut, zu einem gehörend – aber weit über einen hinausreichend. Das sind dann Begleiter bzw. Begleiterinnen, über die keinesfalls verfügt werden kann, die auftauchen und gehen, wie es ihnen paßt.

So können diese inneren Begleiter/innen recht nah unserem Bewußtsein sein, Schattenseiten von uns darstellen, die wir zu akzeptieren haben und die uns durch ihre Sicht der Dinge manche Perspektive neu eröffnen, uns auch manche Klippen umschiffen helfen, die wir nicht gesehen haben, uns aber auch in manche Schwierigkeiten verwickeln, die wir uns gern erspart hätten und deren Bestehen sich doch im nachhinein als wichtig herausstellt. Diese inneren Begleiter/innen können uns aber auch mit der Tiefe des Unbewußten verbinden; zuweilen erscheint hinter der Gestalt einer Schattenfigur eine innere Gestalt, die numinosen Charakter hat, die zu uns gehört – und auch nicht zu uns gehört.

Im Rahmen der Therapie ist es oft der Analytiker/die Analytikerin, die als innere Begleiter/innen wirken können; auf sie werden auch Schattenaspekte übertragen, die dann durch Auseinandersetzungen hindurch akzeptiert werden; sie können idealisiert werden oder haben den Analysanden zu idealisieren, aber sie können auch zum Träger/zur Trägerin eines Bildes von einem inneren Begleiter/einer inneren Begleiterin werden, das weit über ihre bewußte Persönlichkeit hinausweist.
In einer direkten Imaginationsanweisung kann versucht werden, sich einen inneren Begleiter oder eine innere Begleiterin zu wählen, wenn diese/r nicht schon in einer handelnden Gestalt eines Nachttraumes sich aufgedrängt hat.

Mögliche Imaginationsanweisung:
Stellen Sie sich vor, daß Sie auf eine geheimnisvolle Reise gehen, auf der Sie einige Probleme zu bewältigen haben.
Wen nehmen Sie als Ihren Begleiter/Ihre Begleiterin mit? Es sollte ein Mensch sein, den Sie nicht kennen.
Versetzen Sie sich mit ihm/ihr in eine bestimmte Landschaft.
Wie sieht diese aus, was sehen, riechen, hören, spüren Sie?

Die Stimmung, die sich in der Imagination ausdrückt, zeigt an, ob sich der/die Imaginierende gut fühlt mit diesem inneren Begleiter/dieser inneren Begleiterin.
Sehr oft aber muß man sich einen solchen inneren Begleiter bzw. solch eine innere Begleiterin «erdauern», sie fallen einem nicht einfach so zu.

Beispiel aus der therapeutischen Arbeit: Ausgangspunkt für eine Imagination ist ein Traum einer 38jährigen Frau:
Ich stehe vor einem verschlossenen Haus, d.h. vor einer verschlossenen Türe. Das Haus kenne ich nicht, ich weiß aber, daß ich da hineingehen muß. Läuten, klopfen etc.... habe ich alles ausprobiert. Niemand reagiert.

Dann kommt eine Frau mit schnellen, entschlossenen Schritten. Sie wirkt ausgesprochen burschikos mit diesem furchtbar kurzen Haarschnitt, an sich ist sie nicht unsympathisch. – Ich erwache.

Der Träumerin fiel zunächst ein, daß dieser Haarschnitt so furchtbar kurz, aber an sich nicht unsympathisch, so eine Kahlrasur sei.
Mit dieser Frau zusammen, meint sie, könnte sie vielleicht den Eingang finden, sie traue ihr sogar zu, den Eingang aufzubrechen.
Schon im Traum ist eine gewisse Ambivalenz gegenüber dieser Frau zu spüren, in den Assoziationen wird diese Ambivalenz wiederum deutlich, die komplizierte Bewertung der Haarfrisur hat wohl mit der Bewertung der Trägerin dieser Haare als ganzer zu tun.
Diese ambivalenten Gefühle einem/r möglichen inneren Begleiter/inneren Begleiterin gegenüber sind oft anzutreffen. Ich bitte die Analysandin, zu dieser Traumfrau ihre Einfälle kommen zu lassen, indem sie sich diese noch einmal bildhaft vorstellt. Sie sieht sie entschlossen, unbeherrscht, spontan bis impulsiv, männlich: «Sie hat ja auch diesen männlichen Haarschnitt. Eigentlich zu forsch, zu entschlossen, sie weiß zwar, was sie will, das ist ja nicht unbedingt schlecht...»
Es wird auch der Analysandin bewußt, daß sie dieser Frau gegenüber doppelte Gefühle hat: Es sind Frauen, die sie nicht mag, vor denen sie sich sogar etwas fürchtet, aber sie träumt immer wieder von solchen Frauen und hat den Eindruck, sie müßte gerade auch weibliche Seiten, die durch diesen Frauentyp symbolisiert sind, entwickeln. Sie fügt dann an, sie beneide diesen Typus, weil sie zu sich selbst stehen könnten, diese Frauen seien das «Gegenstück» zu ihr, sie gebe sich so sehr Mühe, nachgiebig zu sein, «sanft weiblich, so furchtbar weiblich...». Und dann lacht sie.
Es ist offenkundig, welche weiblichen Seiten sie in den Vor-

dergrund spielt, wie sie als Frau gesehen werden möchte: sanft, weiblich usw. Ich erlebe sie durchaus nicht nur als so sanft und nachgiebig, ich erlebe sie oft als sehr entschlossen, manchmal auch stahlhart. Aber diese Seiten will sie noch nicht sehen. Allerdings kann sie bereits darüber lachen, daß sie so «furchtbar weiblich» sein will. Darauf sagt sie: «Ich werde diese Seite wohl akzeptieren müssen, ich finde sie auch gar nicht so übel, ich muß aber aufpassen, daß mich diese Frau nicht überfährt. Ich brauche sie einfach, sonst kann ich nicht in dieses Haus, und ich muß in dieses Haus gehen.»
Typisch an dieser Situation ist, daß die innere Begleiterin nur zähneknirschend akzeptiert wird, weil die Imaginierende weiß, daß sie allein keine Möglichkeit sieht, in dieses Haus zu gehen. Diese innere Begleiterin zeigt sich hier zunächst als «Gegenstück» zur Träumerin. Zunächst: Wir wissen nie, welche Aspekte noch hinter diesen Gestalten verborgen sein können. Innere Begleiter/innen sind oft gegensätzlich zu der Art, wie wir uns selbst darstellen, uns der Welt zeigen; mit der Zeit können sie sich aber so verwandeln, daß man den Eindruck hat, mit einem Bruder/einer Schwester, der/die einem sehr gleicht, seine Proben zu bestehen. Oder aber sie werden zu numinosen Gestalten.
Zum Haus sagt die Träumerin, daß sie nur weiß, daß sie da ganz dringend hinein müsse; sie meint, es sei ganz wesentlich für ihr Leben, da hineinzukommen. Das Haus sei von außen ganz unauffällig, stehe allerdings von Laub umgeben da, es vermittle den Eindruck von Grün, alles sei außerordentlich grün und zugewachsen, sie könne das Grün riechen, es rieche nach Leben. Wenn man drin wäre im Haus, dann wäre man sehr geborgen und lebendig. Geborgenheit ist ein sehr wichtiges Thema im Leben dieser Frau. Sie ist bei Adoptiveltern aufgewachsen, die sie, als sie sechs Jahre alt war, durch einen Unfall beide zugleich verlor, darauf lebte sie in verschiedenen Heimen. Geborgenheit ist deshalb ein wichtiges Thema; geborgen fühlt sie sich nur in Gesellschaft von anderen Men-

schen und auch nur dann, wenn sie sich ganz und gar anpaßt. Dann fühlt sie sich aber auch nicht ganz wohl, weil sie dann ja ihre eigenen Bedürfnisse nicht mehr ausdrücken und erfüllen kann.

Träume, die in sich nicht geschlossen sind, die mit einer Situation aufhören, die man gerne verändern möchte – hier deutlich dargestellt in der Überzeugung der Träumerin, sie müsse in dieses Haus hineinkommen –, können sehr gut mit der Technik der Imagination ausgearbeitet werden. Es geht um das Weiterführen von Prozessen, die vom eigenen Unbewußten angeregt sind.

Ich bitte die Analysandin, das Schlußbild des Traumes sich so lebendig wie möglich noch einmal vorzustellen.

Sie sieht sich vor der Türe, beschreibt lange sich selbst, wie sie vor der Türe steht, beschreibt die Türe. «Ich kann mich sehen, wie ich läute, klopfe, rufe, läute. Ich habe das Gefühl der Ohnmacht, das ich kenne, ich könnte weinen, fühle mich ganz hilflos und verlassen.

Jetzt kommt die entschlossene Frau. Ich schaue sie an. Sie grinst. Das macht mich unsicher. Ich sage zu ihr: ‹Du machst mich unsicher, aber ich bin froh, daß du da bist, ich brauche dich.› Sie nickt, sagt nichts, sie wirkt nicht abwehrend, kommt aber auch nicht wirklich auf mich zu. Sie macht sich an der Tür zu schaffen. Auch ohne Erfolg. Dann sagt sie plötzlich: ‹Manchmal versucht man vergeblich, in ein Haus zu kommen, weil man den falschen Eingang benutzt. Der Eingang ist nicht immer dort, wo eine Türe ist.›

Mich erstaunt diese Aussage. Wenn die etwa denkt, daß ich mit meinem engen Rock durch ein Fenster klettere... Ich bin voll Widerstreben, aber ich kann mich nicht entziehen. Sie nimmt mich bei der Hand. Ich denke: Da haben wir es schon, jetzt bin ich schon ein kleines Kind, das man an die Hand nehmen muß. Mein Ärger bewirkt, daß ich die Frau nicht mehr spüre. Jetzt ärgere ich mich über mich selbst. Ich kann diesen Ärger jetzt nicht brauchen, ich stoppe den Ärger.»

Ich gebe der Analysandin die Anweisung, tief zu atmen und sich wieder zu entspannen, und bitte sie dann, sich das Bild, das den Ärger ausgelöst hat, noch einmal vorzustellen.
«Ich versuche mich wieder an der Hand der Frau zu spüren, sie ist wieder da. Sie führt mich um das Haus herum – sehr entschlossen. Sie beginnt, den Komposthaufen umzugraben, und gibt mir auch eine Schaufel. Ich habe Angst, mein Kleid schmutzig zu machen, aber ich gehe doch mit, denke, es könne ja in die Reinigung gebracht werden.»
Hier unterbricht die Analysandin die Imagination, sie wundert sich sehr darüber, welche Wendung die Imagination genommen hat, spricht dann darüber, daß sie offenbar zuerst einmal ihren eigenen Mist etwas umgraben müsse. Sie war aber überzeugt, daß diese Arbeit eine wesentliche Voraussetzung sei, um in das Haus zu kommen. Auch dieses Bild eignet sich dazu, wieder imaginiert zu werden.
In der nächsten Analysestunde schlägt die Analysandin vor, weiter zu imaginieren. Sie stellt sich wieder Abfall vor, beschreibt ihn: es ist kein Abfall mehr, sondern schon gute Erde, die umgegraben werden muß. Sie bemerkt, daß sie diesmal adäquate Kleider trage. Sie beschreibt:
«Wir graben, tragen den ganzen Misthaufen ab. Als der ganze Misthaufen schon abgetragen zu sein scheint, gräbt meine Begleiterin immer weiter, direkt fanatisch. Sie legt einen Gang in die Erde hinein frei. Die Entschlossene zwängt sich hinein, bedeutet mir, nachzukommen. Ich habe Angst, es ist dunkel. Meine Begleiterin scheint sich nicht um das Dunkel zu kümmern, vielleicht ist es für sie gar nicht so dunkel. Mit der Zeit sehe ich auch besser: Wir sind in einer recht gemütlichen Höhle. Da ist auch ein alter Freund von mir. Ich will ihn nicht treffen, ich wollte ihn ja vergessen, es war der, der so sadistisch war, der mich immer geplagt hat. Ich erwartete eigentlich etwas Schönes hier unten, vielleicht eine Kreiszeichnung an der Wand, eine Kugel. Aber der alte Freund tritt mir in den Weg – er sucht die Auseinandersetzung. Plötzlich spü-

re ich, wie die Entschlossene hinter mir steht, sehr nah bei mir, ich kann ihren Körper spüren und ihren Atem. Sie flüstert mir ein, wie ich mich verhalten soll. Ein sehr warmes Gefühl für sie erfaßt mich, ich fühle mich in dieser scheußlichen Situation richtig etwas geborgen.»

Diese Imagination zeigt deutlich, wie eine ambivalente erlebte Traumgestalt in der Imagination zwar zunächst wiederum ambivalent erlebt wird, dann aber zunehmend besser akzeptiert werden kann. Diese Frau – die «Entschlossene» von der Imaginierenden genannt – übernimmt auch die Führung, weiß mehr als die Imaginierende selbst.

Interessant ist, daß die gewünschte Geborgenheit dann etwas erlebbar wird, als in der ängstigenden Konfrontation mit einem von ihr als sadistisch erlebten Freund diese entschlossene Frau ihr buchstäblich den Rücken deckt, ihr wohl auch den Rücken stärkt und ihr sehr deutlich das Gefühl gibt, daß sie nicht allein ist, daß diese Frau ihr hilft.

Diese Erkenntnis war für die Analysandin überwältigend: Nicht jemand von außen stand ihr bei – auch nicht ich als ihre Therapeutin –, sondern eine Frau aus ihrem Traum, eine Gestalt, die sie sich jederzeit vorstellen konnte und die dann auch in der Vorstellung erschien, eine Frau, die half, obwohl sie sie zunächst sogar abgelehnt hatte, eine Gestalt, der gegenüber sie wirklich gute und schlechte Gefühle haben konnte, ohne daß sie zurückgestoßen wurde.

Dieser Imagination ging eine länger dauernde Analyse voraus, die Imagination wurde in der 46. Stunde gemacht. In der analytischen Beziehung übertrug die Analysandin oft ambivalent erlebte Beziehungspersonen auf mich und provozierte damit die Ablehnung, die sie in ihrem Leben jeweils erfahren hatte. Da ich wußte, daß es sich bei dieser Provokation um Übertragungen früherer Erfahrungen auf mich handelt, konnten wir ihr Verhalten verstehen und deuten, so daß sie sich selbst auch verstand.

Ich mache immer wieder die Beobachtung, daß das Bezie-

hungsverhalten, das auf den/die Analytiker/in übertragen wird, auch auf die inneren Gestalten übertragen wird.
Wenn eine innere Gestalt als innere/r Begleiter/in auftaucht, bedeutet das immer auch, daß der/die Imaginierende selbständiger wird, immer mehr in eigener Regie auch Probleme angehen kann. Jung sagt von der Aktiven Imagination, es sei unter anderem auch eine Methode, um vom Analytiker unabhängiger zu werden. Diese Aussage kann auf die Imagination ganz allgemein übertragen werden, sofern der Analysand wirklich in Kontakt mit seinen inneren Bildern sein kann.

Beziehungsmuster im Spiegel des imaginativen Prozesses

Andererseits kann gerade die Imagination mit einem inneren Begleiter/einer inneren Begleiterin das Beziehungsmuster abbilden, das zwischen Analytiker/in und Analysand/in besteht, bzw. Übertragungen, Wünsche und Erwartungen zeigen, die vorhanden sind und die erst anhand der Imagination deutlich werden.

Beispiel aus der therapeutischen Praxis

Das Beziehungsmuster zwischen Analysandin/Analytikerin anhand einer Imagination:
Eine ehemalige Angstpatientin, 35jährig, erzählt, sie fühle sich im Moment wie auf einer schwierigen Wegsuche in den Bergen. Weil sie dieses Bild beim Erzählen gebraucht, aber emotionell wenig von der schwierigen Wegsituation berührt zu sein scheint, bitte ich die Analysandin, diese Wegsuche in einer Imagination zu gestalten.
Nach einer leichten Entspannung sieht sie sich in den Bergen, in einem ihr unbekannten Gebiet; es ist sehr steil, den Weg muß man sich selbst suchen, es gibt hier keinen Wanderweg mehr. «Ich gehe voran, hinter mir eine Frau – in Ihrem Alter,

mit Ihrem Schritt. Obwohl es schwierig ist, einen Weg zu suchen, gehe ich rasch, vielleicht zu rasch, fast ein wenig hektisch. Ich schaue wohl zu wenig, wo wirklich Aufstiegsmöglichkeiten sind, ich versteige mich immer wieder, muß dann zurücksteigen, das ärgert mich. Meine Begleiterin hängt nachdenklich zurück. Sie schaut lange prüfend in die Wand und deutet manchmal mit einer Handbewegung an, wo sie meint, daß ein Weg zu finden sei. Sie kennt sich offenbar besser aus in den Bergen als ich. Ich denke, sie könnte vorangehen – und für mich einen Weg suchen. Ich sage es ihr.
Sie schüttelt den Kopf, sagt: ‹Es muß doch Ihr Weg sein.›
Ich bitte sie: ‹Bitte, tun Sie es doch für mich.›
Sie schüttelt entschieden, aber freundlich den Kopf.
Ich setze mich trotzend auf den Boden.
Jetzt geht sie voran. Ich folge ihr, jetzt ist es viel leichter. Aber sie nimmt nicht den Weg, den ich mir vorgestellt habe, sie geht viel zu wenig steil für meine Vorstellung.»
Diese Frau hatte früher immer ihre Mutter dazu verführt, ihr «voranzugehen» – nachdem sie ihr in der frühen Kindheit wohl zu lange vorangegangen war –, verführte sie dazu, ihr Wege zu zeigen, die sie nicht ängstigten. Als Mensch mit sehr viel Angst fand sie auch sonst immer wieder Helfer/Helferinnen, die ihr ihre vielen Probleme lösten, zunächst damit auch entlastend wirkten, aber die Analysandin damit natürlich immer hilfloser werden ließen. Dieses Gefühl der Hilflosigkeit und das Gefühl der fehlenden Kompetenz im Umgang mit Problemen – verbunden mit ihrem frühkindlichen Erleben, daß sie sowieso nicht autonom sein darf, daß sie die Sache der Autonomie eher den Erwachsenen überlassen muß – bewirkte, daß ihre Angst immer mehr wurde. Im Laufe der Therapie hatte sie gelernt, mehr Verantwortung für sich selbst zu übernehmen, und dadurch hatte sie auch an Autonomie gewonnen. Im Moment, wo es nun aber darum geht, einen wirklich eigenen Weg zu finden, versucht sie in der Imagination, die alten Beziehungsmuster wieder spielen zu lassen.

Die Begleiterin, die in meinem Alter ist, vor allem aber meinen Schritt hat, dürfte wohl ich, ihre Therapeutin sein. Die Analysandin neigt dazu, hektisch Entscheidungen zu fällen, und ich scheine – zum Ausgleich – eher ein nachdenkliches Moment in die Beziehung hineinzubringen. In der Imagination verführt mich die Analysandin aber doch dazu, mich als Helferin zu benehmen und für sie einen Weg zu suchen. Diese Verführung nützt erwartungsgemäß nichts, ich nehme für ihren Geschmack einen zu wenig steilen Weg. Dieses Beziehungsmuster, das sich in der Imagination abbildet, spielt sich nicht nur zwischen ihr und mir ab, es spielt sich auch zwischen anderen Personen und ihr so ab: Immer wieder gelingt es ihr, Menschen dazu zu bringen, ihr eine Hilfestellung zu geben, und diese Menschen werden dann regelmäßig kritisiert. An ihrer Kritik wird für die Analysandin dann meistens ihr eigenes Anliegen deutlich.
Verhalten im Alltag und auch Verhalten in der Therapie kann durchaus abgebildet sein in den Imaginationen; anhand von Imaginationen können Rückschlüsse gezogen werden auf aktuelle Beziehungsmuster; sehr oft wird dem/der Imaginierenden anhand der Imagination klar, welche Beziehungsmuster er/sie lebt oder leben möchte. Auch hier stellt sich wiederum die Frage, ob dieses Beziehungsmuster wirklich gelebt wird oder ob es ein ersehntes Beziehungsmuster ist, ein Beziehungsmuster, das vielleicht mehr Befriedigung ergeben würde. Bei dieser Analysandin war aus Erlebnissen in der therapeutischen Beziehung, aber auch aus Schilderungen von aktuellen Beziehungen deutlich, daß dieses Beziehungsmuster ein aktuell gelebtes ist.

Ersehnte Beziehungsmuster

In der Imagination können aber auch Beziehungsmuster sichtbar werden, die in die Zukunft vorgreifen, Beziehungsmuster der Sehnsucht – die ein erstes Mal in der Imagination erlebt werden.

Beispiel: Ein 45jähriger Mann träumt von einer ihm unbekannten Frau, die ihn sehr fasziniert. Er kann den Traum nur noch ahnungsweise erinnern, die Frau sich «gerade zur Not» noch vorstellen. Was im Wachbewußtsein blieb, war dieses Gefühl des Fasziniertseins, das ihn beschwingte, von dem er nicht lassen wollte.
Ich bat ihn, sich auf dieses Lebensgefühl zu konzentrieren und sich die Frau – so gut es halt gehe – vorzustellen, in einer Umgebung, die ihm dazu stimmig erscheine. Seine Imagination:
Ich gehe einen Weg entlang, den ich aus meiner Studienzeit gut kenne, es ist ein Wiesenweg, manchmal stehen da ein paar Bäume, man sieht in ein Tal hinunter. Die Sonne scheint, aber es ist nicht heiß, nur angenehm warm. Die Frau geht neben mir her – ich spüre sie mehr, als daß ich sie sehe. Gegen meine Gewohnheit bin ich ganz schweigsam, ich weiß einfach nicht, was ich ihr erzählen könnte, also schweige ich. Der Weg geht jetzt plötzlich an einem Flüßchen entlang, das Flüßchen ist sehr lebendig. Ich spüre sein Lebendigsein sehr intensiv. Ich möchte das irgendwie meiner Begleiterin mitteilen, aber ich weiß nicht wie, ich finde keine Worte. Sie setzt sich an diesem Flüßchen nieder – ich kann machen, was ich will: kann bleiben, kann auch gehen. Aber ich werde nicht gehen. Miteinander schauen wir in dieses Flüßchen. Ich habe nicht einmal das Bedürfnis, meine Begleiterin anzufassen – ganz gegen meine Gewohnheit ist das. Ich wundere mich, denke: Ach, wie romantisch; damit mache ich mir die Imagination kaputt, ich will sie nicht kaputtmachen. – Ich genieße es, neben dieser Frau zu sitzen, sie zu spüren; ich schaue sie nicht einmal an, ich will ihr auch keinen Eindruck machen – wir schauen miteinander ins Flüßchen – wir sind einfach.
An dieser Stelle verharrt der Analysand etwa fünf Minuten

schweigend in der Imagination, dann löst er sich von den Bildern und sagt:
«Es war nichts anderes mehr – es war nur dieses Sein – sonst gar nichts. Das ist überwältigend: Ich konnte das noch nie mit jemandem machen – einfach sein; schon gar nicht mit einer Frau, da gerate ich ja sofort unter Leistungsdruck, muß mich anpreisen – das kennen wir ja bestens hier –. Einfach sein.»
Der Analysand hatte den Eindruck, daß es die Frau war, diese geheimnisvolle Fremde, die er auch gar nicht so gut unter die Lupe nehmen durfte, die sein Verhalten in der Imagination bewirkte: Sie belebte diese Seite in ihm, die nur «sein» will, die sich nur freuen will an dem, was ihm begegnet – die Freude ist wohl auch in dem lebendigen Flüßchen dargestellt. Dennoch hatte er nicht den Eindruck, von ihr bestimmt zu sein. Er erlebt sich frei, zu bleiben oder zu gehen.
Dieses Beziehungsverhalten war für ihn neu, war auch für mich im Zusammenhang mit ihm neu. Er wußte auch, daß es diese Art der Beziehung war, die er sich eigentlich ersehnte, wortlos miteinander tief verbunden zu sein[59]. Er wußte aber ebenfalls, daß diese Art der Beziehung mit den damit verbundenen Gefühlen zunächst nur in der Imagination für ihn lebbar war.

Der innere Begleiter/die innere Begleiterin wird oft in Zusammenhang gebracht mit Menschen, die auch im alltäglichen Leben uns in irgendeiner Form begleiten. Manchmal werden in ihnen die Partner/innen gesehen oder Gegenbilder zu den Partnern und Partnerinnen. Werden diese Imaginationen mit den inneren Begleitern/Begleiterinnen über längere Zeit immer wieder aufgenommen, wird erlebbar, daß diese auch noch andere Qualitäten haben als die, die wir an unseren uns begleitenden Mitmenschen wahrnehmen; die inneren Begleiter/Begleiterinnen beleben Gefühle in uns, die wir nicht kennen, damit bewirken sie aber auch ein Verhalten,

das uns neu ist, gerade auch Verhalten im Zusammenhang mit anderen Menschen.
Das Bedürfnis nach einem solchen inneren Begleiter/einer solchen inneren Begleiterin in der Imagination regt sich dann, wenn diese inneren Wege neue Wege sind, die ängstigen, oder die immer mehr in die Tiefe gehen, aber auch, wenn die Imaginierenden ihre Erlebnisse teilen möchten, allenfalls an einem anderen Menschen zu sich selbst kommen möchten.

Das Erkennen des alten Weisen oder der alten Weisen

Märchen beginnen oft damit, daß etwas Lebenswichtiges fehlt – etwa das Wasser des Lebens[60], oder die goldenen Äpfel verschwinden auf unerklärliche Weise[61], oder es wird kein Kind geboren[62]. Prinzen, Prinzessinnen, Könige oder Königinnen ziehen dann aus und suchen das, was so schmerzlich entbehrt wird. So wie wir auch manchmal ausziehen, weil wir einen Mangel nicht mehr ertragen, neue Erfahrungen machen wollen, damit etwas Neues in unser Leben kommt.
Bloß ist es manchmal sehr schwer zu wissen, wo zu suchen ist und was man denn sucht. Das geht den Märchenhelden und Märchenheldinnen nicht anders als uns. Wenn sie sich entschlossen haben, das Risiko auf sich zu nehmen und einfach einmal in die Welt hinauszuziehen, ohne Garantie, daß sie auch finden, was sie suchen, begegnet ihnen, meist am Waldrand, also dort, wo die gewohnte Orientierungsmöglichkeit aufhört, ein alter Mann oder eine alte Frau. Diese/r kann auch am Rand eines Meeres angetroffen werden, sie sind immer dort, wo eine «neue Welt» für den suchenden Menschen anfängt, wo es aber auch darum geht, den richtigen Weg einzuschlagen. Diese alten Männer und Frauen sind nicht selten zerlumpt, oder sie erscheinen in Form eines Tieres, das spricht[63].
Setzen sich Held oder Heldin am Waldrand nieder, um etwas

zu essen, um sich zu stärken für ihren Weg, setzten sie sich oft zu ihnen und bitten, mithalten zu dürfen. Wird die Nahrung nicht mit ihnen geteilt und erhalten sie auch keine Antwort auf ihre Fragen nach dem «Woher» und dem «Wohin» ihres Weges, so kann man sicher sein, daß dieser Held oder diese Heldin in Kürze irgendwo aufgehalten werden wird – sei es, daß sie zwischen Felsen eingeklemmt werden[64], oder daß sie im lärmigen Wirtshaus vergessen, daß sie eigentlich ausziehen wollten, um etwas Lebenswichtiges nach Hause zu bringen.

Wird dieser alte Mann/diese alte Frau vom Suchenden aber wahrgenommen, wird gar auch noch das Essen mit ihm/ihr geteilt, und erzählt der Suchende, warum er etwas sucht, dann ist ihm ihre Hilfe gewiß, auch wenn der Rat, den er hier bekommt, zunächst etwas sonderbar klingen mag.

Diese Ratgeber/innen sind immer alt, unansehnlich, manchmal in Gestalt eines Tieres. Sie erbetteln, bitten also, auch berücksichtigt zu werden. Wer nur das Äußere zu sehen pflegt, der achtet sie keiner Antwort für würdig, verschmäht ihren Rat. Wer mehr auf seine Suche konzentriert, meist auch schon bekümmert ist, weil so unklar ist, wie denn diese oft unbekannte Lebensnotwendigkeit beschafft werden soll, wer sich ängstigt oder bereits alle bewußten Möglichkeiten ausgeschöpft hat und echt verzweifelt ist, weil sich immer noch keine Lösung abzeichnet, der ist um jeden Rat froh, fragt nicht mehr nach Äußerlichkeiten, ist bereit, das noch vorhandene Brot und das Unglück mit einem Menschen zu teilen, der dazu bereit ist.

Diese alten Männer und Frauen fordern immer zur Besinnung auf: Woher kommst du? Was willst du suchen?

Dann geben sie einen Rat – sie wissen nämlich, wo das Wasser des Lebens zu finden ist oder welche Kräuter helfen, damit die Königin endlich schwanger wird. Auf die Suche gehen müssen aber die Helden/Heldinnen selbst, selten begleitet der alte Weise sie, etwa in Gestalt eines Tieres.

Es ist ebenfalls typisch für diese Märchen, daß der alte Weise oder die alte Weise auch auf Gefahren hinweisen, die drohen, wenn man ihren Rat nicht ganz befolgt. Heldinnen und Helden befolgen den Rat nie ganz, dadurch bekommen sie zwar mehr Probleme, sie erleben aber auch mehr und erlangen am Ende meist mehr, als sie sich zunächst vorgenommen haben. Der Rat des alten weisen Mannes, der alten weisen Frau ist sehr wichtig, es scheint aber ebenso wichtig zu sein, daß man zuerst zwar diesem Rat folgend die richtige Richtung einschlägt, dann aber durchaus seine eigenen Absichten und Wünsche einbringt, somit nicht einfach tut, was der alte Weise/die alte Weise gesagt hat, sondern der Suche den eigenen Stempel aufdrückt.

Wenn wir in unseren Imaginationen auch auf der Suche sind, mit unserem bewußten Ich nicht mehr weiter wissen, vielleicht auch schon etwas verzweifelt sind, kann es sinnvoll sein, sich daran zu erinnern, daß der Rat eines alten Weisen oder einer alten Weisen jetzt hilfreich sein könnte. Kennen wir diese Gestalten schon aus Träumen oder ist uns in der Literatur schon einmal ein alter Weiser/eine alte Weise begegnet, der/die uns angesprochen hat, dann werden wir diese Gestalt in unserer Imagination zu beleben versuchen.

Daß es sich wirklich um alte Weise handelt, erkennt man am ehesten daran, daß sie einen Rat geben, der einem zunächst unsinnig erscheint. Sprechen diese alten Weisen aus, was uns eh schon geläufig ist, oder was uns Autoritätsfiguren schon ein Leben lang gesagt haben, dann ist es durchaus möglich, daß hier nicht eine alte Weise oder ein alter Weiser spricht, der die größeren bewußten und unbewußten Lebenszusammenhänge kennt, sondern einfach eine altbekannte Stimme in uns, die von Vätern, Großvätern oder Lehrern stammen mag. Auch diese können zwar weise sein, müssen es aber nicht notwendigerweise sein. Alte Weise sind unbekannt und doch vertraut – und sie faszinieren uns.

Mögliche Anweisung zur Imagination:
Sie haben eine schwierige Aufgabe vor sich. Sie ahnen mehr, als daß Sie wissen, was sie suchen müssen. Sie machen sich auf den Weg, denn daß sie auf den Weg müssen, das wissen Sie.
Sie kommen an einen Waldrand, da sitzt eine Gestalt – ein alter Mann, eine alte Frau. (Wenn ein anderer Mensch dasitzt oder ein Tier, folgen Sie Ihrer Imagination.)
Diese Gestalt bittet Sie um Nahrung, fragt Sie, woher Sie kommen und wohin Sie wollen. Geben Sie so gut als möglich Auskunft und warten Sie auf einen Rat.

Hinter der/dem alten Weisen, stehen auch Erinnerungen an Mütter, Großmütter, Väter und Großväter.
Die Hinwendung zur alten weisen Frau und zum alten weisen Mann kann Ausdruck für eine Entwicklung aus dem Mutterkomplex bzw. dem Vaterkomplex sein: Hinter den Müttern und Vätern können wir auch den Archetypus des/der alten Weisen erkennen, d.h., eine Weisheit in Betracht ziehen und akzeptieren, die losgelöst ist von den Autonomiekämpfen und Ablöseproblemen, die wir mit konkreten Eltern haben, von unseren Problemen der Abgrenzung, die wir haben, weil wir unseren Eltern gleichen und doch auch ganz individuelle Menschen, wir selbst, werden müssen. Solange diese alten Frauen und Männer sagen, was man sich selbst sagen könnte oder was Vater und Mutter schon immer gesagt haben, personifizieren sie noch zu einem größeren Teil unsere Mutter- und Vaterkomplexe. Auch das kann therapeutisch gesehen sehr sinnvoll sein, bedeutet dann doch die Auseinandersetzung damit die Auseinandersetzung des Ich-Komplexes mit dem Elternkomplex, was immer einmal wieder notwendig wird, damit sich das Ich wirklich von diesen unterscheiden kann, also erwachsen werden kann. Das bedeutet nun keinesfalls, daß man sich im Leben um jeden Preis von Vater und Mutter unterscheiden muß, daß man krampfhaft andere Ansichten haben müßte, als diese sie haben, bloß um als abge-

löst und erwachsen zu gelten. Aber wir müssen uns entscheiden, welche Verhaltensweisen, Ansichten, Ideale unserer Eltern wirklich zu uns gehören, zu uns passen, wir auch wirklich vertreten wollen, und welche nicht.
Es ist aber notwendig, daß wir in der Imagination gut hinsehen: Denn wenn wir Vatersätze und Muttersätze für den Rat eines alten Weisen oder einer alten Weisen in unserer Seele halten, dann verbauen wir uns den Zugang zum alten Weisen/zur alten Weisen, ein Zugang, der vielleicht im Moment noch nicht gangbar ist, als Weg der Sehnsucht aber offen gehalten werden könnte.
Dieses Erwarten der Gestalt eines alten Weisen/einer alten Weisen kann auch dazu führen, daß wir uns aus einer Gefangenheit in Vater- und Mutterkomplex herausentwickeln können.

Beispiel aus der therapeutischen Arbeit: Vorgestellt wird hier die Imagination eines 54jährigen Mannes, der unter heftigen depressiven Verstimmungen leidet, sich ganz grundsätzlich immer sehr viel Selbstvorwüfe macht und eher selbstquälerisch wirkt.
Ausgangspunkt war ein Traumeindruck: Ein Fisch, den er noch in der Hand gehabt hatte, wand sich aus seinen Händen, fiel in einen Abwasserschacht – und verschwand. Dieser Traum löste in ihm große Trauer aus.
Der Analysand ist geübt in der Technik der Imagination und hat die Idee, er möchte seinem Fisch in der Phantasie nachgehen. Seine Imagination:
Ich befinde mich in einem Abwasserkanal, unter der Straße, ich schaue nach meinem Fisch. Es ist unheimlich schmutzig. Ich sehe eigentlich Bilder eines Filmes: Das war ein Film, der im Kanalisationsnetz der Stadt Paris gespielt hat, ich glaube, es war ein Krimi; diese ganzen Abwasserkanäle wurden zur Flucht benutzt. Ich sehe genau hin, überall huschen Ratten herum, es stinkt fürchterlich. Warum habe ich mich bloß da hineinbege-

ben. Es gibt sehr viele Kreuzungen da unten, es ist verwirrend, und langsam bekomme ich es mit der Angst zu tun, ich spüre, daß mein Herz schneller klopft, daß ich kaum mehr atmen kann – aber das kann auch der Gestank sein: Es ist doch möglich, daß ich den Fisch nicht finde, aber auch keine Ausstiegsmöglichkeit, daß ich den Weg zurück nicht mehr finde. Ich werde ganz kurzatmig.

Der Analysand zeigt alle Zeichen der Angst, und ich sage zu ihm: «Sie brauchen Hilfe. Atmen Sie ein paar Mal tief aus.»

Er macht es – wird etwas ruhiger und sagt dann:

Mein Vater (er war Grubenarbeiter) kommt mit einer Grubenlampe. Ich habe Angst um den alten Mann: er könnte ausrutschen. Ich schäme mich, daß ich ihn zu Hilfe gerufen habe, ärgere mich auch, daß ich gerade an ihn gedacht habe. Der Vater murmelt vor sich hin, ich kann es kaum verstehen, so im Sinn: Du warst schon immer kopflos, ja, wer es sich leisten kann, Fische einfach zu verlieren, miserabler Sohn, wer es sich leisten kann, Fische zu verlieren. Die ganze Bitterkeit steigt in mir hoch: immer Vorwürfe, nie Hilfe, auch wenn ich sie brauchen würde. Außer diesem kleinen Licht mit der Grubenlampe – aber das brauche ich auch nicht. (Er atmet wiederum tief.)

Ich bedanke mich bei meinem Vater und zeige ihm eine Ausstiegsmöglichkeit durch einen Schacht, direkt über uns. Er geht, gibt mir zum Schluß die Lampe. Dafür bin ich dankbar, ich gehe rasch weiter.

Der Imaginierende spricht dann länger vom Geruch, vom Schmutz, davon, wie glitschig es ist…, überlegt sich, ob die Darsteller im Film nicht vielleicht doch angeseilt gewesen seien, kann sich aber nicht mehr erinnern; um angeseilt zu sein, fällt ihm ein, müßte ja auch noch ein zweiter Mensch vorhanden sein.

Nach längerer Zeit trifft er auf einen Clochard. Von dem denkt er, der müßte da unten doch Bescheid wissen. Er geht auf den Clochard zu und gibt ihm eine kleine Flasche mit Schnaps.

Clochard: *Was willst du?*
Imaginierender: *Ich suche meinen Fisch.*
C.: *Was machst du mit ihm?*
I.: *Ich will sehen, wo er mich hinführt.*
C.: *Und folgst du ihm dann auch?*
I.: *Ja, aber ich bin ratlos.*
C.: *Hast du mehr Schnaps?*
(Imaginierender gibt ihm ein weiteres kleines Fläschchen.)
C.: *Setz dich zu mir.*
I.: *Der Gestank bringt mich noch um.*
C.: *Man gewöhnt sich daran.* (Hält ihm die Schnapsflasche hin.)
I.: (Trinkt ungeduldig.)
Irgendwann murmelt der Clochard: *«Du mußt zurück, dahin, wo du dich vom Vater getrennt hast, dann noch etwas weiter zurück, dort ist die Verstopfung. Kümmere dich um die Verstopfung.»*
Ich denke, daß das alles doch ziemlich Unsinn ist. Aber ich gehe zurück, ich suche den Weg, ich finde die Stelle, an der ich den Vater weggeschickt habe – es geht wirklich besser mit der Grubenlampe –, ich gehe noch weiter zurück, zu einem schmalen Durchgang mit einer runden Öffnung; diese Öffnung ist verstopft, mit Fäkalien, mit Dreck.
Die Verstopfung habe ich jetzt gefunden, aber wie soll ich sie entstopfen? Ich überlege: Hat der Alte etwas dazu gesagt? Ich bin wütend, daß er nichts gesagt hat, hat mir nur die halbe Wahrheit gesagt; soll ich die Verstopfung anfassen? Nein!
Plötzlich stehen zwei Arbeiter mit Hochdruckschläuchen da. Die sagen: «Da muß man gar nicht solange daran herummachen, da muß man mit Volldruck hineinspritzen.» Die Verstopfung löst sich, alle drei gehen weg, sehr schnell, und steigen durch einen Schacht hinaus.
Jetzt bin ich an der Luft und am Licht – das ist eine ungeheure Erlösung, das ist wie eine Neugeburt.

Hinterher sagt der Analysand, er habe nicht mehr an den Fisch gedacht, sondern nur dieses Gefühl der Freiheit, an der Luft, am Licht sein zu können, genossen.

In dieser Imagination wird sehr deutlich, wie der Vater von einer Gestalt, die eher dem Motivkreis des alten Weisen zuzurechnen ist, abgelöst werden kann.

Der Vater des Analysanden wirft und warf ihm vor, was er ihm auch in der Imagination etwa vorwirft; der Vater verübelt ihm auch seinen relativen Wohlstand, er ist andererseits aber stolz darauf, daß sein Sohn es weiter gebracht hat als er. Das sagt er aber niemals dem Sohn selbst: Dem Sohn gegenüber drückte er sein Mißfallen aus, sagt etwa, er gehöre zum Abschaum der Menschheit, er müsse sich mit jedem Dreck auseinandersetzen.

Ein Aspekt der Verstopfung und auch der Grund, warum der Vater auftauchte, wird deutlich: Der Analysand kann diese Wertungen des Vaters, die zum Teil aus seiner Kindheit stammen, zum Teil allerdings immer wieder wiederholt wurden, nicht loslassen, er bleibt bei diesem negativen Selbstbild, das ihm der Vater verschrieben hat, auch wenn er weiß, daß das nicht die ganze Wahrheit ist.

Der Vater kann hier letztlich nicht helfen, immerhin gibt er ihm sein Licht. Wo es aber weitergehen könnte, das weiß nur der Clochard.

Die Lösung ist einfach: Gegen diese Verstopfung muß man mit Hochdruck, mit konzentrierter Energie angehen. Der Clochard verhält sich etwa vergleichbar den alten Weisen im Märchen – und hat doch auch seine eigene Prägung, indem er dem Schnaps zuspricht. Er fordert auch Besinnung, gibt einen Rat, sagt aber auch nicht bis ins Detail, was der Imaginierende zu tun hat.

Er weist aber darauf hin, daß es wichtig ist, an der Stelle vorbeizugehen, an der er den Vater verlassen hat, also über diese Stelle hinauszugehen, und dennoch diese Stelle auch sehr genau – als Orientierungspunkt – wahrzunehmen. Der Clo-

chard weist ihn darauf hin, daß er den Vater ja schon verlassen hat.
Was ist aber mit dem Fisch, der eigentlich gesucht wurde? Fische schwimmen in irgendwelchen Gewässern, teilen viele Eigenschaften des Wassers, sind aber faßbar. Von daher gelten sie als Symbole des Inhalts des Unbewußten, sie transportieren etwas aus dem Unbewußten ins Bewußtsein, sie sind aber glitschig, schwer zu fassen, ohne unsere Sprache. Sie können auch als Symbole der Sexualität gesehen werden[64a]; diese ganze Imagination im Kanalisationssystem kann auch als Auseinandersetzung mit einer sehr unterirdischen Form der Sexualität gesehen werden, mit Ängsten vor Schmutz usw.
Der Clochard ist nun natürlich nicht nur die Personifizierung eines alten Weisen, er ist auch ein Clochard, der mit seiner Existenz ausdrückt, daß er ein Randständiger sein will; im Clochard trifft der Imaginierende seine eigene Clochardseite, die er bis jetzt immer verleugnete.
Aus diesem Clochard spricht aber auch ein alter weiser Mann, ein Gefühl der Freiheit erfüllt ihn, wenn er sich zugesteht, solche Clochard-Seiten zu haben und zu leben.
Alte weise Frauen und Männer lassen ihr Weisesein selten an ihrem Äußeren erkennbar werden. Um einen Rat von ihnen zu bekommen, muß man selbst wenigstens so weise sein, daß man eine alte Weise oder einen alten Weisen erkennt.

Vom Umgang mit Tieren in der Imagination

Tiere treten sehr oft auf in der Imagination, Tiere sind uns auch im Alltag nah, sei es, daß wir uns Tiere halten, sie auch unsere Begleiter sein können, sei es, daß wir Menschen uns immer wieder mit Tiernamen bedenken. Da bemerken wir etwa, wir hätten uns wie «rechte Esel» benommen, ein Mitmensch wird als «stolz wie ein Pfau» bezeichnet usw. Es scheint auch fast leichter zu sein, unsere Familie oder eine Gruppe uns als Tiere vorzustellen und sie auch zeichnerisch so darzustellen als in ihrer menschlichen Gestalt, und es ist meistens recht einfach herauszufinden, welches Tier welchen Menschen repräsentiert, ob wir es uns nun malen, oder ob wir es vor uns sehen.

Was uns an einzelnen Menschen auffällig ist, fällt uns in der Projektion auf ein Tier oft spontan auf. Das hängt damit zusammen, daß uns das Tier nah ist, daß wir auch viele Tiere kennen, daß wir andererseits aber auch gerade so viel Distanz zu ihnen haben, daß wir es wagen, viel ungeschützter von Menschen zu sprechen, wenn wir es in den Bildern von Tieren tun – wir sprechen von den Mitmenschen und sprechen doch nicht ganz von ihnen.

Wenn wir z. B. einen Konflikt in einer Beziehung haben, kann es uns helfen, unsere Situation und die Beziehungssituation besser zu sehen, wenn wir uns und den Partner/die Partnerin als Tiere in bestimmten Situationen vorstellen. Da sagt z. B. ein junger Mann in einer schwierigen Beziehungssituation, er komme sich jetzt gerade vor wie ein Meerschweinchen vor der Schlange, total hypnotisiert. Mit diesem Bild wird deutlich, daß er in großer Gefahr ist, aufgefressen zu werden, wenn es nicht gelingt, die Schlange «abzulenken». Indem ihm dieses Bild einfällt, gelingt ihm die Ablenkung: Er wundert sich über das Bild und ist auch empört darüber, bekommt Distanz, sagt dann auch: «... Schlange ist doch ein bißchen übertrieben, vielleicht wie Hund und Katze...», und sieht sich selbst dabei als Katze, seine Freundin als Hund.

Die Freundin, die von ihrem Freund zuerst als Schlange gesehen wird, sieht sie beide als zwei Schnecken, die sich ganz ineinander verkriechen möchten, und denen beide ihr eigenes Haus immer wieder in den Weg kommt.

Aus diesen Bildern können Rückschlüsse auf Beziehungsphantasien[65] aber auch auf Ängste, Aggressionen und Projektionen gezogen werden. Das Medium der Tierimagination gibt viele Freiheitsgrade, ängstigt aber viel weniger, als wenn wir einem Partner/eine Partnerin direkt sagen müßten, was wir fühlen. Sehr oft wird auch erst über das Bild deutlich, wie wir die Beziehungssituation gefühlsmäßig, stimmungsmäßig erleben, welche Emotionen damit verbunden sind.

Es leuchtet ein, daß im Moment des Konfliktes zwischen den beiden genannten Partnern – solche Bilder bilden gerade die aktuelle, meist konflikthafte Situation ab – eine ganz andere Beziehungsdynamik herrscht als zwischen zwei anderen Partnern, wo er die Situation als die zweier kämpfender Ziegenböcke auf den Bergen sieht, sie als die zweier Wildkatzen, die einander anfauchen und mit den Tatzen aufeinander einschlagen. Bei diesem Paar wird von beiden eine Gleichartigkeit der Tiere und der Möglichkeit des Wehrens abgebildet.

Wir haben zu unserer tierhaften Seite auch noch meistens recht guten Kontakt; wir wissen, was wir meinen, wenn wir von uns sagen, wir seien «eitel wie ein Pfau», «dumm wie ein Ochs», oder wenn wir einfach von unseren «füchsischen Seiten» sprechen, davon, daß wir jetzt «Hunger haben wie ein Wolf» usw.

Tiere treten denn auch sehr oft in den Imaginationen auf – als hilfreiche Tiere, die geradezu einen Tierbegleiter/eine Tierbegleiterin darstellen können, aber auch als bedrohliche Gestalten, die uns in Angst und Schrecken versetzen können. Um mit Tieren, die uns ängstigen, umgehen zu können, benötigen wir einige Strategien des Umgangs mit ihnen, mit dem Ziel, sie, wenn möglich, zu hilfreichen, freundlichen Begleitern/innen zu machen, die ihre speziellen Fähigkeiten in der Imagination und natürlich auch im alltäglichen Leben einbringen können.

Imaginationen, in denen Tiere auftreten, beginnen meistens mit einem Konflikt, entsprechend der Erfahrung, daß wir mit unseren «tierhaften» Seiten recht viel Konflikte haben: Probleme um Leib und Seele oder Körper und Geist spielen bei uns Menschen immer eine Rolle. Weniger abstrakt ausge-

drückt: es wird uns deutlich, daß wir etwa mit den füchsischen Seiten in uns noch recht gut zurechtkommen können, aber wie ist es mit dem Schwein in uns, mit unserer Schlangenseite? Selbstverständlich wird das Akzeptieren einer tierischen Seite je nach Lebensgeschichte verschieden sein; wer Katzen liebt, wird die eigenen Katzenseiten als ausgesprochen charmant erleben, andere finden Katzen und Katzenseiten an sich gräßlich, ja direkt furchterregend.
Körperlichkeit, Triebhaftigkeit, Instinkthaftigkeit sind durch Tiersymbole abgebildet, dabei kommt immer auch die Weisheit zum Ausdruck, die in unserem Körper liegt.
Imaginationen, in denen Tiere vorkommen, sind oft sehr lebendig, sehr bewegt; sie haben letztlich mit unserer Energie, unserer Vitalität zu tun und wirken auch belebend auf unsere Vitalität. Imaginationen mit Tieren beleben uns, sie können aber auch viel Angst auslösen. Es können Konflikte zwischen Tieren in der Imagination erlebt werden oder Konflikte zwischen den Tieren und der imaginierenden Person.
Durch diese Tiere können reale Verhinderungen abgebildet werden, wenn man sich aber mit diesen Tieren beschäftigen kann, dann können gerade aus diesen Erlebnissen der Verhinderungen neue Lebensmöglichkeiten werden.
Tiere müssen wahrgenommen, angeschaut, angenommen werden. Tiere, die in der Imagination übersehen werden, reagieren meistens sehr aggressiv – wie ja auch Triebe, die wir verdrängen oder abspalten, sich in unliebsamer Form bemerkbar machen. Nimmt man sie aber wahr, kann man sie auch in etwas gewandelter Form (falls notwendig) mitleben lassen.
In den Märchen wird man immer wieder darauf hingewiesen, daß man Tiere nicht töten soll; tötet man sie nicht, werden sie oft zu Begleittieren, die im entscheidenden Moment einem sogar das Leben retten, wie z. B. in dem Märchen der Brüder Grimm «Die zwei Brüder»[66]: Nachdem die beiden Brüder zu Jägern ausgebildet worden sind, zieht der eine von den bei-

den in die weite Welt. Als er nicht mehr aus und ein weiß vor Hunger, will er sich ein Tier schießen. Aber jedes Tier, das er schießen will, sagt: «Lieber Jäger, laß mich leben, ich will dir auch zwei Junge geben.» So zieht denn der junge Jäger mit einer ganzen Reihe von Tieren durch die Welt; die Tiere helfen ihm dann auch, seinen und ihren Hunger zu stillen. Dadurch daß er nicht vorschnell getötet hat, aber auch offenbar recht lang seinen Hunger ausgehalten hat, wird er mit all diesen Tieren vertraut, mit all den tierischen Seiten, die sich in ihm ausdrücken. Diese Tiere helfen ihm zunächst im Kampf mit dem Drachen, der jedes Jahr eine Jungfrau zum Fraß fordert – und so über kurz oder lang das Land zum Aussterben bringen wird. Als er nach dem Kampf ermattet einschläft und seinen Tieren den Auftrag gibt zu wachen, da schlafen diese zwar auch ein – sie haben schließlich auch gekämpft –; aber als sie erwachen und sehen, daß der Jäger enthauptet daliegt, da muß der Hase das Kraut des Lebens holen, und der Jäger wird, dank seiner Tiere, wieder ins Leben zurückgerufen.
Wenn man diese Tiere verschont, wenn man sie nicht tötet, wenn man sie mitleben läßt, dann verhelfen sie auch ihrerseits dem Helden/der Heldin zu einem besseren Leben[67]. Übersetzt: Wenn wir unsere körperlichen Seiten, unsere Trieb- und Instinktseiten mitleben lassen, wenn wir unsere Körperlichkeit akzeptieren, wahrnehmend auch in dem, was sie uns über uns aussagt, wenn wir dementsprechend körperliche Hinweise darauf, wie wir unsere Lebensweise verändern müßten, aufnehmen, dann verhilft uns das zu besserem Leben.

Bedrohliche Tiere

Auch wenn manchmal ein Ungeheuer im Märchen durch einen Kuß im richtigen Moment erlöst werden kann, darf man doch nicht davon ausgehen, daß diese Art der Annäherung in jedem Fall zum Erfolg führt. Tiere können sehr bedrohlich auf uns wirken, d.h., daß sie uns wirklich gefährlich werden können. Naivität im Umgang mit diesen Kräften ist nicht angebracht: Es ist sorgfältig darauf zu achten, wie diese Tiere sich äußern, damit wir entscheiden können, wie wir mit ihnen umzugehen haben.

Helfen: Im Märchen brauchen Tiere manchmal Hilfe; da steckt etwa ein Dorn in einer Tatze oder eine Kugel in einem Bein, manchmal saust sogar eine Biene in einem Ohr herum[68]. Diese Tiere, die gequält sind und sich aus ihrer Qual heraus mehr oder weniger aggressiv geben, kann man freundlich stimmen, indem man sie von dem sie Störenden befreit. Die Tiere, denen man so geholfen hat, versprechen, daß sie dem Helden bzw. der Heldin helfen werden, wenn Hilfe not tut. Diese helfende Einstellung geht über die bloß akzeptierende hinaus: Da wird dem Menschen deutlich, daß er seinen tierischen Seiten Qual zufügt, zugefügt hat – und er gibt sich Mühe, diese Quälereien zu beseitigen und zu vermeiden. Zum Helfen gehört außerdem, dafür zu sorgen, daß die Tiere in ihrem Element leben können; Fische gehören also z.B. ins Wasser. Damit sorgt man dafür, daß eine natürliche Ordnung gewahrt bleibt.
Das gilt allerdings dann nicht unbedingt, wenn Tiere sprechen. Im Märchen kommen oft sprechende Tiere vor, Tiere also, die mit den Menschen in Kontakt kommen wollen, allenfalls auch Menschen, die in Tiere verwünscht worden sind[69]. Wenn Tiere sprechen, sind sie auf der Schwelle zum Menschsein, und analog der in Tiere verwünschten Prinzessinnen und Prinzen im Märchen, die auch sprechen können, handelt es sich dabei um Seiten in uns, die wir verdrängt haben, die wir auch als nicht ganz menschliche oder nur teilweise menschliche akzeptieren können. Es sind Seiten in uns, die wir entwerten und die dann sehr oft durch ein Tier repräsentiert werden. In dieser Bildwahl wird auch eine kollektive Wertung deutlich: Das Tier ist nach dieser Auffassung nicht

nur anders als der Mensch, sondern es gilt als weniger. Würde es als andersartiges Wesen gesehen, unser Umgang mit ihm könnte einfacher sein.
Tiere, die sprechen, wollen mit uns kommunizieren, zeigen ihre menschennähere Seite; sie wollen und können verstanden werden. Mit ihnen muß man sprechen, hören, was sie zu sagen haben. In den Imaginationen sprechen die Tiere nicht so oft; wir haben nur manchmal, weil wir geprägt sind von den Märchen, den Eindruck, daß sie sprechen müßten. Manchmal scheint es aber wichtiger zu sein, das Verhalten der Tiere genau zu beobachten und darüber mit ihnen in Kontakt zu kommen, z. B. auch über ihre Bewegungen. Dabei können wir uns dann selbst auch fragen, wann wir Bewegungen ähnlicher Art machen, gemacht haben oder machen möchten.
Tiere weisen in Imaginationen oft einen Weg, auch ohne daß sie sprechen, durch die Wege, die sie selber begehen, durch das Verhalten, das sie zeigen.

Kontakt aufnehmen: Kontakt aufnehmen ist sehr wesentlich, ob liebevoll oder auch weniger liebevoll. Im Märchen vom Froschkönig[70] wird der Frosch bekanntlich an die Wand geknallt, und dadurch verwandelt er sich in einen wunderschönen Prinzen. Es ist nicht ausgemacht, daß aus ihm auch ein wunderschöner Prinz geworden wäre, hätte die Prinzessin ihn geküßt. Wir wissen es nicht. Das Beispiel weist uns darauf hin, daß das Aufnehmen eines Kontaktes entscheidend ist; hat eine Heldin/ein Held viel Angst vor dem Tier, dann wird die Kontaktaufnahme eher weniger sorgfältig erfolgen.
Die Notwendigkeit der Kontaktaufnahme läßt sich auf die Imagination übertragen. Tiere wahrnehmen, sie nicht töten, ihnen helfen, wenn nötig; dafür sorgen, daß sie wieder in ihr eigenes Element kommen, wenn sie irgendwie verschleppt worden sind; sie ansprechen, sich in ein Gespräch mit ihnen verwickeln und damit versuchen herauszufinden, ob sie aus

ihrer Verzauberung heraus erlöst werden können; auf jeden Fall in irgendeiner Form den Kontakt aufnehmen: Das sind die wesentlichen Strategien des Umgangs mit Tieren. Helfen alle diese Strategien nicht oder stellen sich Tiere einem sehr feindselig gegenüber, dann hilft womöglich doch noch, daß wir versuchen, sie zu füttern.

Füttern: Im Märchen «Das Wasser des Lebens»[71] wird das Tor des Schlosses, in dem der Brunnen mit dem Wasser des Lebens verborgen ist, durch zwei Löwen gehütet. Der alte weise Mann, der dem Jungen gesagt hat, wie er zu diesem Wasser des Lebens kommt, hat ihn auch darauf hingewiesen, daß er zwei «Laiberchen Brot» mitnehmen müsse, um die Löwen, die Wache halten, zu besänftigen.

Füttern bedeutet, daß wir etwas von uns weggeben, daß wir bereit sind, uns in die Bedürfnisse der Tiere, damit aber auch der Tierseiten in uns, einzufühlen und sie zu befriedigen. Wir zeigen mit diesem Verhalten aber auch, daß wir einen Zusammenhang zwischen Aggression/Destruktion und Hunger herstellen können: Diejenigen Seiten in uns, die wir hungern lassen, können sich destruktiv äußern.

Die Ambivalenz im Umgang mit Tieren in der Imagination besteht darin, daß wir einerseits wirklich Kontakt mit ihnen aufnehmen müssen, andererseits ist es durchaus möglich, daß eine Begegnung mit ihnen uns so sehr ängstigt, daß wir fliehen müssen oder etwa einen Begleiter/eine Begleiterin in unserer Imagination aufsuchen, der/die noch weitere Strategien kennt, allenfalls sogar andere Tiere beschwören, mit denen wir uns schon angefreundet haben, damit wir mit diesen wilden Tieren – mit diesen wenig zugänglichen Seiten in uns, die aber dennoch im Moment belebt sind – umgehen können.

Es ist wohl typisch, daß es im Umgang mit den Tieren so viel Strategien gibt, so viele Strategien nötig sind: Tiere sind uns sehr nah, sie sind immer da, wo auch Menschen sind, und dennoch bleiben sie uns auch etwas fremd. Bei Imaginationen ohne therapeutische Begleitung lösen wir uns oft dann von den Bildern, wenn Tiere auftreten, die uns ängstigen. Nachdem wir uns überlegt haben, welche Strategien möglich sind, können wir uns das entsprechende Bild noch einmal vorstellen und uns mit diesem speziellen Tier auseinandersetzen. Helfen kann uns auch, wenn wir uns überlegen, was denn diese Tierseite in uns bedeutet, mit welchem Lebensbereich sie verknüpft sein könnte, so daß wir auch im Nachdenken über das Erlebnis in der Imagination eine veränderte Einstellung zu dieser Seite bekommen können.

Die Identifikation mit einem Tier

Jung geht von der Annahme aus, daß jede Gestalt im Traum auch einen Aspekt unserer eigenen Psyche darstellen kann, eine Seite von uns selbst verkörpert. Die Interpretationsform, die dieser Idee Rechnung trägt, nennt sich Interpretation auf der Subjektstufe, im Gegensatz zur Interpretation auf der Objektstufe, bei der Menschen, die auftauchen, mit real existierenden Personen in Beziehung gebracht werden. Die Idee der Subjektstufe bedeutet letztlich auch, daß alles, was wir in der äußeren Welt antreffen können, auch Aspekte von uns selbst enthält. Was uns «außen» wichtig ist, ist uns auch «innen» wichtig, in der eigenen Seele. Deshalb kann Jung vom Individuationsprozeß auch sagen, er sei ein subjektiver Integrationsvorgang und gleichzeitig ein objektiver Beziehungsvorgang[72]. Die Identifikation mit einer vorgestellten Gestalt in der Imagination nimmt den Gedanken der Subjektstufe radikal ernst: Wir vergessen für einen Moment den Ich-Standpunkt, versetzen uns ganz in die Haut eines anderen Menschen, der uns in der Imagination entgegentritt, oder eben wie hier ganz in die Haut eines Tieres. Durch diese Identifikation bekommen diese Gestalten eine große Wirklichkeit für den/die Imaginierende/n. Die Gefahr, nicht mehr zum Ich-Standpunkt zurückzufinden, ist gering: Wenn wir die Augen öffnen, uns zu bewegen beginnen und gähnen, finden wir wieder zurück, können uns aber auch immer noch sehr wirklichkeitsnah erinnern, wie wir uns als spezielles Tier gefühlt haben.

Gerade solche Imaginationen, in denen wir uns mit einer Gestalt identifizieren, sollten besonders genau beschrieben oder gemalt werden, weil wir dann einerseits das Erlebnis der Identifikation mit allen damit verbundenen Emotionen wahrnehmen, andererseits uns selbst gerade aus der Distanz oder in der gestaltenden Kraft des Ich-Bewußtseins ansehen können. Ich-Bewußtsein und innere Gestalt werden auf diese Weise in einen sehr fruchtbaren Dialog kommen.

Die Identifikation mit inneren Gestalten ist eine wichtige Voraussetzung für die Technik der Aktiven Imagination. Dabei ist sowohl das Sich-identifizieren-Können als auch das Sich-wieder-Lösen aus der Identifikation sehr wichtig.

Mögliche Anweisung zur Imagination:

Stellen Sie sich eine Landschaft vor. Betrachten Sie sie in Ruhe – wie sieht sie aus? Können Sie einen bestimmten Duft erkennen, können Sie etwas hören?

Wie fühlen Sie sich selbst in dieser Landschaft?

Von irgendwoher erscheint ein Tier/erscheinen Tiere.

Nehmen Sie in der Ihnen gemäßen Art Kontakt auf – nehmen Sie sich etwas Zeit dazu.

Lösen Sie sich von diesen Bildern, öffnen Sie die Augen aber noch nicht.

Entspannen Sie sich noch einmal.

Atmen Sie noch einmal tief aus.

Lassen Sie die Spannung mit Ihrem Atem los.

Stellen Sie sich nun eines der Bilder vor, die Sie imaginiert haben, das Ihnen Wohlbehagen gibt, ein Entspannungsbild.

Nehmen Sie sich Zeit.

Jetzt stellen Sie sich vor, daß Sie selbst ein Tier sind.

Nehmen Sie wahr, wo Sie sich jetzt als Tier aufhalten.
Gibt es andere Tiere in Ihrer Umgebung?
Dann nehmen Sie wieder Ihre menschliche Gestalt an, öffnen die Augen, atmen tief aus, gähnen und strecken sich.

Imaginationen mit Tieren sind Imaginationen, die uns sehr nah sind und in sich die Tendenz haben, lebendig zu sein. Deshalb beleben uns solche Imaginationen auch immer. So habe ich beispielsweise solch eine Identifikation mit einer Gestalt in der Imagination angeregt, die ich näher beschreiben will.

Beispiel aus der therapeutischen Arbeit: Ausgangspunkt der Imagination ist ein Traumfragment, geträumt von einer 36jährigen Frau, in der 21. Therapiestunde. Eines ihrer größten Probleme ist, daß sie nicht weiß, was sie selbst will; sie tut immer, was man von ihr erwartet; sie tat immer, was man von ihr erwartete, was «man» tut. Sie sagt von sich, sie kenne sich eigentlich nicht. Es ist ihr gerade zum zweitenmal passiert, von einem Mann nach einer langjährigen Beziehung verlassen worden zu sein. Aus ihrer ersten Ehe hat sie Zwillinge, die jetzt 17jährig sind. Das Traumfragment:
Eine Katze sitzt auf dem Herd meiner Großmutter, sie funkelt mich an. Ich habe große Angst. Ich erwache.
Sie spricht zunächst über den Traum. Er hinterläßt ein Gefühl der Geborgenheit und der Angst: Geborgenheit, weil er ihr die Küche der Großmutter in die Erinnerung zurückbringt. Im Traum sei es gewesen wie bei der Großmutter. Sie sei immer gerne bei der Großmutter gewesen, in einer gemütlichen Küche hätten sie gebacken, gekocht. Bei der Großmutter habe aber auch immer ein großes Durcheinander geherrscht, es sei sehr unordentlich bei ihr gewesen. Manchmal habe sie sich geekelt, Großmutter habe auch immer so viele Tiere gehabt, Hühner auf dem Herd – und ganz viele Katzen. Als Kind habe sie panische Angst vor Katzen gehabt. Sie sei

auch jetzt noch keine ausgesprochene Katzenfreundin. Vielleicht habe der Traum wegen der Katze Angst ausgelöst – aber so große Angst zu haben, wegen einer Katze, das sei doch übertrieben? Die Katze habe ihr Angst gemacht, wie sie so dagelegen sei, mit ihren funkelnden Augen.
Ich schlage der Analysandin vor, an diesem Traumfragment mit Hilfe der Imagination zu arbeiten.

Exkurs: Imaginative Arbeit an Träumen
Ich halte es für fruchtbar, die Bilder eines Traumes in der Imagination noch einmal lebendig werden zu lassen, bei Träumen, die den Charakter des Fragmentarischen haben, die einzelnen Bilder in der Imagination auch weiter zu gestalten. Wenn wir mit der Imagination an Träumen arbeiten, dann kommen wir im allgemeinen sehr gut mit dem emotionalen Gehalt des Traumes in Kontakt.
Motive zu imaginieren, die aus Träumen stammen, aus aktuellen Träumen oder auch aus Träumen, die wir uns immer noch im Gedächtnis gehalten haben, die uns beschäftigen, haben wirklich mit unserem aktuellen psychischen Prozeß zu tun, gehen uns wirklich etwas an.
Dabei gibt es verschiedene Weisen des Vorgehens: Man kann sich auf das Traumbild konzentrieren, das besonders interessant, sehr geheimnisvoll oder auch unklar ist. Man kann auch Szene um Szene des Traumes in der Imagination nacherleben lassen. Es ist natürlich denkbar, daß durch die Imagination der Traum auch andere Nuancen bekommt, als er sie – nach der Niederschrift des Traumes – hatte. Bestimmt erfolgt noch einmal eine zusätzliche Bearbeitung des Trauminhaltes. Eine erste Bearbeitung haben wir bereits, wenn der Traum erinnert und aufgeschrieben wird. Es ist nicht anzunehmen, daß durch das Rückübersetzen in die Bildersprache einfach wieder der «Original-Traum» geträumt wurde.
Die Imagination dem Traum entlang ist eine mögliche Form der Arbeit am Traum, das Malen eines Traumes, das Darstellen eines Traumes mit psychodramatischen Techniken und das Deuten eines Traumes sind andere Formen.
Allerdings scheint mir die Arbeit mit der Imagination eine Form der Arbeit am Traum zu sein, die sehr nah an den Emotionen bleibt und die andere Formen der Arbeit nicht ausschließt. So kann ein Traum, nachdem man sich mit ihm durch Imagination beschäftigt hat, meistens umfassender gedeutet werden, als wenn man bloß Assoziationen zu den einzelnen Bildern sammelt. Allerdings kann auch dieses Sammeln von Einfällen zum Traum, wie es zu einer Traumdeutung gehört, abstrakt erfolgen oder ebenfalls sehr bildhaft.

Nach einer Entspannung bitte ich die Analysandin, sich die Küche ihrer Großmutter möglichst lebendig vorzustellen.
Die Analysandin beschreibt die Küche:
«Es ist ein dunkler Raum, groß, in einer Ecke ein Herd, kein elektrischer, einer, bei dem man noch mit Holz heizen muß. Es riecht auch nach Holz, vielleicht auch nur nach Rauch – wie damals bei der Großmutter. Der Rauch beißt in den Augen. Die Milch ist übergekocht. Die Großmutter will zum Herd, wegen der Milch, sehr eilig. Sie stolpert über das Huhn... das hatte doch einen Namen...» (Sie sucht nach dem Namen. Plötzlich:) «Die Vorhänge sind rot-weiß gewürfelt. Das Huhn muß Alma heißen... Jetzt fällt mir nichts mehr ein.»
Die Analysandin beginnt, sich zu strecken, will sich von den Bildern lösen. Ich habe den Eindruck, daß diese Imagination nicht zu Ende ist, die Großmutter stolperte ja fast über das Huhn, die Analysandin auch, indem sie den Namen nicht fand, der ihr so wichtig war. Deshalb frage ich die Imaginierende, ob es ihr möglich sei, sich auf das Huhn zu konzentrieren.
Die Analysandin: «Es gackert ganz fürchterlich und scharrt mit dem Fuß. Es geht zum Herd, es geht dahin, wo in meinem Traum die Katze gelegen ist.» Längeres Schweigen.
Ich frage: «Wie sieht denn die Katze jetzt aus?»
Sie: «Ich habe jetzt nicht die Katze aus dem Traum, sondern eine Katze meiner Großmutter vor Augen. Sie ist ganz furchtbar groß, sie macht einen Buckel.»
Ich frage zurück: «Wie groß sind Sie in der Imagination?»
Sie: «Ich bin kaum größer als die Katze, mir scheint eher die Katze größer zu sein, ich bin vielleicht fünf Jahre alt. Ich schaue mich nach der Großmutter um, ich will mich zu ihr flüchten. Jetzt sitzt die Großmutter nicht mehr da. Ich bin ganz aufgeregt, der Buckel der Katze wird immer größer, und die Großmutter ist nicht da. Ich kann nicht davonrennen.»
Die Analysandin macht wiederum eine Pause, ich warte nicht

lange mit einer Intervention, da ich den Eindruck habe, sie sei sehr ängstlich erregt. Meine Intervention: «Schauen Sie die Katze an, schauen Sie ihr in die Augen.»
Sie: «Sie hat ganz wilde Augen, sie wird gleich zum Sprung ansetzen.»
Meine Intervention milderte die Angst nicht. Deshalb frage ich: «Ist kein Milchschälchen in der Nähe?» Ich frage nach dem Milchschälchen, weil hier füttern helfen könnte.
Die Analysandin: «Doch, ich stelle es der Katze hin, sie schleckt Milch, sie wird friedlich. Ich gehe hinaus, denke, das sei gerade noch gut gegangen. Ich weiß gar nicht, warum Katzen etwas gegen mich haben.»
Meine Frage, ob das nicht auch umgekehrt sein könnte, daß sie nämlich etwas gegen Katzen habe, verneint sie vehement.
«Ich gehe jetzt wieder in die Küche hinein, ich sehe jetzt die Katze aus dem Traum auf dem Herd. Es bewegt sich nichts, sie bewegt sich nicht, sie bewegt nur ihre Augen, sie läßt mich überhaupt nicht aus den Augen. Da ist nichts zu machen.»
Die Analysandin schweigt wieder.
Ich halte die Situation noch immer nicht für abgeschlossen und interveniere erneut: «Sie liegt noch da, wie wenn sie Ihnen etwas sagen möchte. Was würde sie Ihnen denn sagen, wenn sie sprechen könnte?»
«Sie würde sagen» – und das kam blitzschnell: «‹Dieser Platz auf dem Herd gehört mir, ich lasse mir diesen Platz nicht nehmen, schon gar nicht von dir. Hier ist es schön warm, hier ist mir wohl, versuche doch, mich da wegzujagen!›
Ich fühle mich hilflos. Ich habe die Absicht, sie wegzujagen. Es ist unhygienisch, daß sie hier liegt, ich möchte sie aber auch wegjagen, weil ich selbst näher an den Herd herangehen möchte.
Ich gehe ganz traurig weg. Da fällt mir ein: Vielleicht könnte es mit der Milch funktionieren? Ich gieße sehr geräuschvoll Milch ein. Die Katze blinzelt mit einem Auge, das andere drückt sie zu; sie weiß nicht so recht oder will nicht Farbe be-

kennen, dann ist sie mit einem Sprung auf dem Boden, streckt sich und tut so, als hätte sie gar nicht der Milch wegen ihr warmes Plätzchen verlassen. Aber sie beginnt zu schlappern. Ich werde zur Großmutter gehen und ihr sagen, daß ich die wilde Katze gezähmt habe.»

Sie lacht, öffnet die Augen und streckt sich.

Es stellt sich bei den Imaginationen nicht nur die Frage, wann man als Therapeut/in interveniert, sondern auch, wann eine solche Imagination wieder beendet werden kann. Wenn Imaginierende von sich aus aufhören, weiterzuimaginieren, kann das der richtige Zeitpunkt sein, die Imagination zu einem vorläufigen Ende zu bringen, es kann aber auch möglich sein, daß sie gerade hier eine Stelle in der Imagination erleben, die besonders problematisch ist, die große Emotionen auslöst, vielleicht sogar eine Schlüsselstelle der Imagination, vor der sie sich fürchten.

Die Analysandin kann hier aufhören, weil sie das Gefühl hat, die Auseinandersetzung mit dieser Katze ein erstes Mal bestanden zu haben. Sie hat das Bedürfnis, die Erfolgsmeldung zur Großmutter zu tragen. Sie hat das Erlebnis, eine gewisse Kompetenz erreicht zu haben im Umgang mit dieser speziellen Katze.

Einfälle zur Imagination: Die Analysandin erzählt, daß die Großmutter immer sehr traurig darüber gewesen sei, daß die Analysandin so große Angst vor den Tieren gehabt habe, die sie, die Großmutter, so gern um sich hatte.

«Meine Bedenken wegen der Hygiene, die ich schon als ziemlich kleines Mädchen äußerte, fand sie – glaube ich – ziemlich gestört. Meine Schwester war da viel unproblematischer, die war überhaupt selbst wie ein Kätzchen, so anschmiegsam, schmusig, sie konnte ihr Wohlbehagen so richtig zum Ausdruck bringen. Sie nahm mir auch immer den Platz weg bei der Großmutter. Sie könnte gesagt haben: ‹Der Platz hier gehört mir, den lasse ich mir nicht nehmen.›»

Mit dieser Erinnerung verbindet sich die Imagination mit ihrer Kindheitsgeschichte: Jetzt taucht da plötzlich die Schwester auf als das schmusige Kätzchen, das ihr den guten Platz bei der Großmutter wegnimmt. Für sie blieb, so meinte sie, eigentlich nur die fauchende, kratzende Katze. Die Schwester war lieb, sie böse, allerdings nur bei der Großmutter. Dabei wäre es ihr wichtig gewesen, bei dieser Großmutter als besonders liebes Kind zu gelten.
Auf diese Problematik war sie, als wir uns mit ihrer Lebensgeschichte befaßten, nicht eingegangen.
Die Angst vor Katzen mag bei ihr damit zu tun haben, daß sie aus einer Angst heraus die Katzen grob anfaßte und deshalb natürlich ab und zu gekratzt wurde. Die Angst vor Katzen kann aber auch mit der Angst vor der Schwester zu tun haben, vielleicht auch mit einer maßlosen Wut auf die Schwester, die sie nicht zum Ausdruck zu bringen wagte, weil sie auch auf die Hilfe der Schwester angewiesen war.
Betrachten wir aber die Katze in einem größeren Symbolzusammenhang und bedenken wir, daß diese Frau eine Großmutter hat, die in nahen Beziehungen zu Tieren überhaupt steht, zu Katzen ganz besonders, also eine ausgesprochen gute Beziehung zum Animalischen hat, und geradezu ein irdisches Abbild einer Herrin der Tiere[73] ist, einer Muttergöttin, die mit Tieren besonders gut umgehen kann, dann könnte die Angst vor Katzen bedeuten, daß die Analysandin von Kind auf eine Angst vor einer instinktnahen Weiblichkeit hatte, einer Weiblichkeit, bei der es auch darum geht, daß das Verführerische, Katzenhafte der Frau gelebt werden kann – wenigstens in Ansätzen wie bei der Schwester. Wenn diese Thematik nun in Traum und Imagination angesprochen wird, dann geht es nicht nur um Erinnerung an Geborgenheit in Großmutters Küche und den damit auch verbundenen Ekel, nicht nur um die Rivalität mit der Schwester, die ihr den besten Platz bei der Großmutter wegschnappte, es geht auch um eine Individuationsthematik: um die Beziehung zu ihrer

weiblichen, katzenhaften Seite, die verbunden ist mit Körperlichkeit, Zärtlichkeit und doch auch mit einem großen Autonomiebestreben. Alle diese Ebenen sind zu bedenken.

Auch wenn Imaginationen in der Fülle ihrer Bilder das Gefühl beeinflussen, uns ein Gefühl von Kompetenz geben im Umgang mit den angesprochenen Themen, uns in Kontakt mit den damit verbundenen Emotionen bringen und uns so die Energie geben, gewisse Probleme anzugehen, scheint es mir doch sehr wichtig, daß auch zu diesen Imaginationen wieder die Assoziationen, die Einfälle gesammelt werden, daß diese Imaginationen also sowohl mit der Lebensgeschichte verbunden als auch auf ihre Zukunftsperspektive hin befragt werden.

Ich wollte an diesem Beispiel nicht nur eine Imagination mit Tieren zeigen, sondern auch auf die Technik der Intervention hinweisen. Dabei wird deutlich, daß diese Interventionen aus dem Gefühl für den psychischen Prozeß heraus gemacht werden, daß sie manchmal auch falsch sein können und daß dann weitere Strategien angeboten werden müssen.

Es wird bei diesem Beispiel aber auch sichtbar, daß Interventionen, die der Therapeut/die Therapeutin macht, auch bald internalisiert sind, daß sie gelernt sind und angewendet werden; noch in derselben Imagination sagt sich die Analysandin, sie könne es vielleicht noch einmal mit der Milch versuchen. Das scheint mir der Hauptsinn der Intervention überhaupt zu sein: daß Menschen, bei denen der Fluß der inneren Bilder zunächst immer wieder einmal ins Stocken kommt, die sich dann allenfalls auch entmutigt von Imaginationen abwenden könnten, lernen, wie man sich in schwierigen Situationen in der Imagination verhalten kann.

In einer späteren Imagination derselben Analysandin (73. Stunde) wird deutlich, daß die Strategien der Intervention gelernt sind. Ausgangspunkt für die Imagination ist wiederum ein Traum:

Ich bin in meiner Küche. Eine Wildkatze faucht, rast herum,

reißt Geschirr herunter. Ich habe sehr große Angst, daß sie die frisch geschlüpften Hühnchen erwischt, daß sie sie totbeißt. Ich weiß nicht, ob ich die Hühnchen schützen oder die Wildkatze besänftigen soll.
Ich erwache, ängstlich, aber auch böse: Jetzt habe ich wieder einen Traum nicht zu Ende gebracht.

Sie ist entschlossen, den Traum in einer Imagination zu Ende zu bringen. Nachdem sie sich entspannt hat, bitte ich sie, sich die Traumbilder wieder vorzustellen. Sie schwärmt von den weichen, jungen Hühnchen:
«Sie wecken ganz zärtliche, fürsorgliche Gefühle in mir. Mit diesen Hühnchen muß man ganz zart umgehen. Und da ist dieses wilde Vieh. Voll Energie, aggressiv, wütend wohl, weil da Hühnchen sind. Es ist eine ganz große rote Katze, mit funkelnden Augen, wie immer. Ich habe nicht mehr so viel Angst wie früher, aber ich weiß nicht so recht, wie ich mit ihr umgehen kann. Ich will die Katze ansehen, sie fixieren, aber sie rast so verrückt herum. Es bleibt nur Milch, ich hole das Milchschälchen. Die Katze wird etwas ruhiger, schaut mich aber sehr mißtrauisch an, geht seitwärts zum Milchschälchen. Da ist aber auch schon ein Hühnchen. Mir bleibt fast das Herz stehen. Ich stecke das Hühnchen schnell in meine Tasche. Die Katze faucht wütend. Ich möchte sie streicheln, weiß aber, daß ich das nicht kann – sie würde mich kratzen, vielleicht sogar mir die Augen auskratzen. Leber fällt mir ein – Leber! Ich hole Leber aus dem Kühlschrank. Jetzt ist diese verrückte Katze endlich ruhig und besänftigt. Ich sammle die Küken ein, ohne die Katze aus den Augen zu verlieren. Ich werde sie zähmen müssen. Die Küken schließe ich für einen Moment in den Küchenschrank ein.»
Dann hält sie diese Imagination für beendet. Natürlich kann man sich fragen, ob hier ein Problem zu einem vorläufigen Abschluß gekommen ist, ob das Problem vielleicht auch jetzt so dargelegt ist, daß in einer nächsten Imaginationssequenz

wieder daran gearbeitet werden kann, oder ob eine Auseinandersetzung vermieden wird.
Ich hielt das Problem zunächst für entschärft, so daß ich ihren Entschluß, hier mit der Imagination vorläufig aufzuhören, akzeptieren konnte.
Es wird bei dieser Imagination deutlich, daß die Imaginierende die Strategien des Umgangs mit Tieren nun selbst beherrscht, auch neue Ideen hat. Die Idee mit der Leber ist sehr bedeutsam, da sie Leber kaum anfassen kann, weil sie sich vor dem «blutigen schlabbrigen Zeug» so sehr ekelt. Auch in der Imagination – sagte sie hinterher – mußte sie sich sehr überwinden. Sie erzählte mir ausführlich, wie schrecklich es für sie sei, Leber anzufassen.
Deutlich wird zudem im Traum und in der Imagination, daß Katze und Hühner, die zuvor noch bei der Großmutter untergebracht waren, nun sehr nah bei ihr in ihrer eigenen Küche sind. Aber noch immer hat sie Schwierigkeiten mit der Wildkatze, die sie ja auch dazu herausfordert, daß sie Leber anfaßt, daß sie sich mit Gefühlen auseinandersetzt, die sie bisher verabscheute, aber auch, daß sie Dinge ganz konkret anfaßt, die ihr allzumenschlich erscheinen. Die Leber galt früher auch als Sitz des Lebens – erst wenn sie hinein ins volle Leben greift, dann kann die Wildkatze in ihr auch in der ihr angemessenen Weise mitleben.

Das Abschließen einer Imagination

Es ist nicht notwendig, so lange zu intervenieren, so lange den Fortgang der Imagination zu erhalten, bis ein Problem wirklich gelöst ist. Es genügt nach meiner Beobachtung durchaus, wenn das Problem richtig offengelegt ist und die einzelnen Bilder lebendig erlebt werden. Einander widerstrebende Seiten in einer Imagination können sich so in ihrem Wesen voll entfalten.

Doch muß die Frage gestellt werden, ob wir in einer Situation, in der die Bilder für uns wirklich so lebendig und verpflichtend werden, daß wir die damit verbundenen Emotionen nicht auszuhalten meinen, uns dazu entschließen sollen, diese Imagination abzubrechen und sie am nächsten Tag weiterzumachen. Wir sind dann manchmal erstaunt, wenn sich am nächsten Tag die richtige Emotion nicht mehr einstellen will. Es gibt innere Prozesse, die zu einem bestimmten Zeitpunkt reif sind, nicht vorher und nicht nachher. Wenn wir diesen Moment nicht wahrnehmen, dann haben wir etwas verpaßt.

Es kann aber auch sinnvoll sein, sich von den inneren Bildern abzuwenden, weil gerade die mit ihnen verbundene Emotion für uns zuviel ist. Es ist eine Frage der Einfühlung in sich selbst als Therapeut/in, ob man in einem solchen Moment interveniert mit dem Ziel, daß die inneren Bilder nicht abreißen, oder ob man den Imaginierenden von seinen Bildern wegführt.

Werden Imaginationen in der therapeutischen Situation gemacht, dann spürt der Therapeut/die Therapeutin auch, welche Energien mit den Bildern verbunden sind, aber auch etwa, wieviel Angst sie auslösen.

Veranlaßt nun ein Therapeut/eine Therapeutin, eine Imagination abzuschließen, bevor es für den Imaginierenden richtig ist, sie abzubrechen, wird der/die Imaginierende sich normalerweise wehren, das Thema des Sich-nicht-verstanden-Fühlens wird angesprochen werden. In einem solchen Fall kann man sich auf das letzte Bild konzentrieren, das erinnert wird, und wiederum die Wandlung dieser inneren Bilder erwarten.

Vom Umgang mit Bedrohlichem

In unseren Imaginationen werden wir natürlich nicht nur von Tieren bedroht, wir werden auch von Menschen bedroht, die vielleicht sehr groß sind oder unvergleichlich viel kräftiger, als wir es selbst zu sein meinen. Wir werden auch manchmal von Gestalten bedroht, die wir gar nicht richtig erkennen können, etwa, weil sie vermummt sind.

Verschiedene Möglichkeiten

Ängstigendes erkennen: Beim Umgehen mit dem Angstmachenden in der Imagination geht es zunächst wieder darum, daß wir wahrnehmen, was uns Angst macht, daß wir genau hinsehen und uns unsere Angst auch eingestehen. Man steht zur Angst vor dem, was man bedrohlich erlebt, läßt dieses Bedrohliche, das wir dann oft als «böse» erleben, mitleben. Angst hat die Funktion, uns darauf aufmerksam zu machen, daß wir uns bedroht fühlen, und daß wir Maßnahmen zur Abhilfe finden und anwenden sollen.

Auch wenn das Entwickeln von Mut zur Angst (Jaspers) sehr wesentlich ist, weil wir uns sonst zu wenig der Welt stellen, geht es gerade auch beim Imaginieren darum, herauszufinden, wo wir uns eine Angst noch zumuten können und wo nicht. Um das herauszufinden, müssen wir uns darüber klarwerden, in welchen Situationen wir mit Angst reagieren.

Den vertrauenserweckenden Aspekt ansprechen: Diese Haltung setzt voraus, daß wir annehmen, daß eine Gestalt nicht durch und durch böse ist, daß es wohl eher das Bild unserer Angst ist, die eine Gestalt so durch und durch böse erscheinen läßt.

In den Märchen zeigt sich dieses Sich-Wenden an einen vertrauenserweckenden Aspekt darin, daß der Held, der eigentlich zum Teufel gehen müßte, sich an des Teufels Großmutter hält[74], oder daß ein anderer Held die Baba Yaga, die gerade die Zähne wetzt, um ihn zu verspeisen, als «Mütterlein» anspricht und in ihr dadurch die weicheren, mütterlichen Gefühle weckt. Sie kocht ihm dann auch Essen, statt ihn zu verspeisen, und gibt ihm sogar einen entscheidenden Rat[75]. Diese Strategie weist darauf hin, daß wir Menschen auf verschiedene Seiten ihres Lebens und ihres Wesens hin ansprechen können; was wir durch unsere Anrede und durch unsere Erwartung in einem Menschen ansprechen, entscheidet oft darüber, wie er auf uns reagiert. Das gilt auch für die Imagination.

Diese Strategie setzt aber voraus, daß wir unsere Angst und unsere Befürchtungen kennen, also auch wissen, wo uns unser Gegenüber gefährlich werden könnte und daß wir im vollen Bewußtsein der Gefahr es riskieren, diese Gestalt auf eine mögliche gute Seite hin anzusprechen. Es geht also gerade nicht darum, naiv zu glauben, alle inneren Gestalten hätten nur gute Absichten. Es geht darum, gut hinzusehen, was uns bedroht und dennoch das mögliche Gute anzusprechen.

Auseinandersetzung durch Konfrontation: Wenn man gut ausgerüstet ist, kann man auch kämpfen. Märchenhelden kämpfen meist erst dann, wenn sie eine lange «Suchwanderung», eine Entwicklungsreise hinter sich haben, verschiedene Proben schon bestanden haben. Werden sie dann – meistens am Schluß des Märchens – mit einem entscheidenden Problem konfrontiert, meistens mit dem Problem, das den vielen problematischen Situationen, die sie bestanden haben, zugrunde liegt, dann kämpfen sie[76].

Auseinandersetzung durch List: Um listig sein zu können, muß man die Strategien des Gegenübers durchschauen und ihnen zuvorkommen. Wenn wir List anwenden können, bedeutet das immer auch, daß wir unsere eigenen «bösen» Seiten kennen, deshalb auch Phantasie zum bösen bei unseren Mitmenschen haben oder bei den verschiedenen Gestalten unserer inneren Bilderwelt.

Die Anwendung von List setzt aber voraus, daß wir nicht zu

sehr unter der Angst leiden: Eine List anwenden können, bedeutet für die Situation, eine kreative Idee zu haben; sind wir zu sehr von der Angst gelähmt, dann haben wir keine schöpferische Phantasie mehr zur Verfügung.

Fliehen: Wenn wir diese uns bedrohlich erscheinenden Gestalten nicht besänftigen können, indem wir sie bei ihrer guten Seite ansprechen, wenn es uns nicht möglich ist, zu kämpfen oder uns mit einer List zu wehren, dann müssen wir fliehen. Fliehen bedeutet beim Imaginieren sehr oft, daß wir uns von den Bildern lösen, die Augen aufschlagen, dann meistens davon sprechen, was uns so geängstigt hat. Allenfalls kann dann ein Entspannungsbild imaginiert, Strategien des Umgangs mit dem Bedrohlichen können diskutiert werden; darauf kann die Situation noch einmal in der Imagination angegangen werden.

Der Gebrauch von magischen Gegenständen: Im Märchen werden manchmal wesentliche Wandlungen, die unter Umständen sich auch in einer Flucht ausdrücken können, mit Hilfe von magischen Gegenständen oder magischen Flüssigkeiten bewirkt.
Einer der bekanntesten magischen Gegenstände ist der Zauberstab[77]. Der Zauberstab ist meistens im Besitz einer Hexe, er kann dann von der Tochter der Hexe entwendet werden, wenn sie vor der Hexe flieht; diese Flucht indessen gelingt ihr nur, weil sie eben diesen Zauberstab hat. Im Zauberstab ist die Hoffnung materialisiert, daß das Wünschen verändern kann, daß unsere Wünsche unsere Welt verändern, daß es immer auch schöpferische Lösungen gibt, solange wir an sie glauben und sie auch herbeiführen wollen.
Diesen Zauberstab erhält man im Märchen, wenn man lange genug bei der Hexe ausgeharrt hat, die diesen Zauberstab besitzt, d.h., die Energie zur Veränderung, die Potenz zur Veränderung einer Situation gewinnen wir gerade dadurch, daß

wir uns emotionell dieser schwierigen Situation aussetzen und uns dann eines Tages – wenn die Zeit gekommen ist – entschließen, diese Situation zu meiden, nicht mehr in ein bestimmtes Verhalten zu verfallen.

Aus dem Märchen sind uns auch Tarnkappen bekannt, die einem Helden/einer Heldin auf der Flucht helfen können, Siebenmeilenstiefel, Mäntel, auf denen man fliegen kann usw.

Mir scheinen diese Gegenstände in der Imagination nicht einfach einsetzbar zu sein. Sie sind dann einsetzbar, wenn der/die Imaginierende über längere Zeit an einem Problem gearbeitet hat und im imaginativen Ausarbeiten dieses Problems diese magischen Gegenstände ihm oder ihr zugefallen sind. Dann können sie natürlich benützt werden. Ich würde sie aber als Therapeutin nicht durch eine Intervention einsetzen, es käme mir vor, als würde dann mit einem Trick über eine Schwierigkeit hinweggesetzt; könnte nur noch ein magischer Gegenstand helfen, dann ziehe ich es vor, die Imagination zu unterbrechen, das Problem anzusprechen, Strategien zu diskutieren und durch das Bewußtwerden darüber, daß dieses Angstmachende gemeinsam angegangen werden kann, die Situation zu entängstigen. Wenn diese Mittel aber vom Imaginierenden selbst gesehen und eingesetzt werden, dann ist nichts dagegen einzuwenden. Was wir sehen, das gehört zu uns. Einige der *magischen Flüssigkeiten,* die im Märchen immer wieder genannt werden, sind unserem Erleben näher als die magischen Gegenstände. Unter den magischen Flüssigkeiten spielt besonders das heilende Wasser eine große Rolle. Wenn Helden/Heldinnen über längere Zeit blind durch die Gegend geirrt sind, dann werden sie durch irgend jemanden oder durch einen «Zufall» darauf hingewiesen, daß der Tau am Morgen ihnen das Augenlicht wieder zurückgibt[78].

In anderen Märchen finden Heldinnen oder Helden zu einer Quelle: wer mit dem Wasser der Quelle die Augen wäscht, wird wieder sehend. Das Wasser der Quelle kann allerdings auch in anderer Weise verwandeln: Im Märchen «Brüderchen und Schwesterchen»[79] wird das Brüderchen, das an einer verhexten Quelle trinkt, in ein Rehkälbchen verwandelt. Die Frage ist, in wessen Obhut eine solche Quelle steht: Sitzt da eine Fee, die im Dienste des Lebens steht, oder eine, die im Dienste des Todes steht?

Tränen können auch wieder sehend machen[80], eine Erfahrung, die wir im übertragenen Sinn auch machen: Wenn wir wieder zu unseren Gefühlen finden, oft auch zu Gefühlen des Leids, dann sehen wir wieder mit unserem Herzen, sind nicht mehr blind und hartherzig.

Es ist sehr interessant, daß in den Märchen die wandelnde Kraft des Wassers sehr betont ist. Tiefenpsychologie, die mit dem Unbewußten arbeitet, hält das Wasser ganz allgemein für ein Symbol des Unbewußten in seinen verschiedenen Erscheinungsformen. Die Arbeit mit dem Unbewußten wird grundsätzlich als eine Möglichkeit der Wandlung und damit auch der Gesundung gesehen. Wir wissen auch, daß diese wandelnde Kraft des Unbewußten nicht nur erwünschte Wirkungen, sondern auch unerwünschte Wirkungen hervorbringen kann.

Die Beziehung zum heilenden Wasser pflegen wir aber auch dort, wo wir Badekuren machen, an die Heilkraft des Wassers glauben.

Auch Milch hilft manchmal im Märchen im Kampf gegen übermächtige Gestalten. Im Märchen «Der Königssohn und die Teufelstochter»[81] hat sich die Teufelstochter gerade in den Königssohn verliebt, der eigentlich von seinem Vater dem Teufel verkauft worden ist. Königssohn und Teufelstochter entschließen sich zu fliehen. Nachdem die Untergebenen des Teufels schon zweimal die Flüchtenden nicht finden konnten, weil sie übersahen, daß die Teufelstochter sich und ihren Liebsten verwandelt hatte, macht sich der Teufel selbst auf den Weg. Da verwandelt die Teufelstochter sich selbst in einen Weiher aus Milch, den Königssohn aber in eine Ente darauf. Sie gibt ihm zudem die Anweisung, nicht auf den Teufel zu schauen, wie immer der ihn auch locke. Die Ente hebt aber dann doch ihren Kopf ein wenig, dadurch beginnt die Milch zu gären – die Teufelstocher wird wohl sauer –, der Teufel beginnt, ungeduldig geworden, die Milch zu trinken. Diese gärt dann auch in seinem Leib – und der Teufel zerplatzt, Teufelstochter und Königssohn sind frei.

Magische Gegenstände und die magische Flüssigkeit sind aber auch im Märchen nicht an jeder Ecke vorrätig, auch im Märchen geht es nicht um schnelle Wunscherfüllung, die das Leiden unwirklich machen würde. Bis Helden und Heldinnen etwa das Wasser finden, das sie wieder heilt, bis man gar das Wasser des Todes und des Lebens findet[82], das zerstückelte Helden zunächst im Tod wieder zusammenfügt, ganz macht und dann durch das Wasser wieder belebt, sind meistens lange Suchwanderungen nötig, irrt der Held/die Heldin durch die Gegend, verzweifelt zwar, aber nicht bereit aufzugeben. Erst nach langem Aushalten einer schwierigen Situation wird die Erfahrung gemacht, daß Leben sich auch wandeln kann.

Öffnung des Angstzirkels durch Intervention: Mit der Technik der Imagination werden Probleme nicht vorschnell gelöst, sie werden wohl ein erstes Mal bebildert, können daher zunächst einmal wahrgenommen und erfahren werden.

Diese inneren Gestalten, vor denen wir uns fürchten, sind Anteile von uns selbst, die uns ängstigen; oft sind es Bilder für abgespaltene Komplexe, für Seiten unseres Wesens, die dringend auch mitleben müßten, die wir aber aus irgendeinem Grund nicht mitleben lassen.

Wann immer wir uns mit inneren Gestalten auseinandersetzen, geht es letztlich um Integration, bei diesen Gestalten um eine besonders wichtige Integration von Anteilen, denen wir uns entfremdet haben – oder von denen wir vielleicht schon immer entfremdet waren.

Diese inneren Gestalten müssen oft über längere Zeit auch in ihrer angsterregenden Qualität erlebt werden. Gerade wenn wir bedenken, daß diese Gestalten Seiten in uns repräsentieren, die wir, weil sie Angst auslösen, über längere Zeit von unserem bewußten Leben ausgeschlossen haben, kann es nicht Ziel der Imagination sein, sie vorschnell das Furchterregende verlieren und sie zu freundlichen Gestalten werden zu lassen. Das mag auch einmal vorkommen. Ich beobachte aber öfter, daß diese Gestalten – gerade auch in ihrer Widerständigkeit dem Bewußtsein gegenüber – ausgehalten und gut beobachtet werden müssen: Sie müssen sich ausphantasieren, darstellen, aussprechen können. Es muß ein Dialog zwischen ihnen und dem Bewußtsein entstehen, so daß wir auch diese gegensätzlichen Tendenzen in uns wirklich aufnehmen können, nicht mit dem Ziel, sie vorschnell in eine vermeintliche Harmonie überzuführen, sondern mit der Absicht, daß beide Seiten in diesem Zeigen sich entfalten können – und wir dadurch uns und unsere dunklen Seiten besser kennenlernen. Sind diese uns ängstigenden Seiten einmal so weit akzeptiert, daß wir ihnen gestatten, sich zu zeigen, dann ist die Spannung zwischen unserem Ich-Bewußtsein und diesen Seiten nicht mehr eine unerträgliche, sondern eine meistens bereits fruchtbare.

Wird eine solche innere Gestalt aus der Angst heraus aber immer noch bedrohlicher, bekommt sie eine Bedrohlichkeit, die dann kaum mehr angehbar ist, dann muß interveniert werden. Ist die Angstspannung hingegen nicht so groß, daß der/die Imaginierende in einen Angstzirkel gerät – der sich bildlich meistens so darstellt, daß die verfolgende oder bedrohende Gestalt immer größer wird, der/die Imaginierende immer kleiner und hilfloser –, dann soll die Spannung zwischen dem Imaginierenden und der inneren angstmachenden Gestalt aufrechterhalten werden. Was uns – auch in unserer Psyche – widerspricht, was uns entgegensteht, soll nicht gleich «eingemeindet» und damit in seiner Unterschiedenheit wegdiskutiert werden. Gegensätzliche Seiten unseres Wesens sol-

len in einen Dialog miteinander treten; Voraussetzung dafür ist, daß diese widerstrebenden Seiten akzeptiert und respektiert werden.
Wir haben ja auch im Alltag die Tendenz, rasch einander zu versichern, daß wir eigentlich vom gleichen sprechen, dasselbe meinen, auch wenn wir andere Worte dafür brauchen. Wir tun das unter anderem auch deshalb, weil wir uns besser fühlen, wenn wir die Welt, die Probleme etwa, mit denselben Augen sehen. Es wäre aber oft kreativer, gäben wir einander zu verstehen, daß wir zwar einander respektieren und achten, daß wir aber vielleicht doch nicht dasselbe meinen. Jede/r könnte dann seine bzw. ihre Sicht darlegen, ohne daß verfrüht die Frage danach gestellt wird, wer jetzt recht hat. Diese Frage beendet einen Dialog, manchmal bevor er wirklich kreativ werden konnte. Wenn wir dialogisch[83] miteinander umgehen, dann geht es nicht darum, wer recht hat, sondern es geht darum, daß ich die Sache von verschiedenen Seiten zeigen darf. Gerade das scheint mir aber auch bei den Imaginationen von großer Wichtigkeit zu sein.

Beispiel aus der therapeutischen Arbeit

Eine 24jährige Studentin suchte ursprünglich therapeutische Hilfe für ihren Prozeß der Ablösung von den Eltern. Jetzt, nach 36 Stunden Analyse, ist das Ablöseproblem weitgehend in den Hintergrund getreten und gelöst; jetzt beklagt sie sich aber darüber, sie fürchte sich auf der Straße, sie habe das Gefühl, sie werde von jemandem verfolgt. Sie spüre dann «so ein Kribbeln im Rücken», so ein sonderbares Gefühl, und sie möchte wissen, ob sie unter einem Verfolgungswahn leide.
Wir einigen uns darauf, imaginativ an diesem Problem zu arbeiten.
Nach einer leichten Entspannung schlage ich ihr vor, sich selbst samt diesem sonderbaren Gefühl im Rücken so leben-

dig wie möglich vorzustellen. Das sonderbare Gefühl im Rücken ist das Symptom, das sie angeboten hat, ein Symptom, das sie körperlich erlebt; deshalb erachte ich es als sinnvoll, sich auf dieses Symptom zu konzentrieren.

Sie: «Ich spüre, daß jemand hinter mir her ist, ein sehr großer, junger Mann. Ich blinzle etwas über die Schultern, es ist ein Junge aus der Nachbarschaft. Er ist etwa 16, viel größer als sonst, weit mehr als 2,50 m, er ist viel muskulöser als in Realität – und er hat ganz auffallende Zähne, Zähne wie ein Vampir. Ich bekomme Angst, ich renne, er ist viel schneller, ich höre seinen Atem...»

Ich interveniere, indem ich sage: «Drehen Sie sich um, sehen sich ihn an!»

Sie: «Ich drehe mich sehr abrupt um. Er ist überrascht, scheint irgendwie aus dem Konzept geraten zu sein. Ich schaue ihn jetzt genauer an, das mit den Zähnen ist wohl etwas übertrieben. Aber groß ist er. Aber auch nicht etwa 2,50 m groß, vielleicht 2,20 m.»

Ich frage, ob sie Kontakt aufnehmen könne mit ihm.

Sie: «Möchtest du etwas von mir?»

Er: «Mit Ihnen gemeinsam ein Stück des Weges gehen.»

Sie überlegt: Was mache ich jetzt bloß, ich will das absolut nicht; aber wenn ich nicht tue, was er will, wird er bestimmt wieder so groß. Ich erinnere mich daran, daß es für mich wichtig ist, mich abzugrenzen und einen Ort zu suchen, wo ich mich wohl fühle. Dann kann ich überlegen, wie ich mit Beziehungen umgehe.

Sie: «Ich wollte gerade ins Café... gehen. Trinkst du eine Cola mit mir? Ich habe etwa 20 Minuten Zeit.» («Ich denke mir, daß um diese Zeit ein älterer Schauspieler in diesem Café sitzt, den ich gut kenne und von dem ich weiß, daß er mir beistehen wird.»)

Er (grinst): «Ich komme gerne, 20 Minuten ist eine ganze Menge Zeit. Ich habe nämlich ein Problem, ich habe gerade die Schule aufgesteckt; mein Vater ist furchtbar böse.»

«Ich erschrecke. Ich will nicht die Probleme anderer Leute lösen. Jetzt sieht er schon wieder so groß und erschreckend aus. Da denke ich mir und sage es auch: ‹Gut, ich kann mit dir darüber sprechen.›»

Dann löst sie sich spontan von diesen innern Bildern.

Das ist eine Imagination, bei der es mir sinnvoll erscheint, daß durch Interventionen die Analysandin sich so verhalten kann, daß diese innere Figur nicht immer bedrohlicher wird. Sie kennt selbst schon einige Möglichkeiten, mit dieser angstmachenden inneren Gestalt umzugehen.

Es ist typisch, daß das, was uns ängstigt, von uns als «groß» erlebt wird, wir werden in Relation dazu sehr klein. Das wird in der Imagination bildlich dargestellt.

Die Imagination zeigt sehr deutlich, daß die Analysandin Angst hat vor diesem jungen Mann, der ihr ein Problem darlegt. Dieses Problem dürfte auch für die Analysandin eine Bedeutung haben.

Wäre es uns nicht gelungen, das Bedrohliche dieser inneren Gestalt etwas zu mildern, dann hätte sich die Imagination darin erschöpfen können, sich in irgendeiner Weise mit diesem Bedrohlichen auseinanderzusetzen, allenfalls konsequent zu fliehen; das Problem, vor dem sich aber die Analysandin ängstigt, wäre dann nicht zur Sprache gekommen, der Grund der Angst wäre nicht erkennbar geworden.

Der Zusammenhang der Imagination mit ihrer Lebenssituation läßt sich herstellen: Die junge Frau studiert an der Universität und an der Schauspielschule. Bis jetzt erklärt sie immer, sie könne ihre beiden Studienplätze gut miteinander verbinden; sie erhole sich beim Theaterspielen vom Studium, beim Studium vom Theaterspielen.

Ich frage sie, was es für den Jungen bedeute, die Schule aufzugeben. Die Analysandin erzählt dann zunächst, daß dieser Jugendliche gar nicht mehr zur Schule gehe, es gehe nicht um ihn, sondern es müßte sich vielmehr um den jugendlichen Rebellen in ihr selber handeln. Nachdem sie über längere Zeit erklärt hatte, wie wichtig es sei, eine Ausbildung auch abzuschließen, kam sie darauf, daß es schon eine Seite in ihr gebe, die das unsinnig finde: Das müsse wohl der 16jährige sein. Eigentlich wolle sie das Studium aufgeben – und nur die Schauspielschule weiter machen, damit sie sich mit allen Kräften darauf konzentrieren könne. Dieser Gedanke mache ihr aber wirklich Angst, er sei auch unsinnig – wenn sie daran denke, was ihr Vater dazu sagen würde...

Der Vater vertritt die Ansicht, sie solle auch einen bürgerlichen Beruf wählen, dann könne sie sich immer noch, wenn sie begabt genug sei, der Schauspielerei widmen.

Dieser innere Konflikt, den die Analysandin nicht zulassen wollte, kreiert Angst. Als dieser Konflikt einmal ausgesprochen war, konnte sie darüber nachdenken, das Für und Wider abwägen; sie überlegte sich sehr, ob das nun einfach eine Jugendrebellion sei, oder ob sie wirklich zu diesem Wunsch, das Studium abzubrechen, stehen könne.

In dieser Situation war es sicher sinnvoll, zunächst das Angstmachende auf das normal-menschliche Maß zu reduzieren, so daß das Problem auch angegangen werden konnte. Das normal-menschliche Maß war in diesem Fall aber besonders leicht festzustellen, weil der junge Mann im Vergleich zur normalen Menschengröße übermäßig groß war – und das auch klar beschrieben wurde.

Nicht immer ist so einfach zu unterscheiden, ob in einer Imagination, in der eine bedrohliche Gestalt auftritt, durch Interventionen Angst abgebaut werden soll, oder ob es kreativer ist, die Angst auszuhalten.

Menschen werden zunächst oft in einer Imagination mit einem Problem konfrontiert; dieses Problem wird dann aber nicht weiter in der Imagination bearbeitet, sondern durch Einfälle zu ihm, Verknüpfungen mit dem Alltagsleben, Deutungen etc. läßt es sich immer weiter aufhellen, wie auch an diesem Beispiel ersichtlich.

Die Notwendigkeit, angstmachende Gestalten auszuhalten

Beispiel aus der therapeutischen Arbeit: Eine 42jährige Frau, seit etwa 30 Stunden in Analyse, die sie aufsuchte, weil sie immer wieder unter depressiven Verstimmungen leidet, sieht eine zerzauste, vermummte, «böse Frau» im Traum. Sie habe die ganze Nacht an dieser Frau herumgeträumt, sie wollte eigentlich nichts mit ihr zu tun haben, aber sie sei immer wieder aufgetreten.

Die Träumerin kann ausdrücken, daß die Anwesenheit dieser Frau sie verletzt: Es verletzt sie, daß eine solche Gestalt in ihren Träumen auftaucht, es verletzt sie, in dieser Frau einen Persönlichkeitszug von sich selbst zu sehen, es kränkt sie zudem, daß sie an diese Frau immer denken muß. Das alles paßt nicht zu ihrem Selbstbild. «Ich will nicht, daß ich eine zerzauste, verlumpte, böse Frau in mir habe. Aber ich wollte die ja schon die ganze Nacht loshaben – jetzt wenn ich hier (in der Analysestunde) davon spreche, ist sie auch wieder anwesend, ich muß mich wohl mit ihr auseinandersetzen.»

Es bietet sich an, an diesem Traumbild, das sie auch in den Tag hinein verfolgt, mit der Technik der Imagination zu arbeiten. Es wäre wohl auch möglich gewesen, ein Bild dieser Frau zu malen, aber das fiel mir in diesem Moment nicht ein.

Nach einer leichten Entspannung stellt sich die Analysandin die Frau vor. Sie sagt: «Das ist am ehesten eine Hexe, ich werde nett sein müssen zu ihr, vielleicht kann ich ihr etwas zu essen geben» – (die Absicht ist wohl die, aus der Hexe eine alte weise Frau zu machen) –, «vielleicht kann ich sie mitnehmen und zähmen.»

Die Analysandin kennt viele Märchen, sie weiß, wie man mit Hexen umgehen sollte. Ich bitte sie dann, diese wilde Frau sich vorzustellen.

Es war zunächst sehr mühsam für die Analysandin, ein Bild zu sehen. Das ist typisch für diese Situation: Wenn wir uns

Gestalten vorstellen sollen, die wir nicht gerne sehen, dann ist es mühsam, sie in der Imagination deutlich zu sehen; das gilt übrigens auch für Gestalten, die weiter vom Ich-Bewußtsein entfernt sind, Gestalten, die aus tieferen Schichten des Unbewußten stammen. Deshalb ist es oft nicht leicht auszumachen, ob es sich bei einem Bild, das schlecht zu sehen ist, um einen Widerstand handelt, der angesichts von Gestalten, die uns ängstigen, durchaus berechtigt ist, oder ob Gestalten, die weit von unserem Bewußtsein entfernt sind, sich nur allmählich abbilden wollen. Oft braucht es eine Zeit der Konzentration von fünf bis zehn Minuten auf ein wenig konturiertes inneres Bild, bis die Konturen schärfer werden, das Bild wirklich erkannt werden kann. Die Gestaltung durch das Malen kann hier hilfreich sein.

Die Analysandin, nach etwa drei Minuten der Konzentration auf dieses Bild, das sie zunächst nicht fassen konnte: «Ich bin in einer mir irgendwie bekannten Gegend, das Dorf, aus dem ich stamme. Ich bin an dem Fluß, und das ist ein Ort, den ich immer geliebt habe und den ich auch heute noch aufsuche, wenn ich in mein Dorf zurückgehe. Die Hexe steht näher am Fluß als ich. Ich nähere mich ihr, sie ist hinter einer Dornenhecke. Ich sage zu ihr: ‹Sie sehen schön aus, in der Dornenhecke.› (Ich denke, das ist doch Dornröschen, verdammt, ich will doch nicht Dornröschen sein.)

Die Hexe dreht sich weg.

War wohl zu plump, denke ich mir. Oder reagiert sie etwa auf meine Gedanken und gar nicht auf das, was ich sage? Also, noch einmal:

‹Ich mag diesen Fluß, haben Sie ihn auch gerne?›

Sie wendet sich mir wieder halb zu. Sie sagt nichts, sie hat ein verschlossenes, hartes Gesicht und sieht sehr bedrohlich aus: kalte Augen, zusammengepreßte Lippen.

Ich schaue suchend herum, sehe Erdbeeren. Ich pflücke sie und denke mir: Also, wenn sie die nicht nimmt! Das ist doch ein hocherotisches Symbol, das muß sie doch nehmen, gut

sind sie bestimmt auch. Ich halte sie ihr hin. Sie schlägt sie mir aus der Hand.
Jetzt bin ich ratlos und sehr traurig. Die Frau setzt sich auf einen Stein und schlägt wie wild auf die Blumen ein, die da wachsen. Jetzt bekomme ich langsam Angst vor ihr. Das geht mit der nicht so, wie ich es mir gedacht habe. Mir tun die Blumen leid.
Ich sage es: ‹Mir tun die Blumen leid.›
Sie: ‹Mir nicht. Ich zerstöre.›
Ich: ‹Das sehe ich.›
Sie: ‹Ich will zerstören.›
Ich: ‹Du willst, du mußt nicht?›
Sie: ‹Ich will.›
Ich: ‹Ich will zerstören.›
Ich schaue sie an, jetzt wieder ratlos, sie trägt viele Kleider übereinander, das sehe ich erst jetzt, sie sieht ganz unförmig aus. Da fällt mir der Satz ein: Kleider sind die Tarnkappen für unser eigenstes Wesen. Wie die innerlich bloß sein mag? Wie ich innerlich letztlich wohl sein mag? Ich sehe sie nicht mehr an, denke nicht mehr an sie.
Da fragt sie mich: ‹Du gehst weg?›
Ich denke triumphierend: Jetzt habe ich sie. Sie hat Angst vor Trennung.
Ich: ‹Ja, ich gehe weg von dir.›
Sie: ‹Dann zerstöre ich.›
Ich: ‹Ich komme zurück. Ich interessiere mich für dich, aber ich verstehe dich nicht.›
Sie: ‹Du quälst mich.›
Ich: ‹*Du* quälst mich!›
Sie: ‹Du!›
Ich: ‹Nein, Du!›
Sie: ‹Nein, Du!›»
Ich interveniere: «Ihr wollt beide zerstören.»
Die Analysandin beginnt zu weinen und löst sich von der Imagination.

Diese Analysandin hat im Anschluß an diese erste Imagination über Monate hinweg mit dieser wilden Frau einen Dialog geführt, begleitet von wichtigen inneren Bildern.
Sie begann die Imagination mit der Absicht, sich sehr schnell mit dieser ihr so unangenehmen Frau zu arrangieren. Das wird auch daran deutlich, daß sie sie zur Hexe deklariert und dann rekapituliert, was ihr im Umgang mit Hexen bedenkenswert erscheint. Die rasche Verständigung gelingt ihr nicht, denn diese Seite, die ja auch im Bild verhüllt ist, muß Zeit haben, sich zu zeigen, Aspekte ihres Wesens zu entfalten: Sie zeigt sich zunächst als eine sehr zerstörerische Seite. Im Dialog wird bald deutlich, daß die Analysandin dann auch zerstörerisch wird, wenn sie sich mit dieser zerstörerischen Seite auseinandersetzen muß.
In dieser wilden Frau begegnet die Analysandin zunächst auch ihrer ganz anderen Seite. Die Analysandin hat wenig Wildes an sich, sie wirkt eher übermäßig gezähmt. Für sie ist Sauberkeit ein sehr hoher Wert; die Idee, ihre Haare könnten nicht ganz gut geordnet sein, erträgt sie schlecht. Deshalb ist diese Gestalt aus dem Traum natürlich für sie wirklich eine Zumutung. Sie ängstigt sich vor dieser Seite, sie hat aber auch eine Sehnsucht danach, eine wildere Frau sein zu können – vorläufig hält sich aber diese Sehnsucht nach Wildheit in Grenzen.
In dieser Frau sind außerdem Aspekte der Destruktivität abgebildet. Lebensgeschichtlich weist diese wilde, destruktive Frau auf die von ihr als sehr destruktiv erlebte Mutter hin: Ihre Mutter hatte ihr erzählt, daß sie, als sie mit ihr schwanger war, verschiedene Abtreibungsversuche gemacht hatte, die leider nicht erfolgreich waren. Dieser Wille zur Zerstörung hat das Leben der Analysandin schon von früh an begleitet. Daß eine solche Erfahrung, zusammen mit der brutalen Mitteilung dieser Tatsache, das Thema des Zerstörerischseins im Leben eines Menschen aktiviert, ist verständlich.
Ich habe dieses Beispiel vor allem gewählt, um zu zeigen, daß

es Imaginationen gibt, in denen gerade das unversöhnliche Gegenüberstehen ausgehalten werden muß, damit sich die bedrohliche Seite zeigen kann, aber auch das Ich in seinen Möglichkeiten, damit umzugehen.

Vom Umgang mit Hinderndem

Da wir oft in Situationen, in denen unser Leben uns problematisch erscheint, eine Imagination machen wollen, werden sich in diesen Imaginationen auch immer wieder Konflikte abbilden: Konflikte können dabei oft noch gar nicht als wirkliche Konflikte dargestellt werden, sondern es tritt zunächst ein Hindernis in der Bilderfolge auf. Diese Hindernisse bewirken sehr oft, daß der innere Fluß der Bilder zum Erliegen kommt. Deshalb sind Strategien der Intervention wesentlich. Oft stellt es sich heraus, daß jeder Mensch immer wieder ein paar ähnliche Hindernisse in seinem Leben erlebt.
Meistens äußern sich diese Hindernisse spontan in Bildern, oder wir wachen mit einem Traumbild auf, das eine Verhinderung zum Thema hat. Wenn es uns aber interessiert, welche Verhinderungen für uns im Moment aktuell sind, dann können wir ein spezielles Motiv zum Ausgangspunkt einer Imagination nehmen:

Mögliche Imaginationsanweisung (nach einer Entspannung):
Stellen Sie sich einen Bach oder einen Fluß vor.
Nehmen Sie wahr, durch welche Umgebung er fließt.
(Nach ca. einer Minute): Im Bachbett oder im Flußbett stellen sich Hindernisse dem Fließen des Wassers entgegen.
Schauen Sie diese Hindernisse genau an und beobachten Sie, wie das Wasser sich trotzdem seinen Weg sucht.
(Nach etwa zwei Minuten): Wenn Sie Lust haben, versuchen Sie selbst, sich als Wasser zu fühlen, und suchen Sie trotz der Hindernisse Ihren Weg.

Mit dem Motiv des fließenden Wassers habe ich die Sicht in die Imagination gebracht, daß Leben ein ewiges Fließen ist, daß sich diesem Fließen aber immer Hindernisse entgegenstellen, das Fließen zum Erliegen bringen und dann allenfalls auch neue Wege des Fließens erzwingen. Damit drücke ich aber auch aus, daß das Wasser – in seiner Bewegung – letztlich stärker ist als die Hindernisse, die sich ihm entgegenstellen. Der Fluß des Lebens geht weiter, wie immer die Hindernisse auch sein mögen.

Es stellt sich nun natürlich die Frage, welche Art von Hindernissen man in der Imagination in das Bachbett oder in den Fluß legt. Diese Hindernisse haben einen Zusammenhang mit Hindernissen, denen man auch im Alltag immer wieder begegnet, die Art, wie der Bach oder Fluß diese Hindernisse umfließt, läßt Rückschlüsse zu auf das gewohnte Umgehen mit Hindernissen. Allerdings ist auch zu erwarten, daß gerade in der Imagination eine neue, kreative Art, mit Hindernissen umzugehen, gefunden wird.

Das Gefühl, das angesichts der Hindernisse in der Imagination empfunden wird, korrespondiert oft mit dem Gefühl angesichts konkreter Hindernisse im Alltag. Allerdings bekennen wir uns in der Imagination oft leichter zu einem bestimmten Gefühl als im Alltagsleben.

So regt das in der Imagination erlebte Gefühl auch an, zu fragen, ob man im Alltag diese Gefühle nicht eigentlich auch in den entsprechenden Situationen hätte, würde man sie zulassen.

Beispiel aus der therapeutischen Praxis: Auch ohne die Anweisung, das Hindernis in einem Bach oder Fluß zu imaginieren, wird dieses Bild spontan benützt, um eine Behinderung in einer Lebenssituation abzubilden.

Ein sehr depressiver Mann, 58, kurz vor seiner Zwangspensionierung, kommt in Therapie, weil er kein Interesse mehr am Leben hat. Wenn jemand depressiv ist, lasse ich gern zum

Motiv des Flusses imaginieren, um zu sehen, was denn noch im Fluß ist in diesem Leben; ganz abgesehen davon, daß das Motiv des Flusses immer eine belebende Wirkung hat.

Der Mann sieht in seiner spontanen Imagination einen Fluß hoch in den Bergen oben; dieser Fluß ist außerordentlich kalt und fließt ganz schnell, er springt von Stein zu Stein. Plötzlich erhebt sich ein Berg im Fluß, und je mehr der Imaginierende hinschaut, um so größer wird der Berg. Er versperrt dem Fluß den Weg. Der Fluß kommt nicht durch, er versucht es rechts, er versucht es links, er versucht es mit sehr viel Energie, dann wieder sanft, mit wenig Druck, er kommt einfach nicht durch; der Fluß ist in einer Schlucht eingezwängt. Jetzt muß der Fluß rückwärts fließen; er staut sich nicht auf, sondern fließt rückwärts und verläuft sich irgendwie. Er verläuft sich einfach, er versickert.

Da der Imaginierende überrascht und ratlos schweigt, frage ich: «Wo kommt denn das Wasser hin?»

Er überlegt lange, dann sagt er mit einem verschmitzten Lächeln: «Das Wasser versammelt sich zu einem unterirdischen Fluß. Der Fluß geht einfach unten durch.»

Ich: «Wie fühlen Sie sich als Fluß, der unten durch fließt?»

Er: «Gut, ich fühle mich gut als Fluß, der unten durch fließt, aber er fließt jetzt ganz langsam, er kann nicht mehr so springen, wie er es oben getan hat.»

Bei dieser Imagination handelt es sich um eine spontane Bilderfolge zum Motiv Bach oder Fluß. Ich habe den Imaginierenden nicht gebeten, ein Hindernis im Fluß aufzubauen, auch das Bild des Hindernisses ergab sich spontan: Ein Berg versperrt diesem Fluß den Weg, zwingt ihn, ein anderes Flußbett zu suchen.

Steinblöcke müssen in Bergbächen oft umflossen werden, wenn aber ein ganzer Berg dasteht und den Weg versperrt, denkt man an einen Felssturz. Wir kennen den Ausdruck, daß ganze Berge vor uns liegen.

Auf den Berg angesprochen, der vor ihm liegt, beginnt er von unerledigten Arbeiten zu sprechen, die ihn belasten, von einer Sehnsucht danach, vieles, was im Laufe des Lebens liegen geblieben ist, wieder aufzunehmen – auch das seien Berge. Auf die Zwangspensionierung, die von außen gesehen im Bild des Berges im Flußbett abgebildet sein könnte, kommt er von sich aus nicht zu sprechen.

Auf meine Frage danach sagt er, er denke, daß diese Pensionierung ihm mehr Lebensqualität bringen könnte. Es sei fast normal, daß man in seinem Beruf, in dem man so viel Verantwortung zu tragen habe, vorzeitig pensioniert werde. Er zählt dann einige Kollegen auf, die auch frühzeitig pensioniert worden seien. Er versuchte, die Situation vor sich so darzustellen, als würde ihm ein Gefallen getan mit dieser Zwangspensionierung. Davon, daß er sich aber nicht pensionieren lassen wollte, sondern daß diese Pensionierung von außen aufgezwungen wurde, sprach er nicht.

Es war für ihn denn auch unerklärlich, daß er plötzlich mit depressiven Verstimmungen reagierte. Erst der Berg, der so ungefragt seinen Fluß staute, brachte ihn dann doch darauf, sich darüber auszulassen, wie ungerecht er diese vorzeitige Pensionierung empfand, wie kränkend er es empfand, daß gerade er vorzeitig pensioniert wurde, aber auch, wie das Leben nun wie ein Berg vor ihm liege. Irgendwie müsse er um diesen Berg herumkommen.

Das geht nun aber in der Imagination nicht, weil das Wasser sich in einer Schlucht befindet. Er, identifiziert mit dem Wasser, muß den Eindruck haben, daß sein Leben im Moment eh schon eingeengt ist. Zu dieser Schlucht fiel ihm sein Alter ein, die Wege, die er schon immer gemacht hatte in seinem Leben, die «abgeschliffen» sind wie eine Schlucht. Weiter fiel ihm dazu ein, daß er keinen Überblick habe.

Zu den Problemen des Älterwerdens gehört, daß er befürchtet, schon lange keine Beziehung mehr zu seiner Frau zu haben, daß also auch da große Probleme zu erwarten seien, wenn er einmal seine Arbeit nicht mehr habe.

Die Imagination macht deutlich: Es geht so nicht weiter. Er ist – als Fluß – erstaunlich beweglich, will rechts vorbei, links vorbei, das Hindernis umfließen, umgehen; er versucht es mit viel Energie oder mit sanfter Energie. Er hat an sich viele Möglichkeiten, Probleme zu lösen. Die Lösung aber ist, daß der Fluß zurückfließen muß. Die Idee, daß das Wasser irgendwann so hoch aufgestaut sein könnte, daß es über den Berg fließt, verwarf der Imaginierende, weil in seiner Vorstellung bei diesem Vorgang auch der Berg immer mehr wächst.
Die Imagination zeigt, daß eine Umkehr notwendig ist. Erstaunlich ist dabei, daß der Bach beim Rückwärtsfließen sich irgendwann «verläuft». So, sagt der Imaginierende, fühle er sich im Moment; er kenne das Hindernis in seinem Leben, er spüre, daß er einen anderen Weg einschlagen müsse, aber irgendwie versickere seine ganze Energie. Es ist das Bild für seine depressive Stimmung.
Ohne Intervention hätte er hier die Imagination zu einem Abschluß gebracht: Seine depressive Stimmung wäre ihm durch die Bilderfolge sozusagen bestätigt worden. Meine Intervention hatte zunächst ihren Ursprung in der bildlichen Vorstellung: Wasser verläuft sich nicht einfach so, Wasser ist in einem ewigen Kreislauf, muß also irgendwo wieder auftauchen. Es kann seine Erscheinungsform wandeln, aber nicht eigentlich verlorengehen. So ist auch bei einer depressiven Verstimmung die Energie nicht verloren, sie muß aber gesucht werden, es muß etwas gesucht werden, was uns – wenn auch nur sehr wenig – stimulieren könnte.
Den Imaginierenden beflügelt nun offenbar dieser unterirdische Fluß. Er signalisiert damit, daß sein Leben, wenn auch versteckt, durchaus noch im Fluß ist. Diesen Fluß könnte man suchen. Es schien mir aber im Moment nicht wichtig, diesen Fluß zu suchen: wesentlich war, daß er das Gefühl, das das Bild dieses Flusses in ihm auslösen konnte, spüren konnte – wenn auch nur für einen Tag, wie er hinterher sagte. Er fühlte sich ja auch als Fluß, hatte ein erstes Mal Hoffnung,

daß sein Leben wieder in Fluß geraten könnte. Erst als er dieses Gefühl lebendig spürte, konnte er sich mit dem Berg beschäftigen, der vor ihm liegt, dem Berg von Problemen, mit dem er in irgendeiner Weise umgehen muß.
Der Mann sagt dann, dieses Bild entspreche auch seinem Empfinden, einerseits habe er zwar schon das Gefühl, daß ihm alles zwischen den Fingern zerrinne, daß er keine Kraft, keine Energie, keinen Antrieb mehr habe, andererseits aber spüre er auch, daß etwas in ihm auch lebendig sei, nicht so offensichtlich, aber lebendig, wenn auch viel gemächlicher, als es ihm lieb sei.
Sehr viel später im Verlauf der Therapie kamen wir aufgrund eines Traumes wiederum auf dieses Bild des unterirdischen Flusses zu sprechen. Da wird ihm deutlich, daß dieser unterirdische Fluß für ihn auch der Fluß des Vergessens ist, daß diese heftige Konfrontation mit seinem Alter, die er bisher vermieden hatte, folgerichtig in ihm auch ein Bild aufsteigen ließ, das ihm signalisieren sollte, daß das Wasser nun zurück zum Ursprung fließt, daß er sich mit der Thematik des Sterbens auseinandersetzen muß. Diese Deutung war für uns zum Zeitpunkt, als er diese Bilderfolge entwickelte, nicht aktuell. Das Thema der Umkehr ganz allgemein stand im Mittelpunkt und vor allem das Erlebnis, daß er spürte – trotz umgekehrt fließendem Fluß –, daß er immer noch im strömenden Leben stand.
Gerade solche Imaginationen, in denen Hindernisse abgebildet werden, und das ist sehr oft der Fall, kommen leicht zum Stillstand, wenn es nicht gelingt, so zu intervenieren, daß mit den Bildern umgegangen werden kann.

Imagination als Abbild einer Krise

Hindernisse, die in der Imagination abgebildet werden, können durch Interventionen auch näher ans Bewußtsein heran-

geführt werden, der/die Imaginierende kann dann leichter damit umgehen und die Beziehung zum alltäglichen Leben herstellen.
Ein 22jähriger Mann stand vor einer Zwischenprüfung an der Hochschule. Er war bis jetzt in keiner Weise aufgefallen. Nun suchte er aber Hilfe, weil er sich verwirrt fühlte und den Eindruck hatte, daß er nicht fähig sei, seine Prüfungen anzugehen. Es ging um eine Krisenintervention[84]. Bei einer Krisenintervention geht es darum, herauszufinden, welcher Lebensbereich wirklich in die Krise geraten ist, welche Veränderungen notwendig sind. Selten ist die auslösende Situation für die Krise auch wirklich der Grund dafür, daß das Leben eines Menschen in die Krise geraten ist.
Ich bitte den Studenten, einen Fluß oder einen Bach zu imaginieren, in dem sich ein Hindernis befindet. (Anweisung siehe Seite 152.)
«Ich sehe einen 10–12 Meter breiten Fluß, grüne Wiesen. Der Fluß fließt schnell, es ist ein schöner Flußlauf, ohne Knick. Ohne Knick heißt ohne Knie. – Jetzt plötzlich gefriert alles. Das ganze Wasser gefriert.»
Während er das sagt, wird sein Körper sehr gespannt, seine Stimme drückt Entsetzen aus.
«Das kann nicht sein bei einem Fluß, ganz tief unten fließt er bestimmt noch ein wenig.»
Ich bitte ihn, das Bild ganz genau und ruhig anzuschauen.
«Nein, er ist gefroren – vor Kälte erstarrt.»
Der Student seufzt, öffnet die Augen und wirkt sehr hilflos. Das ist ein Bild für seine Situation, an diesem Bild kann man arbeiten. Recht häufig kommen bei den Verhinderungsbildern nicht ganze Bilderfolgen in Bewegung, sondern die Schwierigkeit bildet sich in einem Bild ab.
In der therapeutischen Situation versuche ich, die Bilder des Imaginierenden so lebendig wie möglich zu sehen, ich lasse sie mir auch beschreiben, da für mich auch das Gesetz gilt, daß ich dort, wo ich nicht mehr wahrnehme, z. B. wo mir die

Information fehlt, mit meinen Vorstellungen von diesen inneren Bildern reagiere. Um empathisch sein zu können, muß ich mich auf diese Bilderwelt einlassen, so weit wie möglich, ich distanziere mich aber auch immer wieder von den dadurch ausgelösten Emotionen, um zu entscheiden, ob ich intervenieren will.

Ich hatte verschiedene Gefühle dieser Imagination gegenüber: Zunächst war ich beeindruckt von diesem doch sehr breiten Fluß, der in meiner Imagination schon etwas behäbig zu fließen begann, und dann erschrocken über diesen plötzlichen Erstarrungsvorgang, der mir sehr dramatisch zu sein schien.

Ich fragte ihn, was ihn denn habe erstarren lassen.

«Die Angst vor der Prüfung.»

Mir fiel dazu eher eine Enttäuschung in einer Beziehung ein.

Darauf sagte er, er habe eine Freundin gehabt, das sei auseinandergegangen, sie habe ihn immer wieder hart kritisiert, die Sache sei für ihn fertig – und unwichtig. Er würde sie jetzt kaum sehen, er müsse die Prüfungen vorbereiten.

Auf meine Frage, wie die Situation denn für die Frau aussehe, meint er, für sie sei wohl alles in Ordnung.

Ich bitte ihn, sich wieder das Bild des erstarrten Flusses vorzustellen, und frage, ob es denn einen Ausweg gebe für diesen Fluß, oder ob der jetzt einfach immer erstarrt bleiben müsse.

Er kann sich den Fluß wieder vorstellen, spürt die Kälte und sagt, er selbst fühle sich – wie der Fluß – unbeweglich, kalt und leer.

Ob es Auswege gebe?

«Es könnten jetzt viele Menschen kommen und das Eis hakken.»

Ich frage ihn, ob er sehen könne, wie viele Menschen kommen und an seinem Eis herumhacken.

Nein, er könne das nicht sehen, es sei halt so eine Idee gewesen. Er könne natürlich auch warten, bis es wärmer werde, er könne warten, bis es Frühling wird.

Beide Lösungsmöglichkeiten gefallen mir nicht besonders, die erste nicht, weil der Imaginierende einfach Menschen für sich arbeiten lassen will und selbst dabei passiv bleibt, die zweite nicht, weil warten in seiner aktuellen Situation nicht möglich ist.
Ich frage mich, ob dieser junge Mann sehr bequem ist, in einer Lebenssituation, in der nicht mehr alles fraglos glückt, leicht in die Rolle eines Kindes gerät, das nun die anderen bittet, ihm zu helfen. Auch überlege ich, wie sehr er bei seinem Problem nur sich selbst im Blick hatte. Etwas erstaunt hatte mich die Aussage, daß für seine Freundin wohl die ganze Situation keine weiteren Probleme bringen würde. Oder ist er wirklich so erstarrt, daß er in der Tat keine eigenen Ideen mehr aufbringt, keine Energie mehr aufbringt, um an seiner Situation zu arbeiten, sie zu verändern?
Um meine Hypothesen zu klären, bat ich ihn, mir zu schildern, wie die Umgebung des Flusses aussieht. Im Bild sollte deutlich werden, wie weitgehend die Lebenssituation dieses jungen Mannes erstarrt ist.
Er schildert die Umgebung des Flusses als ganz saftig grün; diese saftig-grüne Wiese paßt zu ihm – er macht den Eindruck eines jungen Mannes, der sonst wirklich «im Saft ist».
Ich habe ihm dann noch einmal die Deutung gegeben, das Eis könnte mit einem Gefühlsschock zu tun haben, und ich hätte jetzt den Eindruck, daß er sich sage: «Die anderen sollen einmal zusehen, wie sie mich wieder in Schuß bringen.»
Er hat diese Deutung lächelnd entgegengenommen.
Ich fragte ihn, wen er mit der nicht zu bewältigenden Prüfung bestrafe.
«Ja, meine Freundin natürlich.»
Und im gleichen Moment, wie er das sagt, sagte er sich:
«Ach, ich hasse das so, wenn ich auf Opfer mache.»
Auf meine Frage, wie denn bei ihm ein Fluß aussehen sollte, der ihm ganz und gar gefallen könnte, meinte er:
«Lebendiger als der, den ich gesehen habe, auch wilder, viel-

leicht sogar noch breiter – aber mit einer hohen Fließgeschwindigkeit des Wassers.»

Er erzählte mir dann unaufgefordert, daß er Flußknie verabscheue, daß diese doch den Fluß des Wassers hemmen würden, und er könnte sich auch vorstellen, daß ein solches Knie einen beim Befahren des Flusses mit einem Kajak etwa hemmen könnte. Es war beeindruckend, welche Ängste mit einer Flußbiegung verbunden waren.

Obwohl er mir von der Flußbiegung bloß erzählte, hatte ich den Eindruck, daß er sich in einem Kajak an der Flußbiegung sah, unfähig, diese Biegung, diese Richtungsänderung mitzumachen, und daß das der Grund ist, weshalb er geradezu wütend ist auf dieses «Flußknie».

Er konnte diese Sicht nicht teilen, beteuerte, daß er, wenn er Bilder sehe, sofort wieder den gefrorenen Fluß sehe. Es ist denkbar, daß er es vermieden hat, sich selbst im Kajak an der Flußbiegung zu sehen, weil so das Problem viel mehr zu seinem Problem geworden wäre, sein Selbstbild beeinflußt hätte, als wenn er vom erstarrten Fluß sprach. Es ist aber auch denkbar, daß ich seine Erzählung in ein Bild verwandelt hatte, in das Bild, das mir seine Situation auszudrücken schien, die er abwehrte, und dadurch in Erstarrung verfiel. Es ist allerdings auch anzunehmen, daß er die Angst vor dem erstarrten Fluß auf ein mögliches Flußknie verschob.

Da diese Deutung, von der ich ihm nichts sagte, für mich stimmig war, entschloß ich mich, eine Imagination zu einem Entspannungsbild einzuführen, um ihn dadurch zu entlasten. Außerdem hatte er mir erzählt, daß er sehr schlecht schlafe. Wenn Menschen sich gut auf ein für sie wesentliches Entspannungsbild konzentrieren können, kann das eine positive Wirkung auf die Qualität des Schlafes haben. Deshalb war es mir wichtig, ein Entspannungsbild für ihn zu finden und es ein erstes Mal einzuüben, so daß er diese Vorstellungsübung zu Hause einsetzen konnte.

Ich gab ihm, nach einer Entspannung, folgende Anweisung:

Stellen Sie sich jetzt ein Wasser vor, in das Sie zum Baden hineingehen möchten.
Wie warm soll es sein?
Wie groß möchten Sie es haben?
In einem Gebäude oder in der freien Landschaft?
Wählen Sie den Grad der Sauberkeit des Wassers, der Ihnen zusagt, wenn Sie draußen sind, auch das Wetter, das Ihnen zum Baden richtig erscheint.
Dann legen Sie sich einfach in dieses Wasser hinein, genießen Sie es.
Sie müssen gar nichts, es sich nur gut gehen lassen.
Sie können auch nicht untergehen.

Hier habe ich etwa eine Minute gewartet, ihn dann gebeten, sich von den Bildern zu lösen, aus dem Wasser herauszusteigen, unter eine erfrischende Dusche zu gehen, die Augen dann zu öffnen und sich von den Bildern zu lösen.
Der Imaginierende sieht ein warmes, dampfendes Wasserloch in Island, mit etwa zwei Meter Durchmesser. Da geht er hinein und sagt: «Ich kann mich gut entspannen, ich räkle mich, träume in den Himmel hinein...»
Zwischendurch fragt er plötzlich: «Was mache ich denn mit dem Kopf, den muß man doch halten, sonst geht er unter Wasser. Wenn ich ihn aber halten muß, kann ich mich nicht ganz entspannen.»
Ich schlage ihm vor, einen Schwimmgurt, wie ihn Kinder haben, um den Hals zu legen. Die Lösung paßt ihm. Er wird wieder entspannter – sagt wenig – nur:
«Ich träume in den Himmel hinein, es ist schön warm, ich fühle mich geborgen.»
Dieses Bild sollte er am Abend vor dem Einschlafen – etwa eine halbe Stunde lang – sich so lebendig wie möglich vorstellen.
Es ist natürlich sinnvoller, die Imaginierenden selbst Entspannungsbilder entwickeln zu lassen. Da dieser junge Mann

aber in einer Krise war, gab ich ihm Motive von Entspannungsbildern, die sehr oft vorkommen. An seiner Reaktion wurde auch deutlich, daß dieses Bild für ihn «paßt», daß er Bilder sehen kann, die ihn entspannen.
Nach drei Tagen, in der nächsten Stunde, haben wir uns wiederum auf das Motiv des Flusses konzentriert.
Wenn ein einzelnes Bild imaginiert wird, das die problematische Lebenssituation abbildet, dann ist es sinnvoll, dieses Bild immer wieder anzusehen, um festzustellen, welche Veränderungen sich abbilden.
Dieses Mal sieht er einen Fluß von etwa fünf Meter Breite, der Fluß fließt immer noch durch eine sehr grüne Landschaft, das Gras ist sogar ein bißchen gewachsen. Die Oberfläche des Wassers ist immer noch gefroren. Er meint aber, ein Gluckern des Wassers zu hören.
Ich hatte den Eindruck, daß er mich in der Bildersprache fragte: «Gelingt es Ihnen wohl heute, dieses Eis zum Schmelzen zu bringen?» Indem ich ihn fragte: «Bricht das Eis?» gab ich ihm zu verstehen, daß nicht ich das Eis hacken werde.
Nach längerer Zeit des Schweigens sagt er: «Ich habe jetzt zwei ganz verschiedene Gefühle.»
Ich bitte ihn, diese beiden verschiedenen, voneinander sich unterscheidenden Gefühle in zwei Bildern sichtbar zu machen.
«Ich sehe mich doppelt.»
«Wie?»
«Ich sehe einen vereisten Mann und einen Mann in Tennisdreß.»
«Wie könnten Sie den vereisten Mann beschreiben?»
«Der ist beschwert, belastet, eingeengt.»
«Und den im Tennisdreß?»
«Der ist leicht, kraftvoll, verführerisch. Er hat eine Wirkung auf Frauen.»
Der Konflikt, der sich auch in seinen einander widersprechenden Gefühlen ausdrückt, der sich im Bild vom Fluß, der

zunächst fließt und dann gefriert, ausgedrückt hatte, wird jetzt auf eine ihm nähere Ebene gebracht. Er sieht sich selbst doppelt, gegensätzlich, aber er kann sich ansehen.
Ich schlage ihm vor, diese beiden Männer je einen Satz an seine Freundin richten zu lassen, aus der Überlegung heraus, daß die Enttäuschung mit der Freundin sein Hauptproblem sein könnte und daß diese beiden Männertypen vielleicht verschiedene Möglichkeiten darstellen, wie er sich der Freundin gegenüber gibt. Natürlich wäre es auch denkbar, diese Männertypen als Bilder der Übertragung zu sehen; die Beziehung zu mir hätte dann diese beiden Männer in ihm belebt, erlebbar gemacht.
Der vereiste Mann sagt zur Freundin: «Ich bin beschwert, ich fühle mich ganz allein, ich kann nie mehr lieben. Ich werde nicht geliebt, deshalb will ich ein wandelnder Vorwurf für dich sein.»
Mit dem jungen Mann im Tennisdreß kann er sich offenbar weniger gut identifizieren. Er spricht aus der Beobachtungsposition: «Der redet mit ihr, ist charmant, jetzt dreht er sich um und sagt: Es gibt auch noch andere Frauen.»
Ich frage, ob diese beiden Typen miteinander ins Gespräch kommen könnten. – Das geht nicht.
Ich bitte dann darum, daß der eine dem anderen Schlagwörter an den Kopf wirft. Meine Absicht war, die zwei Selbstbilder miteinander in einen Dialog kommen zu lassen, schienen sie mir doch sehr unterschiedliche Möglichkeiten des Verhaltens abzubilden, deren jede für sich selbst sehr einseitig sein könnte.
Der vereiste Mann sagte zum Mann im Tennisdreß: «Du Angeber, du Don Juan, du elender Blender – so bist du nicht, so wärst du bloß gern.»
Der Tennismann im Tennisdreß zum Eismann: «Du Opferling, du Schuldgefühlemacher, du Erpresser, du heulendes Elend.»
Es wird deutlich, daß sich der Student mit dem vereisten

Mann sehr viel intensiver identifizieren kann, den Mann im Tennisdreß eher als Wunschbild sieht, als Möglichkeit zur Kompensation der gegenwärtigen schwierigen Situation. Diese beiden Seiten stehen sich feindlich gegenüber.

Ich frage weiter, ob denn diese beiden wirklich nur so miese Gestalten seien, ob sie nicht jeder für sich auch gute Lebensmöglichkeiten hätten.

«Ja, der Tennismann, der hat ein gutes Körpergefühl, der hat auch ein gutes Selbstwertgefühl, der glaubt an die Zukunft, aber er ist wirklich auch ein Blender, der ist nicht ganz ehrlich.»

Zum vereisten Mann wollte ihm nichts Annehmbares einfallen: «Das ist doch einfach ein blöder Kerl, so bin ich, wenn ich beleidigt bin, dann ziehe ich mich zurück, so hat sich schon mein Vater zurückgezogen, auch mein Großvater. Da ist man dann so unaggressiv aggressiv, niemand sagt mehr etwas, aber es ist dicke Luft und Eiseskälte. Ich mag diese Reaktion nicht, aber ich reagiere auch so.»

Es wollte ihm nichts Annehmbares zu diesem Mann einfallen. Ich wende ein, daß unter diesem Eispanzer doch ein Mensch verborgen sei, so ein Eispanzer zeige man doch bloß her als Schutzhülle. Er meint, es könnte ein ganz feinfühliger, beeindruckbarer Mann sein, der Gefühle hat, zu denen er nicht stehen kann, dann wird er eiskalt.

Ich bitte ihn, die Enttäuschung über die Freundin und die Wut auf sie zu formulieren. Er hatte sehr deutlich gesagt, daß der vereiste Mann Wut und Enttäuschung nicht formulieren kann, sondern unaggressiv aggressiv ist.

Ganz erstaunt sagt er mir, er wisse nicht, von welcher Wut ich spräche, ich hätte ihn jetzt ganz verwirrt.

Darauf entschloß ich mich, ihn wiederum das Entspannungsbild, das wir in der letzten Stunde geübt hatten, vorstellen zu lassen.

In einer nächsten Stunde haben wir weiter an diesem Problem gearbeitet. Seine Verwirrung hat damit zu tun, daß die

Problematik, die im Bild deutlich angesprochen war, von mir auf die Alltagsebene übertragen wurde; dadurch wurde mehr Angst ausgelöst, und diese Angst mußte er abwehren.
In der nächsten Stunde, wiederum nach vier Tagen, kam er und sagte, das Schlafen sei dank der Entspannungsbilder besser, das Arbeiten gehe auch etwas besser, aber er müsse etwas unternehmen wegen seiner Freundin. Er sei zu ihr hingegangen, und er habe sich benommen wie ein beleidigter Kloß. An der Hochschule habe er versucht, sie eifersüchtig zu machen, indem er mit ein paar anderen Mädchen flirtete. Sie habe ihm gesagt, er benehme sich wie ein trotziges Kind, und jetzt sei er wieder sehr gekränkt.
Ich habe ihn gebeten, sich wieder auf das Flußbild zu konzentrieren.
«Der Fluß ist jetzt etwa sieben Meter breit, an der Oberfläche ist immer noch Eis, unten fließt er.»
Dann sieht er nichts mehr, und ich habe den Eindruck, daß wir immer noch festsitzen.
Dann kam mir die Idee, eine Zeitreise zu machen.

Die Zeitreise

In Zeiten, in denen wir arbeitsmäßig sehr unter Druck stehen, trösten wir uns damit, daß diese Belastung in drei oder vier Wochen vorbei ist. Dann malen wir uns – mehr oder weniger eingestanden – aus, wie Leben dann sein wird. Wir trösten uns auch gegenseitig, indem wir einander darauf hinweisen, daß «es» nach einiger Zeit schon wieder besser wird.
Als Kinder haben wir oft Vorstellungen, die sich mit der Zeit beschäftigen: «wenn wir endlich groß sind». Wir stellen uns dann vor, wie es einmal sein könnte, wenn wir gerade die Schwäche, die uns sehnlichst wünschen läßt, bald groß zu sein, in eine Stärke verwandelt haben.
Wir wissen auch aus Erfahrung, daß sehr bedrückende Erleb-

nisse, liegen sie erst einmal weit genug zurück, nicht mehr so bedrückend sind.
Bestimmte, im Moment sehr peinliche, quälende Erlebnisse, können einige Wochen später die besten Geschichten abgeben, über die man sich amüsiert: Es ist ein Unterschied, ob wir in einer Schwierigkeit stecken, samt dem Gefühl der Ausweglosigkeit, oder ob wir diese Schwierigkeit überwunden haben und aus einer anderen Sicht die Situation beurteilen, mit dem wiedergewonnenen Humor die lustigen Aspekte der Situation, die Situationskomik, auch wieder sehen können.
Diese Erfahrungen macht man sich zunutze, wenn man eine Zeitreise macht. In der Situation der größten Bedrängnis versucht man den Standpunkt einzunehmen, den man in ein paar Wochen, in ein paar Monaten, in ein paar Jahren der bedrängenden Situation gegenüber vermutlich einnehmen wird.
Aber auch wenn man nicht in einer bedrängenden Lebenssituation steht, kann die Zeitreise uns neue Perspektiven zeigen. Wir können uns z. B. vorstellen, wie wir in zehn Jahren leben möchten, wie wir aussehen, wie sich unser Körper verändert hat, wo wir wohnen möchten, welche Arbeit wir tun, welche Interessen wir dann haben könnten. Eine Zeitreise in dieser Situation zeigt uns wiederum die Vorstellungskraft in ihrem Vorgreifen in die Zukunft hinein, manchmal eröffnen sich Seiten unseres Wesens dadurch, an die wir zunächst nicht gedacht haben. Im Spiegel der Zeitreise lassen wir Spielformen unseres Daseins zu, eben weil es zunächst noch ein Spiel ist.
Mit der Technik der Zeitreise kann man sich auch verschiedene mögliche Entscheidungen in ihren Folgen vorstellen. Wenn man zwei Angebote hat und nicht weiß, welches nun letztlich doch das einem gemäßere ist, kann man sich selbst vorstellen, wie man in drei Jahren lebt, wenn man das eine, und wie, wenn man das andere Angebot angenommen hat. Gerade die Phantasien, die man um die verschiedenen Entscheidungen und ihre Folgen hat, zeigen uns, welche Wün-

sche und Befürchtungen wir mit den verschiedenen Angeboten verbinden, das Angebot, das uns lebendiger phantasieren läßt, ist wohl das, das uns tiefer anspricht.
Schwierigkeiten bei der Zeitreise bereitet uns unser Wirklichkeitssinn: Bei der Zeitreise müssen wir uns wirklich in die Zukunft hinein frei lassen. Wir argumentieren dann etwa, daß bei allen diesen Überlegungen doch noch vieles zu beachten wäre, was wir jetzt nicht wissen können. Das ist zweifellos richtig: Es ist aber auch nicht der Sinn einer Zeitreise, die Zukunft abzubilden wie sie ist, sondern wie ich sie mir vorstelle. Diese Argumente gebrauchen wir dann, wenn wir uns nicht spielerisch in die Zukunft hinein freilassen können. Es braucht eine kindliche Leichtigkeit, um solche Zeitreisen machen zu können.
Wenn wir allerdings bei diesen Zeitreisen ausschließlich von Befürchtungen geplagt werden, dann müssen wir diese Bilder stoppen, sie uns verbieten, allenfalls auch die Technik der Zeitreise gar nicht mehr anwenden.

Mögliche Imaginationsanweisung: Zunächst weise ich noch einmal darauf hin, daß negative Bilder, falls sie auftreten, gestoppt werden müssen. Dann nach einer kurzen Entspannung:
Konzentrieren Sie sich jetzt auf etwas, was Sie belastet, was Ihnen lästig ist, was Ihnen schwerfällt.
Es muß nicht gerade das größte Ihrer Lebensprobleme sein.
Versuchen Sie, die Gefühle wahrzunehmen, die mit diesem Problem verbunden sind.
Spüren Sie auch Ihren Körper.
Und jetzt werden Sie sich klar darüber, daß Sie die Zeit umstellen können...
Sie stellen die Zeit vor.
Versuchen Sie einmal zu sehen, wie das, was Sie jetzt belastet, Ihnen lästig ist oder Ihnen schwerfällt, in drei Wochen aussieht.
Wie Sie damit umgehen können.

Negative Gedanken stellen Sie weg, Sie dürfen sich höchstens ans Problem gewöhnen.
Wir haben jetzt ein halbes Jahr später.
Wie sieht da das Problem aus?
Wie sieht es in einem Jahr aus?
Wie sieht es in fünf Jahren aus?

Dann lösen Sie sich von den Bildern, gehen aber nicht aus der Versenkung heraus, nehmen noch einmal genau Ihre Gefühle wahr.
Ich möchte Sie jetzt in eine andere Form von Zeitreise hineinführen.
Erinnern Sie sich noch einmal an den Fluß oder an den Bach mit Hindernissen.
Wenn Sie noch nie einen gesehen haben, dann kreieren Sie jetzt einen.
Und jetzt beobachten Sie den Flußlauf viel, viel weiter unten, weit unterhalb der Hindernisse.
Nehmen Sie wieder Ihre Gefühle wahr.

Dann lösen Sie sich langsam von den Bildern.

Die zweite Art der Zeitreise ist eine Zeitreise in mehr symbolischer Form, der Vorteil einer mehr symbolisch gehaltenen Zeitreise ist, daß wir die Bilder leichter zulassen können, daß sie dann aber auch nicht unbedingt unmittelbar versanden dürfen, sondern gedeutet werden müssen.
Natürlich gibt es Probleme, die sich auch in fünf Jahren nicht wesentlich verändert haben werden, bei denen sich auch unsere Einstellung dazu nicht wesentlich verändert haben wird. Es gibt auch Probleme, die sich in einigen Jahren verschärfen werden. Wenn jemand gerade mit der Diagnose einer möglicherweise lebensbedrohlichen Krankheit konfrontiert worden ist, dann kann die Zukunft zwar ein erfülltes Leben mit der Krankheit bringen, sie kann aber auch den Tod bringen.

Die Methode der Zeitreise eignet sich weniger für existentiell wirklich sehr bedeutsame Probleme, sie eignet sich besser für aktuelle Probleme, die uns bedrücken, und die wir – vielleicht aus einer gewissen Panik heraus – auch zu überschätzen pflegen.

Zum Beispiel zurück: Das Problem, das sich nicht verändern will und das ich mit der Zeitreise angehen werde, ist das Problem mit dem «Eiskloß», der trotzig nicht schmelzen kann, weil er es sich nicht zugeben darf, wie verletzt er dahinter ist, wie sehr er unter dem Verlassensein leidet.
So frage ich den Mann: «Wie sieht denn der Eiskloß in drei Wochen aus?»
«Der muß sich echt Mühe geben, nicht zu tauen.»
«Gibt er sich die Mühe?»
«Nein, es ist zu mühsam.»
«Was heißt es denn, wenn jetzt der Eisklotz taut?»
Ich bleibe diesmal mit meinen Fragen auf der Symbolebene, weil ich unterdessen erlebt habe, daß der junge Mann auf der symbolischen Ebene seine Probleme sehr präzise darstellen kann, daß er aber, sobald wir diese Symbolebene verlassen und uns fragen, was diese Bilder in der aktuellen Lebenssituation bedeuten – und damit natürlich auch nach möglichen Konsequenzen fragen –, abwehrend reagiert.
Dieses Tauen hieße für ihn, erklärt er mir dann, daß er seine guten Gefühle der Freundin gegenüber zugeben müßte, aber auch dieses Gefühl der Angst vor dem Verlassenwerden. Er sei schon erschrocken, wie sehr er von ihr abhängig sei, wie elend er sich fühle, wenn sie ihn verlasse. Und sie habe so eine unabhängige Art, die bringe ihn noch um.
Verletzt aber hatte sie ihn vor allem damit, das fand er nun heraus, daß sie zu ihm sagte, er benehme sich entweder wie ein jovialer Blender oder wie ein trotziges, kleines Kind. Das fällt ihm ein, als wir uns fragen, wo denn jetzt der Mann im Tennisdreß geblieben sei.

Er hat dann in der Imagination immer neu das klärende Gespräch mit seiner Freundin geübt, ihr gesagt, wie sehr ihn diese Bemerkung verletzt habe, weil er spüre, daß sie auch im Recht damit sei.
Auch das ist eine Form, in der wir Imaginationen sehr oft einsetzen. Beziehungen können aber auch mehr auf einer eher symbolischen Ebene dargestellt und erfahren werden; dabei kann Nähe und Distanz, aber auch das Wesen der Beziehung sich zeigen[85].
Wesentlich bei diesem Gespräch in der Imagination war für den Studenten, daß ihm deutlich wurde, wie schlecht er sich bis dahin in seine Freundin einfühlen konnte; er konnte sich kaum vorstellen, was sie wirklich zu ihm sagen würde.
Anhand der Imagination ist es möglich, Empathie, Einfühlung in einen anderen Menschen zu üben, aber auch hier gilt, daß wir diesen anderen Menschen wirklich in seiner Sprache sprechen lassen müssen, daß wir ihm/ihr nicht einfach das in den Mund legen dürfen, was wir selber sagen würden.

Imagination als Dialog mit dem Körper

Jung weist darauf hin, daß die Symbolbildung oft mit psychogenen körperlichen Störungen verbunden ist. Er begründet diese wohlbekannte Beobachtung, die auch so weit gehen kann, daß wir kein Symbol im bildlichen Sinn, sondern nur das körperliche Symptom wahrnehmen, damit, daß «das Unbewußte die Psyche aller autonomen Funktionskomplexe des Körpers» ist[86].

Dieses Phänomen läßt sich indessen auch aus der Definition des Komplexes, wie Jung sie vornimmt, erschließen. Das Wesentliche an einem Komplex ist die damit verbundene Emotion, die wiederum bestimmte gleichbleibende Verhaltensmuster bedingt. Emotionen haben aber auch immer ein physiologisches Korrelat. Jung hat schon sehr früh zur ganzheitlichen psychosomatischen Sichtweise des Menschen beigetragen, wie sie heute aus der Sicht verschiedener Autoren zum Allgemeingut unseres Denkens, Erlebens und Beurteilens von Gesundheit und Krankheit geworden ist[87]. Es geht dabei nicht um die psychosomatischen Krankheiten im engeren Sinne, sondern darum, daß der Mensch, als Ganzheit verstanden, immer als ein System gesehen werden kann, in dem psychische, somatische und soziale Faktoren ineinanderwirken, wobei Probleme der einen Ebene sich auch auf einer anderen Ebene ausdrücken können[88].

Auch körperliche Symptome können wir deshalb, ebenso wie soziale Symptome, als Symbole auffassen; auch körperliche Symptome können wir sich abbilden lassen und dann an diesen Bildern arbeiten, analog zu den Bildern, die uns aus Träumen noch haftengeblieben sind.

Der Fluß der inneren Bilder kann von Körperwahrnehmungen ausgehen, der Körper kann ganz allgemein anstelle eines Motivs stehen, zu dem wir uns Vorstellungen machen.
Eine Möglichkeit der imaginativen Kontaktnahme mit dem Körper besteht aber auch darin, daß wir eine Reise durch den Körper machen. Wir besuchen dabei unsere Organe, versuchen wahrzunehmen, wie sie aussehen, ob sie Hilfe brauchen usw.
Diese Form der Imagination kann sich sehr realitätsnah an der Anatomie des Körpers orientieren; sie kann aber auch phantastisch gemacht werden, indem man aus den verschiedenen Organen phantastische Gebilde macht. Je phantastischer diese Imaginationen werden, um so mehr sagen sie auch aus über unsere Organe und unsere Beziehung zu ihnen.
Statt eine Reise durch den ganzen Körper zu machen, kann man auch Kontakt aufnehmen mit einem speziellen Körperteil. Das werden wir dann am ehesten tun, wenn uns etwas weh tut, wenn wir herausfinden wollen, was der Körper uns zu sagen hat.

Mögliche Imaginationsanweisung:
Ich bitte einen Menschen, der ein Symptom spürt – wiederum nach einer leichten Entspannung –, sich auf das Symptom zu konzentrieren, die Spannung und die damit verbundenen Gefühle wahrzunehmen und ein Bild zu erwarten, das sich aus dieser Spannung bildet. Oft ist ein Bild schon vorhanden, wenn man nur darum bittet, sich auf das Symptom zu konzentrieren.

Beispiel aus der therapeutischen Praxis

Ein 43jähriger Mann leidet unter einem steifen Nacken; dieser fühlt sich ähnlich an wie eine Halskehre; aber dieser Nacken ist schon seit einem halben Jahr steif. Der sehr aktive Mann hat einen verantwortungsvollen Beruf, ist erfolgreich,

hat eine Familie, es läuft alles einigermaßen gut, und trotzdem macht ihm dieser Nacken zu schaffen.
Wir entschließen uns, an diesem Symptom mit Imagination zu arbeiten. Ich mache einige Entspannungsübungen, dabei entspanne ich immer die Partie bevorzugt, die nachher abgebildet werden soll.
Auf die Aufforderung hin, sich in seinen steifen Nacken einzufühlen, sagt er:
«Ich habe zwei Bilder. Das eine ist das Joch von einem Ochsen und das andere: Ich sehe mich als Artisten in der Zirkusarena; ich trage auf den Schultern und dem Nacken einen Sessel auf einer Stange. Ein anderer springt auf diesen Sessel hinauf.»
Er ist also der Sesselträger. Ich frage, wie er sich fühlt, und er sagt:
«Es ist ein Krampf, und ich bin schaurig verspannt.»
Ich frage, ob er etwas verändern kann, und dann sagt er:
«Nein, eigentlich nicht, ich könnte höchstens den Platz tauschen.»
Bevor er in der Imagination den Platz tauscht, sagt er: «Doch, ich habe eine andere Lösung. Ich kann mich hinlegen.»
Und er legt sich hin und sagt: «Ach hinter meinem Kopf, da gibt es ja ein Loch in der Arena, ich kann die Stange einfach da hineinstecken. Da muß ich das Zeug nicht mehr tragen.»
Er legt sich also hin und fühlt sich ganz entspannt.
Das ist ein Beispiel, wie ein Symptom in einem Bild ausgedrückt werden kann. – Die Bilder sprechen für sich selber: unter ein Joch gespannt sein, und zwar wie ein Ochse. Zum Ochsen sagt er, das wären ja die größten Arbeitstiere, die es gäbe – das ist die eine Möglichkeit. Und die andere: er als Artist in einem Zirkus. Er hat mit Zirkus überhaupt nichts zu tun, findet ihn zwar ganz toll, hat aber auch das Gefühl, das sei ein Ort, wo man sich produziere. Irgendwo muß er sich also auch so vorkommen wie in einer Arena, wo jeder schaut,

welche Höchstleistung erbracht wird. Zum Artistendasein hatte er folgende Einfälle:
«Artist: Das vererbt man so von Generation zu Generation; das ist so etwas, wo man fraglos hineingeboren wird, und man muß fraglos eine Hochleistung bringen.»
Jetzt stellte er die Beziehung zu seinem Leben her, indem er sagte: «Das war ja schon in meiner Familie so, daß man Hochleistung bringen muß, das mußte mein Vater schon, und ich mußte das auch, und meine Söhne müssen das vermutlich wieder, wenn ich nicht sehr aufpasse.»
Ich habe ihn dann gefragt, was ihn denn zu den Trägerfiguren im Zirkus einfalle:
«Das ist meistens der Vater (er ist selbst Familienvater von vier Kindern), das sind Fetzen (im Schweizerdeutsch: Männer, die Größe und Stärke demonstrieren), die zittern jeweils so vor Anstrengung; und der ist eigentlich der ärmste Kerl, der da zuunterst ist, aber ihm wird nicht applaudiert.»
Er stellt wiederum die Beziehung zu seinem Leben her: «Ich krampfe unheimlich, und man applaudiert mir zwar in meinem Beruf sehr viel, aber zu Hause bekomme ich überhaupt keinen Applaus, für die ist doch alles selbstverständlich; es ist selbstverständlich, daß ich zum ‹Krampfen› gehe, und bloß wenn ich sage, ich wolle aussteigen, dann brüllt die ganze Familie und fragt, ob denn die Skiferien dann noch drinlägen.»
Dieser Nacken teilt also einiges mit: Der Mann mit diesem Nacken fühlt sich eingespannt, vielleicht unterjocht. Seine Familie, die nicht applaudiert, wenn er so sehr arbeitet, aber auch nicht akzeptiert, daß er weniger arbeitet, sitzt ihm im Nacken. Die «Familie» kann sich auf seine konkrete Familie beziehen, es kann aber auch die Familie in ihm sein, die nicht akzeptieren kann, daß er nicht mehr so sehr «stemmt».
In der Imagination hat er eine Möglichkeit der Entlastung gefunden: Er hat die Möglichkeit gefunden, seine Stange einfach einzustecken.

Ich wollte wissen, wen er da um jeden Preis im Sessel halten müsse, er solle versuchen, es sich vorzustellen.
Sehr schnell sagt er: «Da drin sitze ich noch einmal, so in meiner besten Position.»
Er muß sich selbst aufrechthalten in seiner besten Position. Er ist 43 Jahre alt und weiß von sich selber auch, daß er etwa im besten Alter ist; bestes Alter heißt natürlich auch, daß es kein besseres mehr gibt.
Wie weit ist jetzt dadurch, daß es ihm in der Imagination gelungen ist, diesen Druck abzulegen und sich seine besondere Position doch zu erhalten, auch die Spannung im Körper gewichen?
Bei der Arbeit an Bildern, die von körperlichen Spannungen ausgehen, kann die Frage der Übertragbarkeit besser studiert werden als bei Bildern mit anderen Motiven.
Nachdem der Mann diese Imagination gemacht hatte – sie dauerte 25 Minuten –, setzte er sich auf und hatte eine wesentlich bessere Drehmöglichkeit des Kopfes, wobei die Bewegungsfreiheit nach rechts wesentlich besser war als die nach links.
Eine verhältnismäßig kurze Beschäftigung durch Imagination mit einem Symptom kann schon Linderung bringen.
Therapeuten/innen, die z.B. mit Eutonie oder mit Atemtherapie arbeiten, könnten einwenden, es sei kein Bild notwendig; die Linderung werde dadurch erreicht, daß sich jemand auf eine Körperpartie konzentriere; dadurch werde sie besser durchblutet und infolgedessen beweglicher.
Auch wenn es die Konzentration auf diese Organe allein wäre, die bewirkt, daß eine Besserung eintritt, möchte ich die Information, die im Bild steckt und die anregt, sich weiter mit der Situation auseinanderzusetzen, auf keinen Fall missen. Das Bild ist eine Grundlage für Einsicht.
Um die Symptome sich abbilden zu lassen, muß die Kontrollfunktion des Ich weitgehend aufgegeben werden; d.h., sie wird entweder einem Therapeuten/einer Therapeutin über-

geben, wie sehr oft bei diesen Imaginationen, oder das Vertrauen in die Kontrollfunktion des Ich ist sehr groß, so daß sie aufgegeben werden kann.
Im ersten Fall überläßt der/die Imaginierende sich diesen inneren Bildern und vertraut darauf, daß der Therapeut/die Therapeutin interveniert, wenn es notwendig ist und der/die Imaginierende keinen Ausweg findet. Je geübter Menschen in der Technik der Imagination sind, je mehr sie erfahren haben, welche Arten der Intervention möglich sind, um so eher werden sie sich zutrauen, auch in schwierigen Situationen Einfälle zur Handhabung der Situation zu haben, also Vertrauen in die Kontrollfunktion des Ich haben.
Wer ohne Hilfe eines Therapeuten/einer Therapeutin diese Imaginationsmethode anwendet, dem/der wird es entweder gelingen, die Spannung in ein Bild oder in eine Bilderfolge sich abbilden zu lassen, oder der Schmerz bleibt als Schmerz bestimmend, das heißt, es können keine Bilder gesehen werden. Selbstverständlich kann man auch ohne Begleitung eines anderen Menschen die Kontrolle so weit aufgeben, daß Bilder sichtbar werden.

Imagination bei funktionellen Erkrankungen

Es gibt viele verschiedene Theorien, die erklären, warum es Menschen gibt, die auf Konflikte eher mit körperlichen Beschwerden, andere, die mit psychischen, wiederum andere, die mit sozialen Konflikten reagieren[89].
Einigermaßen Einigkeit herrscht darüber, daß solche Menschen, die oft an funktionellen Beschwerden leiden, Probleme damit haben, ihre Gefühle differenziert wahrzunehmen und auszudrücken, und zwar die eigenen wie auch die anderer Menschen. Psychosomatiker haben nicht weniger Gefühle als andere Menschen, sondern sie haben Schwierigkeiten damit, diese wahr sein zu lassen und auszudrücken.

Da in der Psychotherapie nun aber mit Emotionen gearbeitet wird, stellt sich natürlich die Frage, ob sich diese Schwierigkeiten der Psychosomatiker, ihre emotionale Befindlichkeit sprachlich auszudrücken, auch auf der Ebene der Bilder zeigt, ob Psychosomatiker wirklich «phantasiearm» sind, konkretistisch denken und eingeschränkt sind in ihrer Erlebnisfähigkeit, wie sie auch schon beschrieben worden sind[90].

Wilke legt eine Untersuchung vor, in der die Arbeit mit dem Katathymen Bilderleben an Patienten mit Colitis Ulcerosa und Morbus Crohn – klassische psychosomatische Krankheiten – beschrieben und untersucht wird[91]. Er vertritt die These, daß diese von ihm behandelten und untersuchten Patienten in ihrer Ausdrucksmöglichkeit auf der Bildebene nicht eingeschränkt sind. Er weist aber darauf hin, daß es für Psychosomatiker schwierig ist, das kontrollierende Ich an den Therapeuten zu delegieren, und daß diese Menschen länger als andere konkrete Imaginationen bevorzugen.

Gerade bei ihnen ist daher das Einsetzen von Entspannungsbildern und das Arbeiten mit verschiedenen Interventionsstrategien sinnvoll.

Wilke stellt auch fest, daß bei Psychosomatikern, die an Colitis Ulcerosa und Morbus Crohn leiden, die Imagination von Bildern der Symbiose und des Genährtseins – Entspannungsbildern –, die er selbst Bilder der Regression nennt, außerordentlich wichtig und wirksam sind. Er stellt eine raschere Besserung bei Patienten fest, die sich solche regressiven Bilder vorstellen konnten. Es sind Bilder des positiv-nährenden Mutterarchetyps und sie weisen darauf hin, daß die Genese der Psychosomatik wirklich sehr früh in der Entwicklung eines Menschen zu suchen ist, dann nämlich, wenn in der Entwicklung eines Kindes dieser Archetyp erstmals konstelliert ist.

Auch Verhaltenstherapeuten überlegen sich, welches Grundbedürfnis bei einem Menschen, der eine bestimmte psychosomatische Krankheit hat, während seiner Entwicklung nicht gestillt worden ist, und geben den Hinweis, ein Bild, das dieses Grundbedürfnis abdeckt, sich immer wieder vorzustellen. So zitiert Lazarus[92] ein Fallbeispiel von Ahrens, eine 28jährige Frau, die an akuter Colitis Ulcerosa erkrankt im Krankenhaus lag, 15- bis 20mal am Tag Stuhlgang hatte, der aus Blut, Schleim und Wasser bestand, und deren organische Prozesse unstabil waren: er bat sie, sich ein Bild vorzustellen: Sie sollte sich als Säugling sehen, von ihrer Mutter umarmt und geherzt. Die Lebensparameter dieser Frau sollen sich aufgrund dieser Vorstellungsübung innerhalb von 24 Stunden normalisiert haben.

Diese fast als Sensationsmeldung anmutende Mitteilung könnte darauf hinweisen, daß die nährenden Entspannungsbilder bei der Behandlung von Psychosomatikern eine große Wichtigkeit haben. Allerdings scheint es mir auch hier sinnvoller zu sein, wenn diese selbst die Bilder finden, die für sie notwendig und hilfreich sind.

Ich arbeite mit Psychosomatikern so, daß ich versuche, sie über das vorgestellte Bild, das sie von ihrem Symptom haben, mit dem Symptom und mit dem Körper ganz allgemein in Kontakt zu bringen. Auf die Entwicklung von Entspannungsbildern und dessen Einsetzen lege ich großen Wert.

Beispiel aus der therapeutischen Arbeit: Ein 37jähriger Mann hatte schon verschiedene Ärzte konsultiert. Er hatte einmal einen Herzanfall erlitten und nun eine panische Angst zurückbehalten, wieder einen Herzanfall zu bekommen.

Das spielt eine große Rolle bei funktionellen Herzbeschwerden: die Erinnerung an das einmalige Erlebnis und damit verbunden die Angst, daß sich dieses Erlebnis wiederholen könnte; deshalb spricht man von einer Herzphobie. Die Furcht oder Angst vor einem Anfall ist sehr groß.

Seinen Herzanfall beschreibt dieser Mann: «Ich spürte eine sehr große Unruhe, dann Herzjagen, dann hatte ich das Gefühl, ich habe einen Puls wie nach einem 800-m-Lauf – ich bin alter Sportler, von daher natürlich sehr sensibel auf solche Körperveränderungen, besonders am Herzen –, dann hatte ich einen Schweißausbruch, Gesichtsröte und eine sehr forcierte Atmung. Das war aber nicht das Schlimmste daran, sondern das Schlimme daran ist eine absolute Todesangst gewesen, das Gefühl, die Idee, jetzt wird gleich das Herz stillstehen, jetzt ist dann einfach alles aus. – Da habe ich gedacht, mein Gott, was habe ich alles verpaßt im Leben, und ich habe doch noch so viel nicht gemacht.»

Diese Gedanken haben wohl die Angst gesteigert; es ist typisch für die Emotion der Angst, daß man, wenn man von Angst erfaßt ist, noch mehr Gedanken und Vorstellungen hat, die die Angst steigern, ein Angstzirkel ist die Folge. Der Mann litt nun unter einer ungeheuren Angst vor einem neuen Anfall, ließ verschiedene Untersuchungen machen, um herauszufinden, was an seinem Körper falsch sein könnte. Er probierte alles mögliche aus: verschiedene Diäten, Sportpläne usw.; er wurde aber dabei seine Angst nicht los; immer mehr begann er sich zu schonen.

Zu Beginn der Therapie, in die er wenig Hoffnung setzte – er wollte bloß nichts unversucht lassen –, habe ich ihn gebeten, sich ein Bild von seinem Herzen zu machen. Er:

«Ich sehe einen Wecker, der schlägt richtig, und plötzlich schlägt er wie verrückt und steht dann still.»

Und dann: «Das kennen Sie doch bestimmt auch noch von alten Weckern her, daß die plötzlich unheimlich schnell rundherum gehen und dann still stehen.»

Das war also für ihn die Situation. Er konnte sich kein weiteres Bild vorstellen, er sprach von seiner Angst. Er hat mir seine Lebensgeschichte erzählt, dann auch seine aktuelle Lebenssituation geschildert. Ich habe versucht, mich in seine Angst einzufühlen, soweit mir das möglich war. Langsam entwickelte er etwas Vertrauen zu mir.

Etwa ein halbes Jahr nach Beginn der Analyse sagte er, er habe am Abend vorher wieder versucht, sich ein Bild zu machen von seinem Herzen, wie wir es ganz am Anfang der Therapie versucht hätten. Er habe jetzt im Herzen ein Herz-Menschlein gesehen: Das wäre ein ganz kleines Menschlein, aber ganz so wie ein normalgewachsener Mensch, bloß etwa fünf Zentimeter groß – und dieses Herz-Menschlein sei in einen roten Trainingsanzug gekleidet.

Und dann sagte er: «Und dieses Herz-Menschlein hat die Kontrolle über mein Herz, da kann ich gar nichts machen.»

Das war nun der Moment in der Therapie, einen Dialog mit dem Symptom zu machen, denn gerade wenn das Symptom schon als Mensch auftritt, dann ist das ein Angebot, in eine menschliche Auseinandersetzung zu treten. Das setzt aber natürlich voraus, daß der Betroffene das Problem nicht mehr einfach an den Körper delegiert.

Der Analysand führt einen Dialog, ich füge einen Ausschnitt daraus an:

Er: «Ich habe viel Angst vor dir, Herz-Mensch.»

Herz-Mensch: «Ich weiß.»

Er: «Ich möchte gerne, daß du mir sagst, was du vorhast.»

Herz-Mensch: «Ich habe nie etwas Bestimmtes vor. Deshalb kann ich es auch nicht sagen. Du mußt schon herausfinden, was ich vorhabe.»

Er: «Das tu ich doch schon die ganze Zeit. Ich phantasiere doch schon ständig meinen Tod.»

Herz-Mensch: «Das ist aber nicht das, was mich interessiert.»

Er: «Was interessiert dich denn?»

Herz-Mensch: «Leben interessiert mich, Anstrengen interessiert mich, mich ergreifen lassen interessiert mich, mich auf das Leben einlassen interessiert mich.»

Er: «Aber du hinderst mich doch gerade daran.»

Herz-Mensch: «Meinst du?»

Diese Argumentation wiederholte sich.

Die Angst hat unter anderem auch die Funktion, dem von ihr Ergriffenen zu zeigen, daß etwas, was mitleben möchte, in

seinem Leben nicht mitleben kann; indem sich die Angst aber zeigt, verhindert sie von einem gewissen Ausmaß an gerade, daß etwas Neues realisiert werden kann. Diese unheilvolle Verkettung schlug sich hier im Dialog nieder.
In dieser Situation empfiehlt es sich, nach der Konzentration auf ein Entspannungsbild einen Rollentausch mit dem Symptom vorzunehmen.
Ich bitte ihn, sich eine Situation vorzustellen, in der er sich besonders wohl fühlen könnte.
Sein Bild: «Ich sehe mich auf einem Wind-Surfer, es ist warm, an einem kleineren See, Windstärke 2–3, also harmlos, aber regelmäßig. Ich flitze mühelos übers Wasser, erlebe wieder einmal, wie schön das ist, das Wasser, das spritzt, der Wind. An einem Ufer wartet meine Frau auf mich und schaut mir zu – am anderen Ufer schwimmen meine Kinder; sie schauen immer wieder, wo ich bin. Allen gefällt das gut.»
Der Analysand entspannt sich sichtlich, während er sich diese Bilder vorstellt. Er wundert sich über seinen Einfall, hatte er doch schon seit einigen Jahren nicht mehr gesurft aus Angst, sich zu übernehmen.
An dieser Bilderfolge wird klar, daß für ihn wichtig wäre, mehr Autonomie zu entwickeln – allerdings in einer sehr geschützten Atmosphäre: An jedem Ufer wartet jemand von seiner Familie auf ihn, er kann sich ein wenig von ihnen trennen, ohne sich getrennt fühlen zu müssen. Er weist zudem darauf hin, daß ihm dieses Arrangement der ganzen Familie gut gefällt, keine Aggressionen weckt. Die Bearbeitung der Trennungsproblematik[93], die oft bei einer Herzphobie ansteht, ist auch in diesem Entspannungsbild angesprochen – und vorderhand für ihn gelöst.
Nachdem dieses Entspannungsbild ihn beruhigt hatte, bat ich ihn, ohne daß ich dieses Bild mit ihm diskutiert hätte, einen Rollentausch mit dem Symptom vorzunehmen. Ich habe den Patienten gebeten, in die Haut des Herz-Menschen zu schlüpfen.

Er: «Ich fühle mich sehr wohl als Herz-Mensch. Ich habe eine unheimliche Macht über diesen Hugo (das ist der phantasierte Vorname von ihm). Wie der zittert vor mir, ist eine wahre Freude. Ich muß bloß ein wenig schneller gehen, dann bekommt er Angst. Dann tyrannisiert er die ganze Umgebung, windet sich, das gibt mir eine große Befriedigung. Der Hugo versteht gar nichts von mir. Ich möchte doch eigentlich Ruhe haben, aber auch Aufregung. Ich möchte schöne Aufregungen haben. Ich möchte, daß er mit mir lebt, mit dem Herzen lebt, nicht bloß mit seinem Kopf. Aber da bin ich eigentlich resigniert, mit dem ist nichts zu machen.»
In der Rolle des Herz-Menschen erweist sich dieser an sich außerordentlich zuvorkommende, liebenswerte, freundliche Mann als sadistisch.
Ich frage nach, ob er in der Rolle des Herz-Menschen mit ihm, Hugo, sprechen könne.
Und dann sagt der Herz-Mensch zu Hugo: «Also hör einmal: Jetzt ist einfach Schluß mit dem ganzen Getue, du schonst dich am falschen Ort, du brauchst dich nicht zu schonen, du gehst noch an deiner Schonung zugrunde. Faß endlich einmal Mut und stürze dich ins Leben.»
Hugo: «Das ist sehr schön, was du da sagst. Aber Herz-Mensch, du hinderst mich ja gerade daran» – er sprach dabei in einem unterwürfigen Ton –, «ich bin dir ja einfach ausgeliefert. Wenn ich etwas wage, dann fängst du an, schneller zu schlagen.»
Der Herz-Mensch murrt und sagt: «Ich bin mit dir gar nicht zufrieden. Du könntest mir ja einen Kompromiß vorschlagen, du könntest mir vorschlagen, daß du etwas unternimmst, und ich schlage nicht übermäßig zu viel.»
Hugo: «Nein, nein, ich habe Angst, dir das vorzuschlagen.»
Der Herz-Mensch, das personifizierte Symptom, benimmt sich sadistisch, Hugo spielt den masochistischen Part, unterwirft sich vollkommen unter dieses Symptom. Selbst, wenn das Symptom ihm signalisiert, es sei zu einem Kompromiß

bereit, und mit diesem Vorschlag die sadistische Rolle verläßt – ein Zeichen dafür, daß so viel masochistische Unterwerfung nicht nötig wäre –, traut er sich nicht.

Das weist auch darauf hin, wie schwierig es ist für diesen Mann, Vertrauen zu haben. Das hat sich ja auch daran gezeigt, daß wir sehr lange miteinander arbeiten mußten, bis er überhaupt wagte, sich den Bildern hinzugeben.

Das Symptom und seine Umgebung: Ein Symptom hat eine Funktion innerhalb der Beziehungen, in denen wir leben. Deshalb stelle ich die Frage: Zu wem spricht das Symptom? Ich lasse offen, mit wem in der Familie das Symptom sprechen möchte. Habe ich aber den Eindruck, daß problematische Beziehungspersonen nicht erwähnt werden, gebe ich klare Anweisungen, z.B.: «Lassen Sie das Symptom mit Ihrer Frau sprechen.»

Hugo sieht den Herz-Menschen in seiner Familie: «Ich sehe jetzt den Herz-Menschen, wie er unsichtbar in unserer Wohnung herumgeht und alle beeinflußt, auch wenn sie gar nichts sagen und auch, wenn er gar nichts sagt. Alle nehmen Notiz vom Herz-Menschen, wie wenn er das wichtigste Familienoberhaupt wäre.

Meine Frau sagt: ‹Ich kann ja gar kein Problem mehr ansprechen. Es könnte sein Tod sein.›

Der Herz-Mensch pflanzt sich plötzlich vor ihr auf und sagt zu ihr: ‹Du darfst ihn überhaupt nicht verlassen, sonst stirbt er. Du mußt ihn immer schützen.›

Die Frau sagt: ‹Ich bin es müde. Ich will nicht mehr! Wer schützt denn mich?›

Da beginnt der Herz-Mensch plötzlich über ihr zu tanzen, und das Herz schlägt viel schneller.

Sie sagt: ‹Ich lasse mich nicht erpressen.›

Da schlägt das Herz noch schneller.

Sie beginnt mich hochzulagern» (also den Hugo), «jetzt gibt sie mir wieder den notwendigen Schutz, und der Herz-Mensch beruhigt sich.»

In der Phantasie hat sich eine Handlung abgespielt, die sich vermutlich in der Realität auch so abspielt; nach einigem Nachdenken sagt Hugo: «Das ist ja gemein. Ich habe ja meine Frau mit diesem Symptom vollkommen unter Kontrolle», dann lehnt er sich ein bißchen zurück und sagt: «Es ist nicht nur gemein, es ist auch sehr praktisch.»
Zu den Kindern sagt der Herz-Mensch: «Wenn ihr ein Thema anschneidet, was mir nicht paßt, dann stampfe ich ein bißchen, dann bekommt ihr sofort ein schlechtes Gewissen. Ich kann euch sofort ein schlechtes Gewissen machen, aber ich mache euch nicht ein zu schlechtes Gewissen, sonst geht ihr weg.»
Das Trennungsthema wird immer wieder angeschnitten in diesen Imaginationen: Der Herz-Mensch will gerade soviel Symptom produzieren, daß keiner weggeht, aber ja nicht mehr, denn wenn er allein wäre, was dann…?
Dann spricht der Herz-Mensch zu Vater und Mutter; dieses Gespräch kann hier übergangen werden.
Schließlich spricht er mit dem Chef: «Sie haben sich gedacht, Herr Chef, daß dieser gutmütige Mensch Ihnen alle Arbeit abnimmt, die Sie nicht machen wollen, Sie wollten ihn zu ihrem Stellvertreter machen. Jetzt muß er geschont werden. Er ist nicht mehr gut für einen Chefposten, und er ist gar nicht selbst schuld daran, sondern das Schicksal. Bürden Sie ihm bloß nichts auf. Entlassen können Sie ihn auch nicht. Man entläßt doch keinen kranken Mann, der immerhin noch gute Ideen bringt.»
Der Herz-Mensch hat viele Funktionen: Er hat bewirkt, daß die Frau seine Wünsche erfüllt, er bindet die Kinder an sich, er verschont Hugo vor seinem übermäßigen Ehrgeiz, der ihm allenfalls eine Stellung eingebracht hätte, der er nicht mehr gewachsen sein könnte. Der Herz-Mensch gibt ihm auch ein gutes Gefühl dabei: Er kann gar nichts dafür, daß er jetzt nicht mehr aufsteigen kann, er ist ja ein Opfer, Opfer der Krankheit. Das Symptom funktioniert einerseits wirklich wie

ein Sadist, wie ein Angreifer, und Hugo ist das Opfer, aber nicht nur – er gewinnt auch dabei, und die Beziehungspersonen werden zum Opfer.

Wenn man sich mit dem Symptom identifiziert, bringt man zum Ausdruck, daß dieser Angreifer ein Anteil der eigenen Psyche ist, man ist Opfer und Angreifer gleichzeitig. Dann müssen die Probleme auf einer viel breiteren Ebene angegangen werden. Die Aggressions- und die Trennungsproblematik müssen gesehen und bearbeitet werden.

Bei der Auseinandersetzung mit Symptomen wird immer wieder deutlich, daß das Symptom, die Krankheit ganz allgemein als «Angreifer» gesehen wird, der Mensch als Opfer dieses Angreifers. Das zeigt, daß wir Menschen davon ausgehen, daß wir immer gesund sein müßten, daß wir Krankheit und damit im Zusammenhang den Tod als Störfall erleben, dem wir ausgeliefert sind.

Diese Einstellung bewirkt, daß die Auseinandersetzung mit dem Symptom zunächst einem Machtkampf entspricht: entweder gewinnt oder verliert das Symptom oder der Symptomträger. Zu einer fruchtbaren Auseinandersetzung mit dem Symptom kommt es aber erst, wenn es nicht mehr abgewehrt werden muß, wenn es als zum Leben zugehörig betrachtet werden kann, wie letztlich auch der Tod dem Leben zugehörig ist.

Die Aktive Imagination

Unter den Begriff «Aktive Imagination» fällt bei Jung an sich jede Gestaltung des Symbols: sei diese eine bildnahe Weiterführung eines Symbols in der Vorstellung oder mehr darstellerisch in einem gemalten Bild oder in einer modellierten Gestaltung. Auch das Darstellen im Tanz wurde ursprünglich als Aktive Imagination bezeichnet.

Es scheint mir wichtig, diesen weitgefaßten Begriff der Aktiven Imagination von Jung im Gedächtnis zu behalten, auch wenn es sich im Laufe der Zeit immer mehr ergeben hat, daß nur die Entwicklung des Phantasiebildes im wachen Zustand und die aktive Auseinandersetzung mit ihm als Aktive Imagination bezeichnet wurde.

Jung erwähnt die Aktive Imagination erstmals 1916 in dem Aufsatz «Die Transzendente Funktion»[94], in dem er die Theorie der Symbolbildung beschreibt. In diesem Aufsatz spricht Jung noch nicht explizit von Aktiver Imagination, sondern er beschäftigt sich mit der Frage, wie Menschen sich auf ihre Phantasien konzentrieren und wie sie sie gestalten können; dabei ist ihm besonders wichtig, daß die kritische Aufmerksamkeit ausgeschaltet wird. Der Hauptakzent wird hier von Jung darauf gelegt, daß diese Bilder oder inneren Worte[95] erwartet, wahrgenommen und aufgezeichnet werden, ausgedrückt und dargestellt mit den Händen oder mit dem ganzen Körper[96].

Etwas ausführlicher schreibt Jung über die Aktive Imagination in seinem Aufsatz «Anima und Animus»[97]. Auch spricht er über sie in der Einleitung zu Richard Wilhelms «Das Geheimnis der Goldenen Blüte»[98]. Hier betont er immer noch, daß die Kunst des psychischen Geschehenlassens Voraussetzung sei für eine Aktive Imagination, die er hier noch immer nicht mit diesem Namen belegt. Dieses psychische Geschehenlassen meint dasselbe wie das «Fließenlassen» der inneren Bilder. Es ist nicht ganz einfach, dies zuzulassen, denn Angst hemmt den Fluß der Bilder. Jung spricht jeweils davon, daß wir unsere Kritik während des Imaginierens auszuschalten hätten. Doch meine ich, daß wir auch die Kritik, die kritische Stimme, sich abbilden lassen können, die dann auch in der Imagination ihren Platz hat.

Auch in der bereits zitierten Beschreibung von 1941 (s. oben S. 28), in der er den Ausdruck «Aktive Imagination» gebraucht und wo er so ausdrücklich die Anweisung gibt, sich auf ein inneres Bild zu konzentrieren und den Fluß der Bilder abzuwarten, spricht er im Grunde genommen noch immer das Wahrnehmen von Phantasien an. Hier steht nun aber, im Gegensatz etwa zu seinen Beschreibungen in «Anima und Animus», wo es ihm darum geht, zu hören, was diese Gestalten zu sagen haben, das Bild im Vordergrund.

In einem Brief von 1947 beschreibt dann Jung knapp und prägnant, was er unter Aktiver Imagination versteht: «Bei der Aktiven Imagination kommt es darauf an, daß Sie mit irgendeinem Bild beginnen... Betrachten Sie das Bild und beobachten Sie genau, wie es sich zu entfalten oder zu verändern beginnt. Vermeiden Sie jeden Versuch, es in eine bestimmte Form zu bringen, tun Sie einfach nichts anderes als beobachten, welche Wandlungen spontan eintreten. Jedes seelische Bild, das Sie auf diese Weise beobachten, wird sich früher oder später umgestalten, und zwar aufgrund einer spontanen Assoziation, die zu einer leichten Veränderung des Bildes führt. Ungeduldiges Springen von einem Thema zum anderen ist sorgfältig zu vermeiden. Halten Sie an dem einen von Ihnen selbst gewählten Bild fest und warten Sie, bis es sich von selbst wandelt. Alle diese Wandlungen müssen Sie sorgsam beobachten, und Sie müssen schließlich selbst in das Bild hineingehen: Kommt eine Figur vor, die spricht, dann sagen auch Sie, was Sie zu sagen haben, und hören auf das, was er oder sie zu sagen hat. Auf diese Weise können Sie nicht nur Ihr Unbewußtes analysieren, sondern Sie geben dem Unbewußten die Chance, Sie zu analysieren. Und so erschaffen Sie nach und nach die Einheit von Bewußtsein und Unbewußtem, ohne die es überhaupt keine Individuation gibt.»[99]

In dieser Beschreibung der Aktiven Imagination wird deutlich, daß dabei sowohl das Wahrnehmen des inneren Bildes eine Rolle spielt als auch die sprachliche Auseinandersetzung mit inneren Gestalten. Auch wird ersichtlich, daß das Modell der Symbolbildung, wie Jung es beschreibt[100], bei der Aktiven Imagination erlebbar wird: Das Unbewußte zeigt sich, muß wahr- und angenommen werden, und im Dialog mit dem Bewußtsein, mit dem wachen Ich, verändern sich beide, Bewußtes und Unbewußtes, erfahrbar in den sich verändernden Symbolen oder in neuen Symbolbildungen. Diese Symbole sind Wegmarken des Individuationsprozesses, dieses psychischen Reifungs- und Wandlungsprozesses, bei dem es darum geht, durch die Auseinandersetzung zwischen Bewußtsein und Unbewußtem zu dem Menschen zu werden, der man eigentlich ist, immer auf dem Weg, immer mehr man selbst[101].

Das drückt sich sehr drastisch in einem Brief von 1950 aus: «Man muß nämlich selber in die Phantasie eintreten und die Figuren zwingen, Rede und Antwort zu stehen. Dadurch erst wird das Unbewußte dem Bewußtsein integriert, nämlich durch ein dialektisches Verfahren, d.h. durch den Dialog zwischen Ihnen und den unbewußten Figuren. Was in der Phantasie geschieht, muß *Ihnen* geschehen. Sie dürfen sich nicht durch eine Phantasiefigur vertreten lassen. Sie müssen das Ich bewahren und nur modifizieren durch das Unbewußte, wie auch letzteres in seiner Berechtigung anerkannt und nur daran gehindert werden muß, das Ich zu unterdrücken und zu assimilieren.»[102]

Allerdings gesteht Jung zu, daß auch schon das Ablaufenlassen von Phantasien eine befreiende Wirkung auf den Patienten haben kann.

Kontrollfähigkeit einerseits und die Fähigkeit, die Bilder fließen lassen zu können, andererseits, sind Voraussetzungen dafür, Aktive Imagination machen zu können. Die Schwierigkeit der Aktiven Imagination besteht darin, daß das Ich sich immer wieder ganz dem Fluß der Bilder überlassen muß, also sehr viel Kontrolle aufgibt und diesen inneren Figuren dadurch Autonomie zugesteht – so weit dies möglich ist – und dann in einer ganz veränderten wachen Bewußtseinseinstellung sich mit diesen Figuren auseinandersetzt, dadurch gestaltet, formuliert, was das Ich gesehen, erahnt hat, und sich dann wieder dem Fluß der Bilder überläßt.

Das Aktive an der Aktiven Imagination ist, daß das Ich aktiv in die Imagination eintritt, daß es «kontrollierend» und verändernd-verwandelnd ins imaginative Geschehen eintreten kann. Dadurch wird das Unbewußte dem Bewußtsein verbunden.

Passive Phantasien sind Phantasien, Bilderfolgen, die uns eigentlich ständig begleiten, der Strom der Phantasie, der nicht abreißt, den wir manchmal wahrnehmen, manchmal auch nicht. Passive Phantasien sind jedoch auch Phantasien, die uns überfallen, denen wir aber nicht begegnen können. Ein Affekt bestimmt uns, ein Komplex mit seiner Emotion und den dazugehörigen Verhaltensweisen, und wir können uns damit nicht auseinandersetzen, wir sind unseren Emotionen und Bildern ausgesetzt. Der Komplex kann sich mehr als Emotion oder mehr als Folge von Bildern zeigen. In dieser Situation fühlen wir uns unfrei, fremdbestimmt.

Passive und Aktive Imagination

Ein Beispiel zur Unterscheidung: Eine Frau hat kurz vor der Matura (Abitur) geheiratet und diese wichtige Abschlußprüfung dann nicht mehr gemacht. Sie war Hausfrau und Mutter. Jetzt, mit 46 Jahren, kommt sie in Therapie, weil sie sich fragt, was denn nun aus ihrem Leben noch werden solle. Sie erzählt mir zum wiederholten Male:

«Etwas in mir sagt immer wieder, daß ich alles falsch gemacht habe in meinem Leben: den falschen Mann geheiratet, zum falschen Zeitpunkt, den falschen Lebensstil gewählt usw.» Ich bitte sie dann, diesem «etwas in mir» Gestalt zu geben. Ihre Imagination: «Ich sehe einen Richter in schwarzer Robe, mit einer Glatze, wie mein Großvater sie hat, einer Brille, wie ein Onkel von mir sie trägt, mit einem scharf geschnittenen Gesicht, wie es sadistische Menschen immer haben. Er ist größer als ich, irgendwo auf einer Erhebung. Ich bin ihm völlig ausgeliefert, er sagt mir diese wohlbekannten Sätze. Ich schäme mich, winde mich vor Scham. Ich hätte das alles selbst merken müssen. Ich entschuldige mich, und ich nehme mir vor, mich sofort zu bessern.»

Ich stoppe sie mit der Bemerkung: «Das geht schief.» Ich bitte sie, sich in eines ihrer Entspannungsbilder zu vertiefen. Sie tut das und fühlt sich darauf wieder etwas besser. Daran schließen wir ein Gespräch an.

Bei dieser Imagination handelt es sich um eine passive Imagination. Die Analysandin ist diesem inneren Richter total ausgeliefert. Diese innere Figur, aus vielen Zügen von Autoritätspersonen zusammengesetzt, die sie in ihrem Leben schon erlebt hat, sagt ihr die Meinung, die Analysandin windet sich vor Scham und will sich gleich bessern. Das nimmt sie sich aber schon seit vielen Jahren vor, ohne daß es ihr gelingt; deshalb interveniere ich auch in dem Sinn, daß ich diese beabsichtigte Besserung für illusionär halte. Es war ihr nämlich auch ganz unklar, in welchen konkreten Situationen sie sich in welcher Art bessern wollte, sie hatte einen allgemeinen Willen zu einer großen Besserung, die in dieser Abstraktheit nicht anzugehen war, dafür wären konkrete kleine Schritte notwendig.

In einem dieser passiven Imagination anschließenden Gespräch klären wir die Frage, ob es denn überhaupt stimme, was der Richter sagt; wir halten fest, daß er Wörter wie «immer» und «alles falsch» gebraucht, das wollte uns eher skeptisch stimmen, denn immer ist nie, und alles falsch zu machen ist sehr schwierig.

Auch die Frage, wie denn dieser innere Richter überhaupt dazu komme, so sehr über ihr Leben zu befinden, und worin denn ihre Argumente für ihr Leben bestünden – denn ohne Argumente für dieses von ihr geführte Leben hätte sie es doch längst verändert –, wird diskutiert. Wir klären, warum sie diesem Richter eine derartig große Bedeutung zuspricht, ihn auch noch zusätzlich auf eine Erhebung plaziert und sich selbst daneben als unbedeutend sieht.

Ich schlage dann vor, noch einmal eine Imagination zu machen, aber eine solche, bei der sie aktiv handelnd mit ihrem Ich eingreife. Ich schlage ihr vor, die Unzufriedenheit dieses Mannes anzusprechen.

Da er so vorwurfsvoll ist, muß er unzufrieden sein; die Unzufriedenheit anzusprechen kann in einem solchen Fall sehr viel weiter führen, als wenn man sich als Opfer der Unzufriedenheit schämt.

Die Analysandin (A.) zum Richter (R.):

«Sie sind sehr unzufrieden mit mir.»

R.: «Du machst alles falsch. Schon immer, falsche Entschlüsse, falsche Wahl, du liegst grundlegend schief.»

A.: «Warum duzen Sie mich?»

R.: «Das habe ich doch immer getan. Duze mich halt auch.»

A.: «Nein, das will ich nicht, wir gehen zum Sie über.»

R.: «Wie Sie wollen, das ändert nichts an der Sache, daß Sie eine Versagerin sind.»

A.: «Stört Sie das so sehr?»

R.: «Ausgesprochen. Ich habe mir so viel erhofft für Sie. Zwar sind Sie nur eine Frau, aber einiges wäre trotzdem dringelegen bei Ihrer Intelligenz. Und dann: diese Faulheit.»

A.: «Das war nicht Faulheit, das war Leidenschaft.»
R.: «Es war Faulheit, Angst und vielleicht auch Leidenschaft. Man könnte auch leidenschaftlich leben und Prüfungen machen.»
A.: «So weit bin ich heute auch.»
R.: «Und was ist heute der Entschuldigungsgrund?»
A.: «Immer Angst, nicht primär Faulheit. Dir kann ich ja nie genügen.»
R.: «Das wirst du aushalten lernen.»
Die Auseinandersetzung geht in dieser Art weiter, wird über Wochen fortgeführt. Dieser innere Richter wird präziser, damit auch faßbarer, er spricht wirklich einzelne Punkte an, die sie auch verändern kann, wenn sie will, es wird ihr aber auch deutlich, daß sie in gewissen Belangen nicht leben will, die dieser innere Richter fordert, und daß sie es auch verantworten kann. An ihm wird ihr auch deutlich, daß sie Frauen für minderwertig hält, auch sich selbst. Das empört sie. Es findet nach und nach eine Ablösung von einem sehr destruktiven Autoritätskomplex statt. Indem sie sich aktiv mit diesem Komplex auseinandersetzt, hat sie, wenn auch oft noch ratlos, das Gefühl, ihm nicht ausgeliefert zu sein; der Komplex wirkt denn auch bald weniger destruktiv. Damit wird ihre Destruktivität sich selbst gegenüber geringer.
Auf dieser eher bewußtseinsnahen Ebene wird hier eine Aktive Imagination gemacht, die das Bewußtsein der Analysandin verändert, aber auch das Unbewußte, indem dieser Richter mit der Zeit auch freundlichere Züge bekommt: im Aussehen, indem sein Gesicht etwas runder wird, im Gespräch, indem er auch einmal zugibt, zu einer bestimmten Situation keine Meinung zu haben.
Das Gerangel um die Anrede hört in der ersten Imagination auf, als die Analysandin über Erfahrungen spricht, die sie existentiell betreffen. Immerhin ist es möglich, daß sie durch das Zurückweisen des Du eine erste Distanz zu diesem Richter aufbaut, sich bewußt gegen ihn auflehnt.

Die Aktive Imagination – und das wird hier sichtbar – bringt uns dazu, uns in einen Dialog mit unserem Unbewußten zu begeben, in einen Dialog, durch den Bewußtes und Unbewußtes verändert werden können. Dieser Dialog steht anstelle eines sadomasochistischen Verhältnisses, das sich in diesem Beispiel darin äußert, daß der innere Richter einfach über das Ich der Frau bestimmt. Das Unbewußte kann nur dann so vergewaltigend wirken, wenn das Ich ihm nichts entgegenzusetzen hat oder dann wenn ein Ich so wenig Struktur hat, so schwach ist, daß es nicht aktiv sein kann.
Hier werden auch die Grenzen dieser Methode, die dem Prinzip des schöpferischen Prozesses folgt, sichtbar: Diese Methode erfordert ein gut strukturiertes Ich, das sich dem Unbewußten entgegenstellen kann. Daß mit diesem gut strukturierten Ich nicht bei allen Imaginierenden gerechnet werden kann, ist ein Grund dafür, weshalb ich einen Weg aufgezeigt habe, wie man über die Schulung der imaginativen Fähigkeit ganz allgemein das Fließenlassen der Bilder üben kann.
Dann versuchte ich weiter aufzuzeigen, wie im therapeutischen Prozeß der Therapeut/die Therapeutin die Funktion des Ich des Analysanden/der Analysandin übernehmen kann. Durch einen Lernprozeß wird es dann dem Analysanden/der Analysandin immer mehr möglich, sich mit diesen inneren Figuren auseinanderzusetzen, die Kontrollfähigkeit des Ich wird größer. Gerade aber dadurch wird ermöglicht, daß sich der Ich-Komplex etwa von den Eltern-Komplexen ablöst, daß unterschieden werden kann zwischen Ich und Nicht-Ich, daß eine Auseinandersetzung stattfindet. So paradox es auch klingen mag: gerade durch diese Auseinandersetzung, die dadurch möglich wird, daß der Analytiker/die Analytikerin seine/ihre Ichfunktionen zur Verfügung stellt, kann das Ich des/der Analysanden/in besser strukturiert werden, stärker werden, was eine Folge davon ist, daß der Ich-Komplex, von den Eltern-Komplexen altersgemäß abgelöst, als immer kohärenter erlebt wird. Dabei wird ein gutes Gefühl

der Identität erlebbar, das Ich ist in seinen Funktionen nicht mehr eingeschränkt, Abwehrmechanismen können moduliert eingesetzt werden, der Situation entsprechend.

Beispiel aus der therapeutischen Arbeit

Aktive Imagination wird man im allgemeinen mit Bildern machen, die aus Träumen stammen oder dadurch entstehen, daß man sich auf die Stimmung konzentriert, die man hat, auf einen Affekt, der einen stört und mit dem man umgehen können, bei dem man zumindest herausfinden möchte, welche Probleme sich in ihm verbergen. Es gibt dennoch auch Anweisungen, die uns zu einer Aktiven Imagination führen können.

Mögliche Imaginationsanweisung:
Wählen Sie sich eine Landschaft aus, in der ein Wasser ist. Jemand oder etwas kommt Ihnen entgegen. Nehmen Sie diese Gestalt wahr, beobachten Sie sie gut.
Treten Sie in einen Kontakt mit ihr:
Was hat diese Gestalt Ihnen zu sagen, durch ihre Art, ihr Benehmen, ihr Auftreten oder indem sie etwas zu Ihnen sagt?
Reagieren Sie darauf, wie Sie auch sonst in einer Begegnung reagieren würden.

Eine 35jährige Frau, seit etwa einem Jahr in Analyse, weil sie sich immer so ängstlich und mutlos fühlt, arbeitet oft mit Imaginationen. Sie fühlt sich innerlich sehr unruhig, ohne daß zunächst eine Ursache dafür zu finden wäre. Ich gebe ihr die oben beschriebene Imaginationsanweisung, bitte sie aber auch, sich auf ihre Unruhe zu konzentrieren. Ihre Imagination:
«Ich sehe eine Quelle vor mir, ich bin in einer Hügellandschaft, in den Voralpen, Bäume sind da. Da entspringt eine Quelle,

eine ganz normale Quelle, neben dieser Quelle auf einem Stein sitzt ein alter Mann, ein sehr alter Mann, mit einem langen, weißen Bart. Er hat einen sehr ernsten Gesichtsausdruck. Er schaut mich ernst und forschend an.
Ich nähere mich ihm und stelle fest, daß ich mich schäme. Ich versuche, herauszufinden, weshalb ich mich schäme.
Ich weiß nicht, es kommt mir lauter Unsinn in den Sinn. Der alte Mann schaut mich forschend an, und immer wenn mich jemand forschend anschaut, schäme ich mich. Ich nähere mich ihm langsam und setze mich auf die andere Seite der Quelle. Er schaut mich weiter forschend an.
Ich sage: ‹Wenn du mich so forschend anschaust, bekomme ich ein schlechtes Gewissen, ich denke, ich habe irgend etwas falsch gemacht.›
Der alte Mann nickt. Er murmelt: ‹Das ist richtig, irgend etwas macht man immer falsch. Man muß sein wie das Wasser aus der Quelle, immer fließen, immer fließen.›
Ich überlege mir krampfhaft, was ich denn falsch gemacht habe.
Der Alte sagt: ‹Immer fließen, immer fließen.›
Ich gebe es auf, zu überlegen, was ich falsch gemacht habe, ich entspanne mich, spüre die Quelle, die ruhige Atmosphäre. Ich schaue den alten Mann an. Er konzentriert sich sichtlich aufs Fließen.
Plötzlich entdecke ich, daß an der Quelle ein weiterer Mann ist, ein viel jüngerer Mann, so ein überheblicher, in dunkler Schale mit Gilet. Er schaut mich ironisch an.
Mich packt eine Wut auf den Kerl.
Er sagt: ‹Ja, ja, nur fließen lassen, alles fließen lassen, nur zu, das Leben vorbeifließen lassen, an der Quelle sitzen, da sitzen bleiben bis zum Jüngsten Tag – nur fließen lassen, für nichts Verantwortung übernehmen.› Er sagt das mit einem unendlich verächtlichen Gesichtsausdruck.
‹Woher nehmen Sie die Frechheit, mein Quellenerlebnis so in den Dreck zu ziehen?›
‹Ich habe keinen Dreck in die Quelle geworfen.›

‹Aber gespottet.›
‹Wenn Sie der Spott trifft, ist das Ihre Sache.›
Der Kerl hat recht, aber ich muß ihn zum Schweigen bringen. Ich bin unheimlich wütend. Ich habe keine Idee, wie ich ihn zum Schweigen bringe. Ich will ihn schütteln, aber er ist viel größer und kräftiger als ich. Wenn ich wütend bin, kommt mir nur Gewalt in den Sinn, der ist aber stärker als ich, ich kann ihn so nicht zum Schweigen bringen. Ich habe auch keinen Stein, den ich ihm anschmeißen könnte.
Er schaut mich schon wieder sehr höhnisch an.
Ich schaue hilfesuchend zu dem alten Mann, der sollte mir doch helfen. Der schaut nur ganz konzentriert ins Wasser, dort, wo das Wasser den Boden verläßt.
Ich tue das auch. Ich fühle, wie meine Wut weicht, ich zwinge mich, diesen höhnischen Kerl nicht mehr anzusehen. Ich konzentriere mich auf das Fließen.
Nach langer Zeit schaue ich auf. Ich sehe ins Gesicht des alten Mannes, das ganz gesammelt ist – der höhnische Überhebliche ist weg.
Ich gehe weg und weiß, daß der Alte die Quelle hüten wird, ich kann zurückkommen, wann ich will.
Ich freue mich und eile in die Stadt.»

Die Analysandin ist während und nach der Imagination sehr beeindruckt von diesem alten Mann, von seiner Konzentration, seiner Präsenz. Sie ist aber auch sehr glücklich darüber, daß es ihr gelingt, sich auch auf das Fließen des Wassers zu konzentrieren, also auf das Eigentliche.
Für sie wurde dieses Bild auch im Alltag bestimmend; wenn sie sich wieder einmal schämte, weil sie etwas falsch gemacht hatte, konnte sie dieses Bild hervorrufen.
In der Imagination ist sie aber nicht nur von diesem einen, starken, ruhigen Bild gepackt, sie wird gestört durch einen Mann, den sie als arrogant empfindet. Er verkörpert eine Seite von ihr, die aktiver zupacken, mehr Verantwortung über-

nehmen möchte. In der Imagination aber wirkt er nicht nur kritisch; seine Argumente könnten sehr wesentlich sein, sie ist ja noch nicht in einem Alter, in dem man sich aus der Welt zurückziehen kann, aber er bespöttelt Erlebnisse, die ihr wichtig sind: eine Seite, die sich hier arrogant gegen die Analysandin selbst wendet. Sie will sich mit ihm auseinandersetzen, Gewalt scheint aber kein Mittel zu sein, sondern dieses Sich-Konzentrieren auf das Bild des Wassers beim Austritt aus der Erde, diesem Symbol der fließenden Energie aus der Dunkelheit des Innern der Erde ans Licht. Dadurch erlebt sie ein Gefühl des Selbst-Seins; aus diesem sicheren Lebensgefühl heraus kann und wird sie sich in einer Imagination zwei Monate später mit ihrer tatkräftigen Seite auseinandersetzen.
Im Moment scheint diese Konzentration auf diese Bewegung des Wassers wesentlich zu sein, die Quelle weckt auch das Lebensgefühl des Beginns, des Ursprungs und die Idee, daß das Wasser unerschöpflich ist, Vertrauen auf das Fließen des Lebens.

Abschließende Bemerkungen

Die Aktive Imagination wird von Jung immer wieder als die Methode angegeben, die es ermöglicht, sich mit irritierenden Affekten auseinanderzusetzen. Sie hat auch eine große Bedeutung in der imaginativen Bearbeitung der Traumbilder: durch die imaginative Bearbeitung wird der finale Aspekt der Symbole, der Aspekt der erwartenden Hoffnung, der neuen Ideen besonders betont.
Auch «Probehandeln» kann sehr wohl im Rahmen der Aktiven Imagination stattfinden.
Die Bedeutsamkeit der Aktiven Imagination ist damit aber nicht erschöpft: Wird sie immer wieder angewendet – und Imaginationen können sich über längere Dauer fortsetzen –, geben wir unserer Psyche immer mehr Möglichkeiten, sich zu

entfalten, tun sich uns Abgründe auf, erkennen wir, wo unser Leben gefährdet ist, wo unser Ich gefährdet ist, aber auch, welche inneren Gestalten hilfreich sind und uns auch faszinieren können. Die Aktive Imagination gibt uns aber immer auch den Eindruck, daß diese innere Welt gestaltet werden kann und auch gestaltet werden muß.

Mir gefällt allerdings in diesem Zusammenhang das Wort «zwingen» nicht, das Jung gebraucht, wenn er sagt, man müsse diese inneren Gestalten zwingen, Rede und Antwort zu stehen. Dieser Ausdruck hilft natürlich, die Methode der Aktiven Imagination zu verdeutlichen, aber im Konzept der Aktiven Imagination ist gerade das Dialogische sehr wesentlich, diese Idee, daß das Unbewußte das Bewußtsein, das Bewußtsein das Unbewußte verändern können. Wenn das Ich nun aber jene Gestalten aus dem Unbewußten zu etwas zwingen wollte, dann könnte es leicht sein, daß das Bewußtsein wiederum das Unbewußte vergewaltigte. Es geht bei der Aktiven Imagination aber gerade nicht um Vergewaltigung, sondern um Wandlung durch den Dialog.

Jung hat das Arbeiten mit der Aktiven Imagination gerade gegen Ende einer Analyse empfohlen, als Möglichkeit des Analysanden, vom Analytiker unabhängiger zu werden, selbständiger sich mit dem Unbewußten auseinandersetzen zu können[103]. Anstelle des Analytikers/der Analytikerin, der/die das Unbewußte analysiert, analysiert das Ich des/der Analysanden/in das Unbewußte.

Daß diese Methode so sehr im Zusammenhang mit dem Beenden einer Analyse gesehen wurde, mag mit ein Grund dafür sein, daß sie als so sehr schwierig gilt.

Von Jung wurde die Methode auch so angewandt, daß die Analysanden diese Aktive Imagination bei sich zu Hause machten, sie dann aufzeichneten und die Aufzeichnungen in die analytische Sitzung mitbrachten.

In einem fortgeschrittenen Stadium ist dieses Vorgehen sicher möglich – und wird üblicherweise auch dann einfach einmal so von Analysanden und Analysandinnen gehandhabt. Ich halte es aber für sinnvoll und hilfreich, wenn diese Aktive Imagination zunächst in der analytischen Sitzung stattfindet, so daß der Analytiker/die Analytikerin auch den Part des Ich allenfalls dort übernehmen kann, wo es notwendig ist.

Außerdem verlieren die Aktiven Imaginationen, die aufgeschrieben sind, oft viel von ihrer emotionellen Lebendigkeit.

Vorstufen der Aktiven Imagination innerhalb der therapeutischen Beziehung sind außerdem auch als eindrucksvoller kreativer Prozeß zu erleben, der zwischen Analytiker/in und Analysand/in abläuft, der der analytischen Beziehung auch eine ganz besondere Tiefe geben kann, werden doch durch die gemeinsame Arbeit an den Bildern in jedem der beiden am Prozeß Beteiligten auch tiefe Bilder in der eigenen Seele belebt.

Dennoch meine ich, daß auch dieses Stadium seine Zeit hat und aufgegeben werden muß, wenn die Zeit dafür vorbei ist. Ziel ist es, daß der Analysand/die Analysandin selbst auch den kontrollierenden Part in der Aktiven Imagination übernehmen kann, diesen inneren Dialog selbst ohne Hilfe von außen führen kann. Es scheint mir aber sehr sinnvoll zu sein, daß die beiden wesentlichen Techniken, die die Aktive Imagination ausmachen, das Fließenlassen der Bilder und die Möglichkeit, diese Bilder zu kontrollieren, sich mit ihnen auseinanderzusetzen, zunächst von zwei Menschen übernommen werden.

Die Aktive Imagination verliert dadurch, daß sie so geübt wird, nichts von ihrem Aspekt der Freiheit, der Autonomie; im Gegenteil: weil wir gelernt haben, diese Bilder uns so lebendig wie möglich in allen Sinnesmodalitäten vorzustellen, weil wir gelernt haben, Strategien des Umgangs mit heiklen Situationen zu üben, sind wir erst in der Lage, diese inneren Bilder sich in Ruhe entfalten zu lassen, ohne daß wir vorschnell kontrollierend und korrigierend eingreifen müssen.

Wir können darauf vertrauen, daß diese Bilder uns nicht einfach wegtragen werden, sondern daß wir an und mit ihnen arbeiten können.
Die verschiedenen Techniken, die ich vorgestellt habe und die vielleicht den Eindruck erwecken könnten, hier werde eine Methode, die in sich sehr frei sei, in eine Zwangsjacke gesteckt, stehen gerade im Dienste der Freiheit – sie dürfen und sollen auch jederzeit wieder vergessen werden, sobald die Imagination und die Auseinandersetzung damit lebendig geworden sind.
Auch der Charakter des Numinosen, die solche Aktiven Imaginationen haben können, wird durch dieses schrittweise Heranführen an die Aktive Imagination nicht geschmälert: In der Imagination treffen wir immer auf Inhalte, die uns der Tiefe unserer Seele verbinden, die eine religiöse Qualität haben können. Wir werden uns aber immer auch mit Imaginationen auseinandersetzen, die nah an unserer konkreten Alltagswelt sind. Wir haben jene Impulse aufzunehmen, die sich im jeweiligen Prozeß uns anbieten.
Auch wenn deutlich geworden ist, daß die Aktive Imagination in ihrer ganzheitlichen Art – auch ausgedrückt in der sie konstituierenden Verbindung von rechts- und linkshemisphärischem Denken[104] – von Fließenlassen und Gestalten, vom Dialog, der die daran Beteiligten verändert, ein Ziel des Imaginierens werden kann, so scheint es mir doch wichtig, zum Schluß darauf hinzuweisen, daß alle Vorstufen zu dieser Imagination wesentlich sind, daß es auch hier darauf ankommt, die Form der Imagination zu wählen, die uns für unsere jeweilige psychische Situation am stimmigsten erscheint.
Je länger ich mit Imaginationen arbeite, um so mehr komme ich auch zu der Überzeugung, daß es vor allem die Konzentration auf diese inneren Bilder ist, diese gesammelte Präsenz, die wir erfahren, wenn wir uns ganz auf unsere Bilder konzentrieren, die die Bilder wandelt und die auch uns wandelt.

Anmerkungen

[1] Vgl. Mainberger, G.K.: Imagination. In: Die Psychologie des 20. Jahrhunderts, Bd. XV: Transzendenz, Imagination und Kreativität. (Hrsg. Condrau, G.), Kindler, Zürich 1979

[2] Frisch, Max: Andorra. In: Gesammelte Werke in zeitlicher Folge 1957–1963, Bd. IV/2 werkausgabe edition suhrkamp, 8. Band, Frankfurt/M. 1976

[3] Katz, D.: Gestaltpsychologie. Schwabe, Basel, Stuttgart 1961, S. 30ff.

[4] Vgl. Singer, J.: Phantasie und Tagtraum. Imaginative Methoden in der Psychotherapie. Pfeiffer, München 1978, S. 207ff.

[5] Segal, zit. in Singer, J.: Phantasie und Tagtraum..., a.a.O., S. 208

[6] «Daß die Einbildungskraft ein notwendiges Ingredienz der Wahrnehmung selbst sei, daran hat wohl noch kein Psychologe gedacht. Das kommt daher, weil man dieses Vermögen teils nur auf Reproduktionen einschränkte, teils, weil man glaubte, die Sinne lieferten uns nicht allein Eindrücke, sondern setzten solche auch sogar zusammen, und brächten Bilder der Gegenstände zuwege, wozu ohne Zweifel außer der Empfänglichkeit der Eindrücke noch etwas mehr, nämlich eine Funktion der Synthesis derselben erfordert wird.» Aus: Immanuel Kant: Kritik der reinen Vernunft. Einheit des Ich und Kategorien. Felix Meiner Verlag, Hamburg. 1. Aufl. 1781, 2. Aufl. 1987. Nach der ersten und zweiten Original-Ausgabe neu herausgegeben von Raymund Schmidt

[7] Eccles, J.C. in: Popper, D.R., Eccles, J.C.: Das Ich und sein Gehirn. Piper, München 1982, S. 334

[8] Vgl. Kast, V.: Das Assoziationsexperiment in der therapeutischen Praxis, Bonz, Fellbach 1980, S. 16ff.

[9] Eccles, J.R.: Imagination and Art. In: Internationale Gesellschaft für Kunst, Gestaltung und Therapie, Mitteilungsblatt 4/Mai 1987

[10] Bachelard, G.: La poétique de la Rêverie. Presses Universitaires de France 1960, 1978, S. 4ff.

[11] Corbin, H.: L'Imagination Créatrice dans le Soufisme d'Ibn Arabi. Flammarion, Paris 1958, S. 118

[12] Jung, C.G.: Briefe 1946–1955, Bd. 2, Hrsg. A. Jaffé mit G. Adler, Walter, Olten 1972, S. 76

[13] Singer, J. L./Pope, K. S. (Hrsg).: Imaginative Verfahren in der Psychotherapie, Junfermann, Paderborn 1986
[14] Desoille, R.: Le Rêve éveillé en psychothérapie. (Essaie sur la fonction de régulation de l'inconscient collectif) Paris, P.O.F. 1945
Leuner, H.: Lehrbuch des Katathymen Bilderlebens, Huber, Bern 1985
[15] Kast, V.: Sisyphos. Der alte Stein – der neue Weg. Kreuz, Stuttgart 1986, 1987², S. 35 ff.
[16] Jung, C. G.: Zum psychologischen Aspekt der Korefigur. Aufsatz (erstmals veröffentlicht 1941) in: Die Archetypen und das kollektive Unbewußte, GW 9/1, S. 207, 319 f.
[17] Vgl. Untersuchungen von Van Egeren, Feather und Hein: Van Egeren L. F./Feather, B. W.,/Hein P. L.: Desensitization of phobias: Some psychophysiology propositions. Psychophysiology, 1971, 8, 213–228
[18] Vgl. Leuner, H. (Hrsg.): Katathymes Bilderleben. Ergebnisse in Therapie und Praxis. Verlag Hans Huber, Bern, Stuttgart Wien 1980
[19] «Die meisten Vorstellungstechniken sind dann wirkungsvoll, wenn man zuerst einen Zustand allgemeiner Muskelentspannung erlangt. Zwei verschiedene Entspannungstechniken sind hier dargestellt: a) das abwechselnde Anspannen und Entspannen und b) das sensorische Entspannungstraining. Probieren Sie beide Techniken aus, um festzustellen, welche Sie bevorzugen. Vielleicht bitten Sie jemand, der eine angenehme Stimme hat, diese Instruktionen auf eine Tonbandkassette zu sprechen, oder vielleicht machen Sie Ihre eigene Aufnahme. Vielleicht können Sie sich mit einem guten Freund beim gegenseitigen Vorlesen der Instruktionen abwechseln. Haben Sie sie einmal verstanden, so sollten Sie die Übungen aus dem Gedächtnis machen. Es ist dabei nicht erforderlich, sich an einen genauen Ablauf zu halten.
Abwechselnd Anspannung – Entspannung, Sensorisches Entspannungstraining.
Setzen oder legen Sie sich bequem hin. Machen Sie einige tiefe Atemzüge ein und aus, und lassen Sie Ihren Körper locker und angenehm schwer werden. Versuchen Sie jetzt, jeden Muskel Ihres Körpers anzuspannen. Spannen Sie jeden Muskel an... lassen Sie jetzt die Anspannung los. Lassen Sie los, und lassen Sie jede Anspannung aus Ihrem Körper entweichen. Achten Sie auf das Gefühl der Erleichterung... jetzt wollen wir es wiederholen. Spannen Sie jeden Muskel an... halten Sie die Anspannung... entspannen Sie sich, lassen Sie locker, und machen Sie sich's bequem, und genießen Sie das Gefühl der Erleichterung... Atmen Sie tief ein, und halten Sie die Luft an... atmen Sie tief ein... atmen Sie aus, lassen Sie die ganze Luft heraus, und spüren Sie, wie die Anspannung Ihrem Körper entweicht... Atmen Sie normal weiter ein und aus. Fühlen Sie jedesmal beim Ausatmen, wie die Spannung Ihrem Kör-

per entweicht... entspannen Sie Ihren Körper, aber spannen Sie Ihren Kiefer fest an und schließen sie fest die Augen. Der Kiefer ist angespannt, die Augen sind fest geschlossen... Lassen Sie den Rest des Körpers weiterhin entspannt, aber konzentrieren Sie sich auf das angespannte Gefühl an Ihrem Kiefer, in Ihren Augen und Ihrem Gesicht... Entspannen Sie jetzt den Kiefer und lockern Sie die Augenlieder. Lassen Sie Ihren Kiefer und die Augen und das Gesicht so entspannt werden, wie es der Rest Ihres Körpers ist... Genießen Sie den Unterschied zum vorausgegangenen Gefühl... legen Sie jetzt den Kopf zurück, bis Sie in Ihrem Nacken die Anspannung spüren... Zucken sie mit den Schultern, ziehen Sie die Schultern hoch. Ihr Hals, Schultern und Nacken sollten jetzt angespannt sein. Der Rest des Körpers bleibt weiterhin entspannt. Beobachten Sie den Unterschied zwischen der Anspannung in Ihrem Nacken und dem Gefühl der Entspannung im restlichen Körper... gut so, entspannen Sie jetzt Ihre Schultern, lassen Sie sie sanft herunterfallen, und legen Sie den Kopf wieder in eine bequeme Stellung zurück. Genießen Sie das Gefühl und versuchen Sie sich noch tiefer zu entspannen... während Sie den Rest des Körpers weiterhin entspannt lassen, spannen Sie jetzt Ihre Fäuste und auch Ihren Magen an... versuchen Sie, die Anspannung in Ihren Händen, in Ihrem Arm und in Ihrem Magen zu spüren... Konzentrieren Sie sich auf diese Anspannung... lassen Sie sie jetzt los. Machen Sie sich's bequem und lassen Sie die Anspannung verschwinden... spannen sie schließlich Ihre Gesäßmuskeln und Oberschenkel an und zeigen Sie mit den Zehen nach unten, damit Sie die Anspannung in Ihren Hüften, in Ihrem Gesäß, in Ihren Oberschenkeln- und Wadenmuskeln... der Rest des Körpers bleibt weiter entspannt... alles oberhalb der Hüften ist entspannt; Sie spüren die Anspannung ausschließlich in und unterhalb der Hüften... und jetzt lassen Sie die Anspannung los, entspannen Sie sich, machen Sie sich's bequem und erlauben Sie es den ruhigen Gefühlen, sich zu entwickeln und auszubreiten. Entspannen Sie den ganzen Körper. Wenn Sie einatmen, denken Sie dazu leise das Wort ‹ein›, beim Ausatmen leise das Wort ‹aus›. Entspannen Sie sich weiter auf diese Art, so lange Sie wollen, und atmen Sie dabei sanft und leicht ein und aus.
(Sensorisches Entspannungstraining übernommen aus den Arbeiten von Bernard Weitzmann, Marvin Goldfried und Gerald Davison.)»
Der Text stammt aus:
Lazarus, A.: Innenbilder. Imagination in der Therapie und als Selbsthilfe. Pfeiffer, München 1980, S. 141/142

[20] Cautela J.R. / Mc Cullough, L.: Verdecktes Konditionieren: Eine lerntheoretische Perspektive der Vorstellungskraft. In: Singer J.L. / Pope, K.S.: Imaginative Verfahren in der Psychotherapie. S. 291 ff.

[21] Leuner, H.. Katathymes Bilderleben a.a.O., S. 75

22

Rechtshemisphärisches Denken	*Linkshemisphärisches Denken*
Subdominante Hemisphäre (Kontrolle über linke Körperseite)	Dominante Hemisphäre (Kontrolle über rechte Körperseite)
fast keine Verbindung zum Bewußtsein (Verbindung über corpus callosum zur linken Hemisphäre)	Verbindung zum Bewußtsein
fast nicht verbal	verbal
musikalisch	linguistische Beschreibung
Bild- und Musterempfinden	Ideen
Zusammenfassen nach visuellen Ähnlichkeiten	Zusammenfassen nach Begriffen
zeitliche Synthese (miteinander)	zeitliche Analyse (nacheinander)
ganzheitliches Bilddenken	arithmetisch und computerhaft

Aus: Kast, V.: Paare. Beziehungsphantasien oder Wie Götter sich in Menschen spiegeln. Kreuz, Stuttgart 1984, 1987[7] S. 173/174

23 Vgl. Kast, V.: Märchen als Therapie. Walter, Olten 1986[2]

24 Leuner, H.: Katathymes Bilderleben..., a. a. O., S. 50/51

25 Schultz, K. D.: Imagination in der Behandlung von Depressionen. In: Singer, J. L./Pope, K. S. (Hrsg.): Imaginative Verfahren in der Psychotherapie, Junfermann, Paderborn 1986

26 Vgl. auch Sellberg, A:. Persönliche Erfahrungen mit dem Katathymen Bilderleben in Schweden. In: Leuner, H.: Katathymes Bilderleben, S. 251

27 Eccles, J.C. in: Popper, D.R., Eccles, J.C.: Das Ich und sein Gehirn..., a. a. O.

28 Vgl. Beck, A. T.: Role of fantasies in psychotherapy and psychopathology, Journal of Nervous and Mental Disease, 1970, 150 (1), S. 3–17

29 Vgl. Amman, R.: Traumbild Haus. Walter, Olten, 1987

30 Leuner, H.: Lehrbuch des Katathymen Bilderlebens..., a. a. O.
Desoille, R.: Le Rêve éveillé en psychothérapie..., a. a. O.

31 Phillipson, H.: A short introduction to the Object Relations Technique, NFER, Windsor 1973
Revers, W. J.: Der thematische Apperzeptinstest (TAT). Huber, Bern 1973

31a Zum Ganzen s. Hark, H.: Traumbild Baum, Walter, Olten 1987[2]

32 Vgl. Schultz, K. D.: Imagination in der Behandlung..., a. a. O., S. 46

33 Vgl. Kast, V.: Der schöpferische Sprung. Vom therapeutischen Umgang mit Krisen. Walter, Olten, 1987[3]

34 Jung, C. G.: Ein von mir umgestelltes Zitat. GW 9/1, Walter, Olten, S. 207

35 Cautela, J.R. / Mc Cullough, L.: Verdecktes Konditionieren... a. a. O., S. 301 ff.

[35a] Zum Ganzen s. Anderten, K.: Traumbild Wasser, Walter, Olten 1986
[36] Rieß, G.: Traumbild Feuer. Walter, Olten 1986
[37] Z. B. Mârquez, G. G.: Die Liebe in den Zeiten der Cholera. Kiepenheuer & Witsch, Köln, Berlin 1987
[38] Zur Auswahl von Märchen wie auch zur verschiedenen Methodik vgl. Kast, V.: Märchen als Therapie..., a. a. O.
[39] In: Russische Volksmärchen, ausg. und übertr. von Xaver Schaffgotsch, Ellermann, München. o. J.
[40] Es handelt sich um ein Märchen vom Typus des Tierbräutigams; vgl. «Das singende springende Löweneckerchen». In: Kast, V.: Mann und Frau im Märchen. Walter, Olten, 1983, 1986[6]
[41] Sandler, J.: Gegenübertragung und Rollenübernahme, in: Psyche 4, 1976, S. 297–305
[42] Ermann, M.: Die Gegenübertragung und die Widerstände des Psychoanalytikers. Forum Psychoanal. Heft 2, 1987. Jung, C. G.: Die Psychologie der Übertragung, in: Praxis der Psychotherapie, GW 16, Walter, Olten 1971, Grundwerk 3, 1984. Jacoby, Mario: Psychotherapeuten sind auch Menschen. Übertragung und menschliche Beziehung in der Jungschen Praxis, Walter, Olten 1987. Kast, V.: Der schöpferische Sprung. Vom therapeutischen Umgang mit Krisen. Walter, Olten, 1987[3]
Sandler, J.: Gegenübertragung und Rollenübernahme, a. a. O.
[43] Siehe «Allerleihrauh», in: Kast, V.: Familienkonflikte im Märchen, Walter, Olten, 1984, 1986[3]
[44] Vgl. Lazarus, A.: Innenbilder..., a. a. O., S. 108 ff.
[45] Freud, S.: Vorlesungen zur Einführung in die Psychoanalyse. Studienausgabe Bd. I, Fischer, Frankfurt/M. 1969, S. 363
[46] Freud, S:. Bildende Kunst und Literatur. Studienausgabe Bd. X, Fischer, Frankfurt/M. 1969, S. 173
[47] Bloch, E.: Das Prinzip Hoffnung. Suhrkamp Frankfurt/M. 1959, S. 96 ff.
[48] Vgl. Singer, J.: Phantasie und Tagtraum..., a. a. O.;
und Singer, J. / Pope, K. S. (Hrsg.): Imaginative Verfahren in der Psychotherapie... a. a. O.
[49] Jung, C. G.: Die Probleme der modernen Psychotherapie. In: GW, Bd. 16, Walter, Olten S. 60 f.
[50] Jung, C. G.: Der gefühlsbetonte Komplex und seine allgemeinen Wirkungen auf die Psyche. In: Psychogenese der Geisteskrankheit, GW 3, Walter, Olten 1971
[51] Jung, C. G.: Die Dynamik des Unbewußten. In: GW Bd. 8, Walter, Olten 1971, S. 38
[52] Siehe Imaginationsanweisung
[53] Vgl. Kast, V.: Traumbild Wüste. Walter, Olten 1986, 1987[2]

[54] Cautela, J.R. / McCullough, L.: Verdecktes Konditionieren... a.a.O., S.308
[55] Cautela, J.R. / McCullough, L.: Verdecktes Konditionieren... a.a.O., S.309
[56] Leuner spricht in diesem Zusammenhang von Regieprinzipien. Prinzip des Versöhnens, Prinzip des Nährens und Anreicherns, Prinzip des Schrittmachens, Prinzip der Konfrontation, Erschöpfen und Mindern, Prinzip der magischen Flüssigkeit. In: Katathymes Bilderleben... a.a.O., S.41ff.
[56a] Vgl. hierzu Maass H.: Der Seelenwolf. Das Böse wandelt sich in positive Kraft. Walter, Olten 1984
[57] «Der Kamerad». Norwegische Volksmärchen. Hrsg.: Strebe K. / Christianse Th., Diederichs, Düsseldorf, Köln 1967
[58] «Rothaarig – Grünäugig». In: Kurdische Märchen. Märchen der Weltliteratur. Diederichs, Düsseldorf, Köln 1978
Vgl. Kast, V.: Wege aus Angst und Symbiose. Walter, Olten 1982, 1986[8]
[59] Vgl. Die Sehnsucht nach der sprachlosen Liebe. In: Kast, V.: Paare..., a.a.O., S.40ff.
[60] Siehe «Das Wasser des Lebens», in: Grimms Märchen, Hrsg.: Carl Helbling, Manesse, 2. Bd.
[61] Siehe «Vom goldenen Vogel», in: Grimms Märchen,... a.a.O., Bd.1
[62] Z.B. «Der Soldat und die schwarze Prinzessin». Deutsche Märchen seit Grimm, Hrsg.: Zaunert, P. Mdh., Diederichs, Köln 1963
[63] z.B. in: «Vom goldenen Vogel», in: Grimms Märchen, a.a.O.
[64] In: «Das Wasser des Lebens», a.a.O.
[64a] Vgl. Pouplier, M.: Traumbild Fisch. Walter, Olten 1986
[65] Vgl. Kast, V.: Paare... a.a.O.
[66] Beispiel: «Die zwei Brüder», Grimms Märchen, Bd.1, a.a.O.
[67] Vgl. auch «Marja Morewna», in: Afanasjew, A.N.: Russische Volksmärchen, München 1985
[68] Siehe z.B. «Die Blume des Glücks». Aus: Zigeunermärchen. Märchen der Weltliteratur. Diederichs, Köln 1962
[69] Vgl. als Beispiel: «Das singende springende Löweneckerchen» und «Der Fischer und syne Fru». In: Kast, V.: Mann und Frau im Märchen, a.a.O.
[70] «Der Froschkönig», Grimms Märchen, Bd.1..., a.a.O.
[71] «Das Wasser des Lebens»... a.a.O.
[72] Jung, C.G.: Praxis der Psychotherapie, GW Bd.16, Walter, Olten 1971, S.49
[73] Siehe Neumann, E.: Die Große Mutter, Walter, Olten 1974, S.255ff.
[74] Vgl. «Der Teufel mit den drei goldenen Haaren», in: Kast, V.: Der Teufel mit den drei goldenen Haaren. Kreuz, Stuttgart 1987[4]
[75] Vgl. Kast, V.: Zum Umgang der Märchen mit dem Bösen. In: Jacoby, M. /

Kast, V. / Riedel, I.: Das Böse im Märchen. Bonz, Fellbach, Oeffingen 1978, 1985[4], S. 24ff.

[76] Vgl. «Die zwei Brüder» ... a. a. O.

[77] Vgl. «Der liebste Roland», Grimms Märchen, a. a. O. und Kast, V.: Märchen als Therapie, a. a. O.

[78] Vgl. «Das weiße Hemd, das schwarze Schwert und der goldene Ring». In: Kast, V.: Märchen als Therapie ... a. a. O., S. 130ff.

[79] «Brüderchen und Schwesterchen», Grimms Märchen ... a. a. O., Bd. 1

[80] Vgl. «Rapunzel», Grimms Märchen ... a. a. O., Bd. 1

[81] Vgl. «Der Königssohn und die Teufelstochter», Deutsche Märchen seit Grimm, a. a. O.

[82] Vgl. Das russische Märchen. «Marja Marjewna» ... a. a. O., S. 187

[83] Goldschmidt, H. L.: Freiheit für den Widerspruch. Novalis, Schaffhausen 1970

[84] Zu allgemeinen Problemen und Möglichkeiten der Krisenintervention: vgl. Kast, V.: Der schöpferische Sprung ... a. a. O.

[85] Vgl. Kast: V.. Die abschiedliche Existenz. In: Trauern. Phasen und Chancen des psychischen Prozesses. Kreuz, Stuttgart 1982, 1987[8], S. 225

[86] Jung, C. G.: Zur Psychologie des Kindarchetypus. GW 9/1, S. 186

[87] Vgl. Uexküll, Th. / Wesiak, W.: Wissenschaftstheorie und psychosomatische Medizin. Ein bio-psycho-soziales Modell, in: Psychosomatische Medizin, von Uexküll, Urban und Schwarzenberg 1986 (hrsg. Rolf Adler ...)

[88] Vgl. dazu auch:

«Der Ich-Komplex ist beim normalen Menschen die oberste psychische Instanz: Wir verstehen darunter die Vorstellungsmasse des Ichs, welches wir uns von dem mächtigen und immer lebendigen Gefühlston des eigenen Körpers begleitet denken. Der Gefühlston ist ein affektiver Zustand, der begleitet ist von körperlichen Innervationen. Das Ich ist der psychologische Ausdruck des festassoziierten Verbandes aller körperlicher Gemeinempfindungen ...» Aus: Jung, C. G.: Psychogenese der Geisteskrankheiten, GW Bd. 3, S. 44f. – Werden z. B. Körperbewegungen unterbunden, etwa das Wippen des Fußes, kann das Aufsteigen von sehr wichtigen Phantasien beobachtet werden, wenn man sich auf sich konzentriert in dieser Situation.

Vgl. dazu auch: Singer, J. L. / Pope, K. S.: Imaginative Verfahren in der Psychotherapie ... a. a. O., S. 26

[89] Siehe Uexküll, Th. / Wesiak, W.: Wissenschaftstheorie und psychosomatische Medizin ... a. a. O.

Overbeck, E.: Krankheit als Anpassung. Der sozio-psychosomatische Zirkel. Suhrkamp Taschenbch 973, Frankfurt a. M. 1984

Studt, H. H. (Hrsg.): Psychosomatik in Forschung und Praxis. Urban und Schwarzenberg, München, Wien, Baltimore 1983

Bräutigam, W. / Christian, P.: Psychosomatische Medizin. Thieme, Stuttgart 1981

Petzold, E. / Reindell, A.: Klinische Psychosomatik, UTB 991, Quelle und Meyer, Heidelberg 1980

90 Studt, H.H. / Frank, R. und Vaitl, D.: Alexithymie: Differentialdiagnostische Analyse aus verhaltenstheoretischer Sicht. In: Studt, H.H. (Hrsg.): Psychosomatik in Forschung... a.a.O.

91 Wilke, E.: Diagnostische und theoretische Aspekte der Arbeit mit dem Katathymen Bilderleben bei Patienten mit Colitis Ulcerosa und Morbus Crohn. In: Studt, H.H. (Hrsg.): Psychosomatik in Forschung... a.a.O.

92 Lazarus, A.: Innenbilder... a.a.O., S.113

93 Siehe Uexküll, Th. / Wesiak, W.: Wissenschaftstheorie und psychosomatische Medizin... a.a.O., S.503ff.

94 Jung, C.G.: Die transzendente Funktion. In: Die Dynamik des Unbewußten, GW 8, S.79ff.

95 Jung, C.G.: Die transzendente Funktion... a.a.O., S.95

96 Jung, C.G.: Die transzendente Funktion... a.a.O., S.96

97 In: Die Beziehungen zwischen dem Ich und dem Unbewußten. GW 7 (1928), 1981, Walter, Olten, S.131ff.

98 Wilhelm, R.: Das Geheimnis der Goldenen Blüte. Walter, Olten 1971

99 Jung, C.G.: Briefe 1946–1955, Bd.2, Hrsg.: A.Jaffé, a.a.O., S.76

100 Vgl. Die transzendente Funktion... a.a.O.

101 Vgl. M.L. von Franz: Der Individuationsprozeß. In: Jung C.G.: Der Mensch und seine Symbole. Walter, Olten 1966

102 Jung, C.G.: Briefe 1946–1955, Bd.2,... a.a.O., S.195

103 Vgl. von Franz, M.-L.: Aktive Imagination in der Psychologie C.G. Jungs; in: Bitter, Meditation in Religion und Psychotherapie, Klett, Stuttgart 1958

von Franz, M.-L.: Die aktive Imagination bei C.G.Jung, in: Bitter, Praxis dynamischer Gruppenarbeit; Arzt und Seelsorger, Stuttgart 1972

von Franz, M.-L.: C.G.Jung. Sein Mythos in unserer Zeit, Frauenfeld und Stuttgart 1972

104 Siehe Kast, V.: Paare... a.a.O., S.173/174

Literatur

Afanasjew, A. N.: Russische Volksmärchen, München 1985. Von den Lebensräumen der Seele

Ammann, R.: Traumbild Haus. Walter, Olten 1987

Ammann, A. N.: Aktive Imagination. Darstellung einer Methode. Walter, Olten 1978

Anderten, K.: Traumbild Wasser. Von der Dynamik unserer Psyche, Walter, Olten 1986

Bachelard, G.: La poétique de la Rêverie. Presses Universitaires de France 1960, 1978

Beck, A. T.: Role of fantasies in psychotherapy and psychopathology. Journal of Nervous and Mental Disease, 1970, 150 (1)

Bloch, E.: Das Prinzip Hoffnung. Suhrkamp, Frankfurt/M., 1959

Bräutigam, W./Christian, P.: Psychosomatische Medizin. Thieme, Stuttgart 1981

Cautela, J. R./Mc Cullough, L.: Verdecktes Konditionieren: Eine lerntheoretische Perspektive der Vorstellungskraft. In: Singer, J.L./Pope, K.S.: Imaginative Verfahren in der Psychotherapie. Junfermann, Paderborn 1986

Corbin, H.: L'Imagination Créatrice dans le Soufisme d'Ibn Arabi. Flammarion, Paris 1958

Davidson, D.: Transference as a form of active imagination. In: Technique in Jungian Analysis. The Library of Analytical Psychology. Volume 2, William Heinemann Medical Books Ltd., London

Desoille, R.: Le Rêve éveillé en psychothérapie. (Essai sur la fonction de régulation de l'inconscient collectif), Paris, P.O.F. 1945

Deutsche Märchen seit Grimm, Hrsg.: Zaunert, P. Mdh., Diederichs, 1963

Eccles, J. C.: Das Ich und sein Gehirn. Piper, München 1982

Eccles, J. C.: Imagination and Art. In: Internationale Gesellschaft für Kunst, Gestaltung und Therapie, Mitteilungsblatt 4/Mai 1987

van Egeren, L. F./Feather, B. W./Hein, P. L.: Desensitization of phobias: Some psychophysiology propositions. Psychophysiology, 1971, 8

Ermann, M.: Die Gegenübertragung und die Widerstände des Psychoanalytikers. Forum Psychoanal. Heft 2, 1987

von Franz, M.-L.: Der Individuationsprozeß. In: Jung C.G.: Der Mensch und seine Symbole. Walter, Olten 1968
von Franz, M.-L.: Aktive Imagination in der Psychologie C.G. Jungs; in Bitter: Meditation in Religion und Psychotherapie, Klett, Stuttgart 1958
von Franz, M.-L.: Die aktive Imagination bei C.G. Jung. In: Bitter, Praxis dynamischer Gruppenarbeit; Arzt und Seelsorger, Stuttgart 1972
von Franz, M.-L.: C.G.Jung. Sein Mythos in unserer Zeit. Frauenfeld, Stuttgart 1972
Freud, S.: Vorlesungen zur Einführung in die Psychoanalyse. Studienausgabe Bd. I, Fischer, Frankfurt/M. 1969
Freud, S.: Bildende Kunst und Literatur. Studienausgabe Bd. X, Fischer, Frankfurt/M. 1969
Frisch, Max: Andorra. In: Gesammelte Werke in zeitlicher Folge 1957–1963. Bd. IV/2, werkausgabe edition suhrkamp, 8. Band, Frankfurt 1976
Grimms Märchen: hrsg.: Carl Helbling, Manesse, Band 1
Grimms Märchen: hrsg.: Carl Helbling, Manesse, Band 2
Gendlin; E.T.: Focusing. Müller, Salzburg 1981
Goldschmidt, H.L.: Freiheit für den Widerspruch. Novalis, Schaffhausen 1970
Hannah, B.: Jung, His Live and Work. New York 1976
Hannah, B.: Encounters with the Soul. On Active Imagination. Sigo-Press, Los Angeles
Hark, H.: Traumbild Baum. Vom Wurzelgrund der Seele, Walter, Olten 1987[2]
Jacoby, M.: Psychotherapeuten sind auch Menschen. Übertragung und menschliche Beziehung in der Jungschen Praxis, Walter, Olten 1987
Jacoby, M./Kast, V./Riedel, I.: Das Böse im Märchen. Bonz, Fellbach, Oeffingen 1978, 1985[4]
Jung, C.G.: Psychogenese der Geisteskrankheit, GW 3, Walter, Olten 1971
Jung, C.G.: Die Beziehungen zwischen dem Ich und dem Unbewußten GW 7 (1928), Walter, Olten 1971; Grundwerk C.G.Jung, Olten 1984
Jung, C.G.: Die Dynamik des Unbewußten, GW 8, Walter, Olten 1971
Jung, C.G.: Die Archetypen und das kollektive Unbewußte. GW 9/I, Walter, Olten 1971
Jung, C.G.: Mysterium Coniunctionis, GW, 14/II, Walter, Olten 1971
Jung, C.G.: Praxis der Psychotherapie. GW 16, Walter, Olten 1971
Jung, C.G.: Erinnerungen, Träume und Gedanken. Hrsg.: A.Jaffé, Olten 1971, Sonderausgabe 1986
Jung, C.G.: Briefe I–III, Walter, Hrsg. A.Jaffé mit G.Adler, Olten 1972/73
Jung, C.G.: Briefe 1946–1955, Bd. 2, Olten 1972
Jung, C.G.: Briefe 1956–1961, Bd. 3, Olten 1973

Jung, C. G. / Wilhelm, R.: Das Geheimnis der Goldenen Blüte. Ein chinesisches Lebensbuch. Walter, Olten 1973

Kant, I.: Kritik der reinen Vernunft. Einheit des Ich und Kategorien. Felix Meiner Verlag, Hamburg. 1. Aufl. 1781, 2. Aufl. 1987. Nach der ersten und zweiten Original-Ausgabe neu hrsg. von Raymund Schmidt

Kast, V.: Das Assoziationsexperiment in der therapeutischen Praxis. Bonz, Fellbach 1980

Kast, V.: Wege aus Angst und Symbiose. Walter, Olten 1982, 1986[8]

Kast, V.: Trauern. Phasen und Chancen des psychischen Prozesses. Kreuz, Stuttgart 1982, 1987[8]

Kast, V.: Familienkonflikte im Märchen. Walter, Olten 1984, 1986[3]

Kast, V.: Paare. Beziehungsphantasien oder Wie Götter sich in Menschen spiegeln. Kreuz, Stuttgart 1984, 1985

Kast, V.: Der Teufel mit den drei goldenen Haaren. Kreuz, Stuttgart 1987[7]

Kast, V.: Traumbild Wüste. Von Grenzerfahrungen unseres Lebens, Walter, Olten 1986

Kast, V.: Märchen als Therapie. Walter, Olten 1986

Kast, V.: Sisyphos. Der alte Stein – der neue Weg. Kreuz, Stuttgart 1986, 1987[2]

Kast, V.: Mann und Frau im Märchen. Walter, Olten 1983, 1986[6]

Kast, V.: Der schöpferische Sprung. Vom therapeutischen Umgang mit Krisen. Walter, Olten 1987

Katz, D.: Gestaltpsychologie. Schwabe, Basel, Stuttgart 1961

Kurdische Märchen: Märchen der Weltliteratur, Diederichs, Düsseldorf, Köln 1978

Leuner, H.: Lehrbuch des Katathymen Bilderlebens. Huber, Bern 1985

Leuner, H.: Katathymes Bilderleben. Ergebnisse in Therapie und Praxis. Verlag Hans Huber, Bern, Stuttgart, Wien 1980

Lazarus, A.: Innenbilder. Imagination in der Therapie und als Selbsthilfe. Pfeiffer, München 1980

Lazarus, A. / Fay: Ich kann, wenn ich will. Klett-Cotta, Stuttgart 1981

Maass, H.: Der Seelenwolf. Das Böse wandelt sich in positive Kraft, Walter, Olten 1984

Mainberger, G. K.: Imagination. In: Die Psychologie des 20. Jh. Bd. XV: Transzendenz, Imagination und Kreativität. / Hrsg. Condrau, G., Kindler, Zürich 1979

Marquez, G. G.: Die Liebe in den Zeiten der Cholera. Kiepenheuer & Witsch, Köln, Berlin 1987

Moreno, M.: Der Traum. Imaginative Aktivität versus Interpretation. In: Analytische Psychologie. Zeitschrift für Analytische Psychologie und ihre Grenzgebiete, Vol. 11, Nr. 2, 1980

Müller, R.: Die aktive Imagination bei C.G.Jung. In: Analytische Psychologie, Vol. 15, Nr. 3, 1984
Neumann, E.: Die Große Mutter. Walter, Olten 1974, Sonderausgabe 1987
Norwegische Volksmärchen: Hrsg.: Strebe K./Christianse Th., Diederichs, Düsseldorf/Köln, 1967
Overbeck, E.: Krankheit als Anpassung. Der sozio-psychosomatische Zirkel. Suhrkamp Taschenbuch 973, Frankfurt/M. 1984
Petzold, E./Reindell, A.: Klinische Psychosomatik, UTB 991, Quelle und Meyer, Heidelberg 1980
Phillipson, H.: A short introduction to the Object Relations Technique, NFER Windsor 1973
Pouplier, M.: Traumbild Fisch. Vom Leben in der Tiefe unserer Seele, Walter, Olten 1986
Revers, W.J.: Der thematische Apperzeptionstest (TAT). Huber, Bern 1973
Riess, G.: Traumbild Feuer. Von der elementaren Wandlungskraft. Walter, Olten 1986
Russische Volksmärchen: Aus. und übertr. von Xaver Schaffgotsch, Ellermann, München, o.J.
Sandler, J.: Gegenübertragung und Rollenübernahme, in: Psyche, 4, 1976
Schultz, K.D.: Imagination in der Behandlung von Depressionen. In: Singer, J.L./Pope, K.S.: Imaginative Verfahren in der Psychotherapie, Junfermann, Paderborn 1986
Segal, S.J./Glickman, M.: Relaxation and the Perky-Effect: The influence of body position and judgments of imagery. American Journal of Psychology, 1967, 60, 257–262
Sellberg, A.: Persönliche Erfahrungen mit dem Katathymen Bilderleben in Schweden. In: Leuner, H.: Katathymes Bilderleben. Ergebnisse in Theorie und Praxis. Huber, Bern, Stuttgart, Wien 1980
Singer, J.R.: Phantasie und Tagtraum. Imaginative Methoden in der Psychotherapie. Pfeiffer, München 1978
Singer, J.R./Pope, K.S. (Hrsg.): Imaginative Verfahren in der Psychotherapie, Junfermann, Paderborn 1986
Shorr, J.E.: Psychoimagination. Isko Press, Hamburg 1981
Strobel, H.: Aktive Imagination als Krisenintervention, in: Kurzpsychotherapie und Krisenintervention in Sozialarbeit, Seelsorge und Therapie, Hrsg.: Pflüger, P.M., Fellbach 1978
Strobel, H.: Methodik der Aktiven Imagination. In: Die Behandlung in der Analytischen Psychologie II, Behandlung als menschliche Begegnung, hrsg.: Ursula Eschenbach, Bonz, Fellbach, 1981
Starker, St.: Daydreaming Styles and Nocturnal Dreaming. Journal of Abnormal Psychology 1974, 83, 1

Studt, H.H. (Hrsg.): Psychosomatik in Forschung und Praxis. Urban und Schwarzenberg, München, Wien, Baltimore 1983

Studt, H.H./Frank, R./Vaitl, D.: Alexithymie: Differentialdiagnostische Analyse aus verhaltenstheoretischer Sicht. In: Studt, H.H.: Psychosomatik in Forschung und Praxis. Urban und Schwarzenberg, München, Wien, Baltimore 1983

Uexküll, Th./Wesiak, W.: Wissenschaftstheorie und psychosomatische Medizin. Ein bio-psychosoziales Modell, in: Psychosomatische Medizin, von Uexküll, Urban und Schwarzenberg, 1986 (Hrsg.: Rolf Adler...)

Ware, R.C.: Handhabung der Übertragung/Gegenübertragung bei Frühgestörten als interpersonelle Form von aktiver Imagination. In: Analytische Psychologie. Zeitschrift für Analytische Psychologie und ihre Grenzgebiete. Vol. 11, Nr. 2, 1980

Wilke, E.: Diagnostische und theoretische Aspekte der Arbeit mit dem Katathymen Bilderleben bei Patienten mit Colitis Ulcerosa und Morbus Crohn. In: Sudt, H.H.: Psychosomatik in Forschung und Praxis. Urban und Schwarzenberg, Baltimore 1983

Zigeunermärchen: Märchen der Weltliteratur. Diederichs, Köln 1962

Verena Kast im Walter-Verlag

Wege aus Angst und Symbiose
Märchen psychologisch gedeutet
208 Seiten, 8. Auflage 1986

Mann und Frau im Märchen
Eine psychologische Deutung
123 Seiten, 7. Auflage 1988

Familienkonflikte im Märchen
Eine psychologische Deutung
131 Seiten, 3. Auflage 1986

Wege zur Autonomie
Märchen psychologisch gedeutet
159 Seiten, 3. Auflage 1987

Märchen als Therapie
Mit vier Farbtafeln
210 Seiten, 2. Auflage 1986

Der schöpferische Sprung
Vom therapeutischen Umgang mit Krisen
220 Seiten, 3. Auflage 1987

Traumbild Wüste
Von Grenzerfahrungen unseres Lebens
90 Seiten, 2. Auflage 1987

Traumbild Auto
Von unserem täglichen Unterwegssein
146 Seiten, 1. Auflage 1987